YAN
TOU
GU

岩头鹘

郑九蝉 著

中国文史出版社

图书在版编目（CIP）数据

岩头鹊 / 郑九蝉著. -- 北京：中国文史出版社，
2021.12

ISBN 978-7-5205-3451-2

Ⅰ.①岩… Ⅱ.①郑… Ⅲ.①长篇小说—中国—当代
Ⅳ.①I247.5

中国版本图书馆CIP数据核字(2021)第262300号

责任编辑：卜伟欣

出版发行：中国文史出版社
社　　址：北京市海淀区西八里庄路69号院　　邮编：100142
电　　话：010—81136606　81136602　81136603（发行部）
传　　真：010—81136655
印　　装：廊坊市海涛印刷有限公司
经　　销：全国新华书店
开　　本：16开
印　　张：16.75
字　　数：256千
版　　次：2023年1月北京第1版
印　　次：2023年1月第1次印刷
定　　价：52.00元

目录

第一章

　　林蔚第一次进我家门是在 1925 年。那年，我爷爷年二十一，刚刚与我奶奶成婚。那时，我家即在宁溪山区的半山村。半山村是一座有着八百多年历史的小山村，全村六百多户，一千多口人。所有的房子，全建在大裂谷的半山上。一条长长的小溪，从高处流下，哗啦啦地笑着、唱着，银蛇似的蜿蜒着从村子正中间穿过。我家的房子，即坐落在日夜不停喧嚣的小山溪旁。尽管我离开半山村多年，但我家的那座石头砌成的老房子，一直保持着初建时的原貌。每每十月金秋，半山村的橘子黄了，柿子红了。那橘子，黄得如星星点灯，在明媚的阳光下不断地抢着游人们的一双双眼睛，让人深感赏心悦目；那柿子，活似一盏盏红灯笼，高高悬挂在软软的枝头上，让人感觉到人与秋天没完没了地举行"婚礼"。站在大裂谷山顶处，往半山村俯瞰，一排排明墙黑瓦错落有致，房与房之间，株株绿树四下点缀，无一处不是恰到好处。无论站在哪个角度，无论你怎么看，都如一座放大了的盆景。从平处看我老家半山村，给你的感受更是别具一格。九曲回廊，巷深街幽，一家离去一家迎。"青山绕路曲八九，流水趁桥盘两三。欲识松风半松月，须凭亭北与亭南"，正因如是，难怪我的表妹——半山村党支部书记许山英，每次来我家，都对我感叹说："哥，我感谢你。是你让我选择归乡创业。外面龙窝，不如家里狗窝。家乡好啊，家乡好得人不老；家乡好得青山绿水，即是黄金元宝。"

　　2018 年 10 月 11 日，我的同窗好友们集体决定去我老家拥抱亲吻半山古村。那天，我正坐在书房中看书，他们齐崭崭地走进我的书房对我说："我们知道那里是你老家，那里岩头鹛见了你都不飞。我们打算去你老家玩一次，你陪我们去玩一玩好不好？"说实话，我内心一直在去与不去的边界上徘徊。不想去，那是假的。家乡是土地，家族是家乡土地上的一棵树。哪个中国家庭，不是百家树中的一根枝条？哪个人又不是百家树中的一片叶子？哪个人的心头，又没有家乡情结？那股浓郁的家乡情结，哪天不似一条红丝线一样紧缠他的心头？说去，我真就说不清道不明是因何种原因，一直不敢直面我家乡的山山水水。是因我太多亲人在那块土地上死去？还是我本人欠半山村太多的感情债？斩不断、理还乱的乡愁，令我挥之不去，又不敢面对。我犹豫片刻，最后，我还是决定陪着好友们去我老家走一趟。

那天，他们在我家按下他们共同想好了的时间确认键。

那天，他们在我家确认了车子的分配方案。

那天，他们离开我的家。他们是离开了。可我原本沉淀在盆底的记忆淀粉，全被他们的举动搅成一盆黏稠的面糊了。我不得不用记忆的勺子，将他们一勺勺地抏上来，在黑色油亮的平底锅上，摊成一张张两面焦黄的煎饼。

我想起我家那高高的南征顶山。那南征顶山活似一柄宝剑直插云霄。那山最美的景色，则是每年农历八月十六时呈现出来的夜景。那长长的峡谷两边高山壁立。喋喋不休的山溪水，若一条银色的鳗鱼，蜿蜒着身子在深深的峡谷中流淌。那道劲的老藤，有如悬崖峭壁上编织成一道军事防伪网。成群结队的蝙蝠"扑簌簌"地在那绿色防伪网中来回穿梭。银盆似的大月亮，一动不动地钉在峡谷中间。只要你细细瞧它一眼，那夜景遂将你带入幽冥的梦幻世界。

我想起我老家山上的"岩头鹃"与"铁子松"。岩头鹃是我老家生长于山中的猛禽，它的真实名字应当叫山鹰。岩头鹃最大的优点，即是集信、义、警、敏、勇、诚，恩冤分明以明世。说信，它死守着上苍给予的食物链，专食山中繁殖量最大的山鼠与野兔；说义，鹃与鹃之间互相抱团儿取暖，不舍不弃；说警，它的目光锐利如刀锋，能在千米外看清地上蹦跶着的山鼠和野兔；说敏，它扑簌着翅膀下来，爪一伸，即可将猎物一把抓到手；说勇，它没有恐惧，没有胆怯，哪怕是天风怒号，乌云似战车在沙场驰骋，它照飞不误；说诚，它有仇必报，有恩必还。由于它的天敌是蛇，图防蛇，它不得不将巢筑在那高塔或悬崖峭壁的松树上。正因如是，人们给它起了个名字叫"岩头鹞"。

铁子松，是由松树种子掉在悬崖峭壁隙缝中长出来的小松树。初时，有那么一颗松树种子，或是由风吹着，或是由鸟嘴衔着，偶尔掉入壁立的岩缝中。也许弥漫着的山雾对它有所滋润，也许上天的雨水浇淋让它内蕴着的生命力量得以复苏，于是小小的芽尖冲破坚硬的盔甲，绽出一株米星般大小的嫩芽。无论是植物还是人，图生存，它的意志即会变得钢铁般坚强，丝绸般柔韧。于是，那小小的须根，利用一切可以利用的条件，顺着山的褶皱蜈蚣腿般延伸下来，一直延至山脚，长达百米，一旦它的须根与山麓下的泥土接触，即会一头扎入土地的腹部，从大地的肚腩中汲取它必须汲取的养料；不管遭遇多大的天灾人祸，不屈不挠地让自己在石壁上生存下来。一棵碗口粗的铁子松，从出芽长成手臂粗的树身，起码得有上百圈细密的年轮。别看铁子松树小，灾难令它坚韧异常。一般的锯子与刀子很难将它锯开与砍断。做成的家具，重得如钢浇铁铸不说，千年百年不变形。据说，当下市场上铁子松与黄金同价。

退回去两百多年前，在我老家半山村，有只鹞崽子在学飞时，不小心被蛇咬伤翅膀，飞至半岭堂戴家大院子上空时，不幸掉入戴家大院。那戴姓家的小伙子，一看那只鹞崽子浑身毛茸茸的、两只眼与嘴黑黑的，十分好玩，即将那只鹞崽子放在家中养起来。那对鹞夫妻，天天在他家上空飞着，叫着，希冀戴家那位小伙子归还它们的孩子。戴家那位小伙子是个目空一切的家伙，压根儿不将在他头上叫着、飞着的岩头鹞当回事儿。哪怕是天上那只母岩头鹞叫得口中滴血，他也不归还。那鹞叫有三天，他不还三天。而那小鹞崽子呢，渴望飞归它的父母身边。尽管它不会用语言与人交流，但它做出来的行动，却相当决绝：宁死也拒吃戴家为它提供的任何食物。无论动物还是人，饥饿总有边界。一天可以，两天也可以，三天还能勉强对付，至第四天，那小鹞崽子如挨了霜打的叶子蔫将下来。村里上了年岁的老人，都劝那戴姓小伙子将鹞崽子给放了。他们对他说："岩头鹞天性有恩必还，有仇必报。小鹞崽子一旦饿死，那对鹞夫妻非找你算账不可！"那位戴姓的小伙子说什么也不相信，回村里老人们的话说："我是人，只有鹬怕人，哪有人怕鹬的？"老人们说："好，好，你不怕鹬，那你就走着瞧吧。"鹬夫妻在戴家院子的上空盘旋有五天、高一声底一声的叫有五天，小鹬崽子让他扎扎实实地关有五天。至第六天，那只小鹬崽子头往下一耷拉，死了。就此一下，那姓戴的小伙子家可倒了大血霉了。初时，那对鹬夫妻如猫捉老鼠般地黏着那位戴姓小伙子不放，撵着他四处飞。小伙子往东，它们撵东；小伙子奔西，它们撵西。小伙子走到哪它们撵到哪。小伙子在鹬飞不到的地方坐着、歇着，那对鹬夫妻即在离他不远的树枝上站着、瞅着，一旦有机会，它们即缩紧翅膀箭般俯冲下来，用它们的嘴与爪，袭击那戴姓小伙子。有一次，那戴姓小伙子正在他家的麦地里割麦子，公鹬突然翅膀一收，一支箭一样从他头上射下来，锋利的鹬爪朝他脑袋伸来；小伙子侧头一躲，头没让它抓着，但他的耳朵却让那只公鹬抓走一半，鲜血涨红了他的半张脸。村里的老人们一看，知道鹬为报灭子之仇，业已盯死那位戴姓小伙子。那时，小伙子外婆家在五部村，村里的老人们劝他去五部村外婆家躲一躲，躲个一年半载，让那对鹬夫妻孵出新崽忘了失子之痛再回来。尽管戴姓小伙子十分后悔，但天下哪有什么后悔药能让你吃上一口呢？事到如今，你不想如此也办不到。于是，小伙子寅夜趁着那一地白银般的月光，去了五部村外婆家。半年过后，戴姓小伙子以为鹬夫妻忘了此事，即大摇大摆地从五部村外婆家归半岭堂村。哪知，他刚走至大裂谷，那对立在树梢头的鹬夫妻，一眼认出半岭堂小伙子，认出他是杀它们孩子的凶手，再次利箭一样从天上一头射将下来，一爪子将戴姓小伙子的两只眼珠子抓出眼眶。戴姓家的小伙子捂着眼，痛得嗷嗷直叫。一因他眼瞎看不清山路，二因他痛得浑身如筛糠，没头苍蝇似的乱冲乱撞，一脚踩空，从大裂谷的悬崖峭壁上摔将下来。这一摔，不要紧啊，他有若一只沉甸甸的米口袋，垂直地摔至谷底，肉体与峭壁下的岩石拥抱，巨大的冲击力，活活地将他压榨成一只熟透了的大柿饼。那对鹬夫妻，这才叫着啼着，振动翅膀离开大裂谷。

1949 年，我大堂哥徐若山任民兵连长。那年，中国人民解放军驻台州某部大剿匪，老家半山村入驻解放军一个连的官兵。因我们家的番薯地里种着的番薯，全让山里的野猪给拱光了。徐若山气得不行，即与一位名叫邵泽青的山东籍解放军战士去打野猪。走至山中，即听到一群岩头鹃在他们头顶上又飞又叫。徐若山侧耳朵细听了一下，深觉那些鹃叫的声音锐不可当，似乎发生了什么灾难，在向他们求助。大凡宁溪山区的人，天天与山中草木野兽打交道，十人中有九人知鸟音，懂兽语。

徐若山即对邵泽青说："我们去看看吧，八成哪鹃出有什么事情，若不是如此，它们决不会在我们的头上盘了一圈又一圈，叫了一遍又一遍。"

邵泽青答："好。"

于是，他俩跟着一直啼叫着的黑鹃走。很快，来到一棵高高的大松树下。那只黑鹃绕着一棵遒劲的大松树盘过来旋过去。徐若山抬起头一看，骇有一大跳：天哪，一条竹筒粗的大蛇，正蜿蜒着游向鹃窝，要吃那刚刚出壳不久的小鹃雏。那小鹃雏，因恐惧而张大黄黄的大嘴丫子，发出一声声凄厉惨叫。徐若山要上树救那窝鹃雏。

邵泽青说："树那么高，你上去也就晚了。让我来吧。"

徐若山说："你有什么办法？"

邵泽青答："用枪打。"

徐若山问："你打得中？"

邵泽青一脸自信地回答："放心吧，我十六岁就参军了，一直跟着部队。打的子弹摞起来，差不多有我人高了，岂有打不中的道理？"

徐若山一听，裂开磨盘似的大嘴，憨憨地一笑。

那解放军小战士邵泽青身手确实不凡：举枪，瞄准，扣扳机。"呼"一声大响，长长的峡谷震得回音一波接一波地向四边扩散。出膛的子弹，旋着风击中那刚刚昂起——准备吞吃鹃雏的蛇头。三角形的蛇头，即被那强大的冲击力，一下轰成碎片。那条蛇身瞬时若煮熟的面条，软软地从它盘缠着的树顶上流将下来。徐若山与那小战士上前一步，俯身细看：那蛇足有手臂那么粗。徐若山踢了那条大死蛇一脚，二人一前一后继续往纵深地带走。

宁溪山区多野猪。徐若山与邵泽青很快发现了一头大野猪。那头大野猪，往少了说也得有一百多斤重。邵泽青是位名副其实的神枪手。那头黑乎乎的大野猪刚蹿至悬崖峭壁边。枪响。射出去的子弹，一头拱进大野猪的颈部。那头大野猪侧歪着身子，如喝多了酒的醉汉，摇晃晃地倒在悬崖边。邵泽青扑身上去捕捉。哪知野猪只是负伤，没死；邵泽青的手刚握住野猪后腿，野猪垂死挣扎，用力一滚，瞬时滚向悬崖。邵泽青被那头上百斤重的野猪重重地带了一下。野猪掉下峭壁，摔成一堆肉饼。邵泽青也随着那可怕的惯性掉了下去。好在他头脑清醒，眼疾手快，抓住峭壁上长的那丛山茅草。徐若山扑身上前去救邵泽青，刚抓住邵泽青的手，那茅草根丛因承受不住两个壮小伙子的重量，挺了不到两秒钟，即被连根薅起。两个大小伙子手牵手往峡谷里掉。哪知半山腰长有一棵很大很大的铁子松。铁子松横出来的树冠，居然摇着晃着将他们二人的身子挡住。

他们二人不得不如岩头鹃一样，悬在铁子松的树冠上。

他们二人所处的位置，恰是南征顶山的纵深地带。叫天天不应，叫地地不灵。徐若山与邵泽青一时无法可想。

就在此时，一件令人没有想到的事情发生了。成群结队的鹃，发现那两个救它们雏的恩人出事了，围着二人盘旋一大圈，然后朝我家飞去。鹃群飞至我家上空后，它们轮番地在我父亲头顶盘来旋去呱呱地叫。那时，我父亲正与我的太外公说话。

我太外公名叫许楠生，他的父亲名叫许步升。许步升原本只不过是一个割稻客。退回去七十多年，稻作农业，全凭的是人工。宁溪山区因地理上的原因种的是单季稻，而温黄平原种的是双季稻。种双季稻最大的问题，即是夏收夏种。稻作农业与麦作农业有着很大不同，稻作农业要求高，尤其是双季稻，这一边抢着收割，那一边抢着插秧，我们都称这为"双抢"。稻子不及时割，一旦有台风过境，稻头倒地即抽芽，一整穗的稻谷即变成一条长有百只脚的"白蜈蚣"，一年劳作全白落了。秋季稻如果不及时插秧，光照不足，秋天那一季的稻子也全成瘪子了。正因需要，割稻客的行业，自然而然地形成了。每年"双抢"时，山区的农民即成群结队地往温黄平原方向走。路桥峰江一带，有个大户人家名叫丁国杰，是大清王朝时的虎门都统。他家有良田三十多亩，因家中只有一位上了年岁的老母亲与妻子及三个儿子，一个女儿。丁国杰本人身为都统，镇守虎门。家中的三十多亩农田，全是由他妻子请外人种，稻熟收成时，他妻子即请割稻客。就在那年，我太外公许楠生与他的父亲许步升按过去制定的约请，来丁家帮着割稻。那时，路桥一带多绿壳（即海盗。因他们好将船涂上绿色，看上去活似一只蚱蜢，故称"绿壳"），其中有名绿壳叫王某，知丁妻徐氏长得美白，欲将丁妻徐氏抢入金清道士岛做压寨夫人。由是带了十八兄弟，冲入丁家大院抢徐氏。当时，在丁家食宿的只有三位割稻客，为首的正是许步升。许步升一看，事急，即从二楼住宿处纵身跃下与他们对决。海上王某人，人称"海上蛟龙"，驾着船即可在海浪里自由穿梭如履平地，但在陆上却不是许步升对手。从表面上看，许步升只不过是割稻客，但内底里他却是一位武功高手，三个回合一过，即打倒三名绿壳。许脚一跺，将院子中的那块石板跺得四分五裂。"海上蛟龙"怎么也没有想到，强中还有强中手，再加上四周铜锣当当地敲响，若是不退，一旦惊动官府，被官兵围捕，非被送上法场开刀问斩不可。"海上蛟龙"由是打了一声锐利的呼叫，众海盗即从丁家大院退走。丁妻徐氏千谢万谢。多给钱不要，留许在丁家，也不干。稻一割毕，许即率兄弟三人归宁溪。

　　消息立刻传至虎门。身为虎门都统的丁国杰十分感动。是年春节，丁国杰归家，即亲至宁溪坦头拜访许步升。那天，丁国杰面对长得如铁礅、一身肌肉的许步升，丁国杰大喜过望。丁国杰问："你会武功？"许步升答："有一点。"丁国杰问："什么功？"许步升答："黑虎功。"丁国杰问："你能不能表演一下，给我看看？"许步升答："好。"

　　许步升即当着丁国杰面做了两个表演。第一个表演，许步升伸手往他家门口那棵一身透青绿的毛竹上用力一握，只听得"咧喇"一声大响，他手中握着的那棵青毛竹即现出八道裂缝。第二个表演，身子一纵，猴子似的攀上一棵青毛竹，身子一垂直，将毛竹弧将下来，然后利用青毛竹的弹力，将自己送上另一棵青毛竹。那身子轻得活似一只岩头鹃。丁国杰不看则已，一看大为欣赏。丁国杰说：“你上我军队里怎么样？我让你当副都统。”许步升问：“给钱？”丁国杰答：“为国用命，岂有不给钱之理？”许步升问：“给多少？”丁国杰答：“比我只差一档。”许步升问：“你能说了算？”丁国杰答：“当然算。总兵是我好友，郑宗凯。”

郑宗凯，字继明，南新山南郑村人，行伍出身。历任黄岩游击，乍浦、瑞安副将，代理温州总兵。清道光二十一年（1841）十月，英军侵占定海、宁波。次年初，郑宗凯调任定海副将。时清水师损失殆尽，郑宗凯雇民船巡洋。四月，扬威将军奕经的三路兵马均遭惨败，不得不逃归杭州。四月十二日，郑宗凯与游击池建功（城关桂枝街人）、守备徐樾宝等，乘东南风大作，指挥小船靠近敌舰，暗放火药罐轰击船头，毁英军船只八艘。后郑宗凯由是升福建福宁镇总兵。池建功升参将。丁国杰即在他二人的领导下任都统。许步升说：“让我从军？可。但我必须与你结成义兄义弟。”丁国杰答：“有你这样有情有义一身好武力的兄弟，我求之不得。”

是年，二人至富山关帝庙，焚香八拜，结为兄弟。

是年，丁国杰率许步升至虎门。

是年，经丁国杰力荐，池建功与郑宗凯二人精心考察，可用，即报总兵，任为虎门副都统。

清道光二十三年，英军兵舰入虎门，舰上英军约百人。英舰朝虎门开炮，大清国兵素弱，炮弹一落，清兵即出现恐惧性的溃退。丁国杰一看大势已去，欲逃，就在这节骨眼儿上，许步升伸手拦住丁国杰：“你想干什么？”丁国杰答：“你没看那些兵全跑了？”许步升说：“他们可以跑，你不能跑，我不能跑。”丁国杰眨着他的两只眼睛问：“为什么？”许步升答：“你想过没有？你跑，你就是叛徒，再说，跑得了和尚跑不了庙，你必死，你家人必死。”丁国杰一时头脑结冰问："那你说怎么办？"许步升慨然答："与其逃跑让朝廷斩首，莫不如与敌人同归于尽，还青史留名。"丁国杰一脑门子念家说："问题是我妻子在路桥。她将——"许步升斩钉截铁地回答："你有妻子我也有妻子，你妻子漂亮，我妻子也不丑。做人何可临阵脱逃，为众人所唾弃？"

丁国杰海浪般浮动的思绪终于冰镇下来。丁国杰一想有理，遂与许步升约定，他战死，由许步升负责将他的子女带大；许步升死，由丁国杰负责将许步升子女带大。由是二人即率余部冲上前去与英军对决。热兵器时代与冷兵器时代毕竟是完全不一样，他们二人武功再好，也敌不住英军的洋枪洋炮。二人挥刀杀英军二十一人后，同时中弹倒地。英军怕池建功、郑宗凯来援，急忙登上军舰退走。池建功与郑宗凯率援兵冲入虎门要塞。在二十一名英军的尸体中间终于找到丁国杰与许步升两人。可惜的是，丁国杰死了，许步升虽然一身是血，但不死之人，就是死不了。一百多位官兵中独有他一人活着。

郑宗凯立刻将他二人的事迹上报朝廷。道光皇帝下令嘉奖丁国杰，谥武烈。因许步升英勇善战授都统。许步升坚不受职。郑宗凯、池建功问："因何也？"许步升答："我与兄长有约，哪个人活着，哪个人负责将他子女带大。我不可因富贵而食言。"郑宗凯深为感动，再次上报。上峰应允。

三天过去。许步升即扶丁国杰灵柩归路桥。许步升将丁国杰安葬后，即归半山将妻子带至丁家，负责丁家全部劳作。

十年过去。丁国杰长子承父亲职。

许步升即率妻与子归富山半山。就从那年起，许家凭着清朝廷给的抚恤金，在黄岩城关开有一家竹木场，专门销售半山村出的毛竹、木材与白炭。无农不活，无商不富。由是许家始成半山村名列第二的大户。（名列第一的是陈家。）

我太外公许楠生是半山村唯一读过书，做过大生意，见过大世面的人。在我太外公许楠生眼中，人是动物，动物是人。人与山中的动物无别。人只是不懂动物语言，但感情永远相通。

……

我太外公许楠生忽现灵犀，说："不好，有人出事了。"

我父亲不相信："你怎么知道？"

太外公答："那岩头鹪叫的声音不对。走，你立刻带几个人跟着那几只叫唤的岩头鹪走。"

我父亲即唤了七八个半山村的民兵跟着那只锐叫着的岩头鹪走。一走，走至现场。我父亲往那出事的悬崖峭壁下面一望，什么都明白了。

他们问我父亲："老大，怎么办哪？"

我父亲答："还用问吗？救人哪。"

我父亲即让几位半山村民兵砍下不少藤条，编成绳子，垂将下去，将他们二人全救上来。救上他们后，入驻半山村的解放军官兵与半山村的民兵一起载歌载舞，共同庆祝。但此事，却引起我父亲长时间思考。我父亲天生性格仔细，认真，无论什么事，总好搞个水落石出。我父亲非要看一下那棵小松树凭什么能接住两个上百斤重的大小伙子。

当天，我父亲即来至接住他们二人的那棵小松树附近，将自己捆在绳子上，吊下去查看一下。这一查看，不要紧，发现那棵松树，不是什么特殊品种，即是我老家漫山遍野长着的普通松树。我父亲费有九牛二虎之力，锯下一截儿铁子松，藏在自己家里。1958 年，我父亲出任黄岩县武装部长，他拿着这截儿松枝，让黄岩农校植物专业的老师看一下。那位老师用放大镜，将我父亲截下来的松树截面数了一下年轮，手臂粗的铁子松，居然有一百多道年轮。

那位老师对我父亲说："徐部长，我告诉你，别看它是松树，它有个非常好听的名字，叫作'铁子松'。"

我父亲说："松树就是松树，怎么在悬崖峭壁上一长，就成了'铁子松'了？"

那位老师对我父亲说："是的，它是鸟将松树种子衔在嘴里吃时，一不小心掉下来，恰好掉在南征山陡峭的石头缝中；或因岚露，或因雨水滋润，抽出芽来。尽管它是松树，但它与别的松树不一样，它图生存，以付出几倍于他树的意志与忍耐，居然将它那细如铁线的树根，沿着那石缝丝丝入扣地直达崖底。

它为自己能挺立在那高高的悬崖峭壁上，不知经受多少次大灾大难，才长成现在的这种样子。这种久经大自然残酷砥砺的松树，质地早已出现实质性变化，不说它坚如钢铁，也韧如黄金，由是古人称它'铁子松'。"

正出于此，在我老家半山村人，一直崇拜一种动物，一种植物。

崇拜的动物是岩头鹃。半山村人叫岩头鹃为义鹃、信鹃、勇鹃、仁鹃。

崇拜的植物是铁子松。半山村人说："人活着能与铁子松一样，你就成真正的人了。"

我记得我小时候，父亲不止一次地对我说过："世啊（我老家山区对后代人的昵称），你给我永远记住：人是树，树是人，是树全有树的灵性。你做人得好好学学铁子松，别看它是树，它身上有着人不可及的品质：你看，他的根沿着石缝直达涧底，与山下的土地合二为一；你看它全身伤痕累累，但坚韧如钢铁；你看它虽然是松树，但与平原沃野上长成的松树完全不同。平原沃野中长出来的松树，只可当柴烧，而悬崖峭壁上长出来的松树，却与金丝楠木一样，结实、细密。做人能与铁子松一样历尽灾难而不移其志，那人活在世上也就值了。"

我想起了我老家的那座狮子头山。据坊间传，元末明初，刘伯温与黄岩学者车若水至此，一看那狮子头山，即大言：此地必将大出人雄。1958年，全国搞地质大调查，宁溪山区来了一队地质勘查人员，他们翻山越岭作地质调查。地质调查需要做标记，他们在狮子头山那狮子的"卧腿"处某一点，打了个洞，打算灌上铜汁，镌上地质标志。就这个举动，将向来平和的半山村人惹恼了。不知许家哪位迷信风水的读书人说：狮子头山的狮子脚让铜钉给钉死，我们半山村人再也出不了人才了。半山村人一听，风水被破坏那还得了？我学识浅薄，直至今天我也不知从何年起，在我老家宁溪山区，一直信奉六事：读书、种德、风水、祖坟、家风、规矩。读书：书中自有黄金屋，书中自有颜如玉。一举首登龙虎榜，十年身倒凤凰池。十年寒窗无人问，一举成名天下知。种德：有德者如禾如稻，无德者如蒿如草。人间私语，天闻若雷，暗室亏心、神目如电，一毫之恶，劝人莫作；一毫之善，与人方便。风水：天人合一，好风好水出好人，恶风恶水出恶人。丛林世界、弱肉强食，出不得善人。祖坟：欲昌和顺须为善，要振家声在读书。世间好事忠和孝，天下良图读与耕。家风：蒿草之下，或有兰香；茅茨之屋，或有王侯。无限朱门生白饿殍，几多白屋出公卿。规矩：无规矩不成方圆。富贵定要依本分，贫穷不必枉思量。画水无风空作浪，绣花虽好不闻香。此六事，即是我老家大事。

破坏风水之事一出，立刻触动我老家人的那根底线。我老家人不让了。在宁溪山区，人们喜欢动武。为女人动武者有之，为田地动武者有之。最大的一次，是与永嘉人争田争山林争溪水，竟打死一百多人。但半山村不到万不得已决不动武。

那时，半山村村主任即是大堂哥徐若山。

徐若山先是与地质队长交涉，要求将地质标志从狮子脚移开。

地质队长一头雾水问："为什么？"

徐若山说："此地是我们半山村人的风水宝地，你钉了狮子头的脚，让半山村人，后代子孙不能飞黄腾达。"

地质队长说："若山同志，你是共产党员。这是迷信，你是党员，怎么可以相信迷信呢？"

徐若山瞪大他的两只牛眼睛说："这怎么会是迷信呢？你这位搞地质的大学问家，你不知天人合一？你不知一方风水出一方人？"

徐若山振振有词。那位地质队负责人顿时说不出别的话来，但他没有采取措施。半山村人准备动粗。徐若山坚决不同意。

徐若山说："能有说理的地方，我们为什么不说理？"

徐若山带半山村六位村干部，去黄岩县委、县政府说事：希望黄岩县委、县政府尊重民意。那时，黄岩县长名叫王茂官，为人平和且诚恳。

王茂官说："百姓有怨，即可以温度化之，我们心中应该时刻装着人民！"

王茂官将徐若山与几位半山村人请至会议室，一一询问得实后，王茂官赶至半山村与地质队负责同志商量，能否将地理标志移一移。

地质队长说："这是坐标，不能移。"

王茂官说："民意我们不能不尊重，况且风水是中国文化的一部分。既然是不能移，能不能换个方法。不打洞、不灌铜汁，即在岩边挂上个铜牌，刻上小字。将数据说明，是否可以？"

地质队长同意了王县长的意见。直至今天，那狮子头山脚下有一洞，壁上挂有一块长方形的小铜牌，上面铭有一行蝇头小字，"狮子头。656，（199）"具体什么意思？估计在我老家半山村，没有几个人知道。

我想起了我老家村口的那棵"村树"。"树崇拜"是我老家多少年来不曾有一点改变的乡风。有的村口种的是香樟树，有的村口种的是桂花树，有的村口种的是柿子树、栗子树、槐树，就是没有种柏树、杉树、栎树、槭树、苦莲树、桧树的。我一直不知种一棵村树，为什么会有那么多的说道。后来我看了博物馆陈顺利老先生写的文章，我这才知道，别看村口种树，那说道大了去了。种桂花树，是因桂花树开出来的桂花，有着浓郁的香气，代表着人世间的荣华富贵。种香樟树，因香樟树气味芬芳且多籽，树名吉利，"樟"通"彰"，多籽且彰，是农耕社会家族文化中的追求与渴望。种柿子树，因柿子秋天里一成熟，一颗接一颗地从树枝头上软软地挂下来，挂得树头一片红，代表着村子年年红。种栗子树，因栗子树一旦长成大树，没有大年小年之分，成熟季节一长即是一树冠的栗子，代表着多子孙。种槐树，尽管从字面上看是"鬼"配"木"，但槐树代表着他们的子孙有官做。至于柏树、杉树、栎树全是种在坟前的树种。槭树因那个"槭"字与"凄槭"的"槭"字同音不说，况且槭树对落地生根的地方挑肥拣瘦，不符合世俗文化的要求。樗椤树，是山区生长最快的树，种下一棵樗椤树，只消一二年，即可长成参天大树。但樗椤树的质地非常不好，松，软、易走形、易霉烂，就拿它去炼炭，炼出来的炭也不是白炭，且是烟气挺大的黑炭。只可用来做棺材板或当烧柴，故不用。

原本我老家半山村，初时种的是桧树。南宋时出了一个杀害忠良的秦桧，害得秦家人一个个全愧姓秦不说，且将村口种的桧树全给一刀腰斩了。我老家半山村种的是沙朴树。沙朴树，也称朴树。初时我一直不明白，半山村祖上有不少饱学之士，为什么不种樟树、桂花树、槐树，而种别的村子很少种的沙朴树？2018年11月，我写这本书时，一查《黄岩植物小识》，我这才知道：朴树是宁溪山区生命力最强的一种树。只要给它一点空间，有水有空气，有阳光，即能茁壮成长。尤其有几处令人钦佩的大优点：一是多"子"，每每秋天一到，满树结的全是圆圆的小树籽。二是抗病力极强，一旦有病虫害不告而侵，那沙朴树的树身即会自动分泌出一种白色的毒汁，让所有虫子望而生畏。三是树龄极长，一棵沙朴树若是不遭遇天灾人祸，它可生长八百年。初至此地的徐、许、陈诸氏祖宗，最大的渴望，即是让他们的后代子孙，如沙朴树一样多子；如沙朴树一样活得久长；如沙朴树一样让所有病虫害害怕；如沙朴树一样有着自我防卫能力。别看村口栽的只不过是一棵树，你即可透过那树，看到那树落里的人，追求的是什么，他们的生存价值是什么。树是人，人是树，但树还是树，人还是人。尽管那树没有人的智能，但树比人活得长。我老家那个半山村，来得最早的许氏子孙，早已步入第三十代了。第二十八代、第二十九代以上的先人，一个接着一个地走了，而立于我半山村村口的那棵沙朴树，却一身定力地活下来。初栽那棵树时，只不过是微不足道的一棵小树，而现在却亭亭如华盖，树身大得一个人抱不过来。裸露的树根，就与一条条样子狰狞的蟒蛇，往土地的纵深地拱动。别的树经过如此漫长的岁月，树身早就长满苔藓与蕨类植物了，而我老家半山村村口的那棵沙朴树，那树身与它年轻时一样的潇洒，光滑，靓丽，整洁，秀雅。每每秋天一到，即结满果子。那果子先是青的，后是黄的，十天一过，即变得又红又黑。那黑不是一般的黑，且是玛瑙般的黑，亮得直抢人眼。一旦那果子变成黑玛瑙后，大批的毛色黑白相间的鸟儿，全扑簌着翅膀飞过来。它们一旦入驻，我老家半山村村口，那可热闹了。电线杆上站满一只只鸟，活似五线谱上跳动着的音符。站在树上的鸟，如在开大会，唧啾的声音如敲动着的琴键发出的声音，震着人耳膜。开阔的大操场上，全是它们排泄出来的粪便，黑黑的一摊；但每一摊中，均有它们消化不了一粒粒种子。大自然的精密与细巧令人叹为观止：树通过牺牲自己的肉体，却让自己的后代子孙得以繁殖。

我想起半山村那处开阔的大操场，大操场的位置在半山村村口。一亩八分地见方的大平坦。初时，此地即是一处集体打造出来的晒谷场。稻子收成了，人们在这儿晒稻谷；麦子收成了，人们在这儿晒麦子。这两个季节一过，晒谷场自然空出来，晒谷场怎么可以闲置呢？于是半山村的陈、许、徐三大老祖宗们，动开脑筋了。文的有私塾，喜武的怎么办？成立武塾吧。于是半山村的三姓人家碰在一起切磋，武塾成立了。由我家一位老太公自任武术教头。凡属不爱读书，喜舞枪弄棒的后生，全拜他为师。师父有了，练的地方搁哪？那晒谷场不是现成搁着的吗。于是村口的那块晒谷场，顺理成章地又成半山村人的角武场。每每天略微曦，男孩子们即往大操场上辐辏，跟着一位武功高手练，不是挥剑，就是动刀，不是将三节鞭甩得噼里啪啦直响，就是将地跺得尘烟四起。新中国成立前，半山村的两位武术大师全离开半山村，最后只剩下一个二流的我父亲。也许是将门出虎子，我父亲成了村里唯一的武术教头。我父亲每天早上取代于我们村的前两位武术高手，领着村里的后生崽们学武练拳。什么"落马双刀、凤凰遮翼、两手笔直"，连站在边上看着玩的孩子全都潜移默化地学会了。

我想起了我老家多毛竹。我老家那毛竹多得不得了，漫山遍野地疯长。一棵接一棵，密不透风。毛竹多，笋必多。我七岁那年，有一棵毛竹居然生在我家猪栏里。第一个发现它的即是我姐姐。我姐姐一声尖叫，我跑过去看。诚然如是，一棵大竹笋，从我家猪栏里拱出来，那样子就如点火升空的大火箭。我姐姐想将它砍下来换钱，我父亲不同意。我父亲说："竹根钻了那么多路，好不容易找到它的出路。竹是人，人是竹。你们就积点德，留着它吧。"我姐姐当然听从我父亲的话留了它。后来那笋穿过我家猪栏，直达屋顶，得意扬扬地抖擞着它一身的绿叶子在那里迎风招展。之后，我姐姐跟着她丈夫去杭州定居，我父亲从职务上退下，即与我母亲一起归半山村老家居住。我大学毕业那年，我父亲、母亲相继去世。那竹子似乎也通人性，跟着我父亲"走了"但它的后一代却在我家那块呈三角形的土地上繁殖起来。竹子多，笋必多。笋分大年小年，小年不准砍一棵，那是老家人约定俗成的规矩。大年呢，还得瞅准了砍。我小时候跟着我父亲去挖笋，宽敞处，再大的笋，我父亲也不准我动一棵，只有在竹子特别茂密、空间逼仄处，才允许我开挖。别看挖笋，规矩大着呢，不可任性：万万不可伤着那条一直在地底下蜿蜒着的竹根。挖时，抡起尖嘴山锄，小心翼翼地将土轻轻分开后，用手将笋小心掰下来。实在掰不下来，也得用尖嘴山锄轻扣笋与竹鞭连结处，慢慢将笋一点点地磕下。更令我难忘的则是放毛竹的时候了。砍下毛竹后，因山路太陡，从山上背至山下，人很容易出事。于是，乡亲们硬是在山陡处用蓟刀和其他工具，开辟出一条长长的溜竹道。溜竹道"修"成后，乡亲们先将砍下的毛竹背至下山的竹道口，大头朝下地一堆又一堆地码好，再用一根大篾索将竹子缚住。一旦往山下放竹时，老山把头即朝山下亮着山里人特有的嗓门喊："青龙来了，青龙来了。"喊毕，即点火朝天放三响鞭炮，鞭炮声若水波般一圈又一圈地扩出去，让深深的峡谷发出了大海波涛撞击海崖时的嗡嗡回响。山下的行走的人们，侧耳一听，即知山上要放毛竹了，都闪电般离开竹道下面的盘山公路。等第二次炮响过，表示马上要放竹，老山把头即往自己粗粝的手心啐一口唾沫，搓几下手心，遂举起手中的那把大蓟刀，用力一斩；刀下，索断。那竹子即如一条条绿蛇，纵着身子往山下蹿。一直蹿到山下的半岭堂溪的溪滩中。半山村的男人们就着那半岭堂溪的大溪滩，将绿竹子编成簰，待山水上涨时，往城里送……

　　老家山上的蛇，多得不可胜数，光我知道的就有六七种。什么竹叶青，什么五步蛇，什么乌梢蛇，什么水蛇、蟒蛇、银环蛇、金环蛇、赤链蛇。大的有竹杠那么粗，小的如竹鞭那么细。竹叶青，全身绿得如一片竹叶子，一天到晚一动不动地伴缠在竹与树中间，如果你不细心，根本看不出来它是竹枝还是树枝。一旦猎物向它靠近，它一张嘴，什么东西也别想跑掉。我小时候亲眼看到一只褐色大鹞，在高空中一收它的翅膀，棒槌样的掉下来。我上前一看，天哪，那鹞的大腿上，居然盘有一条只有四寸多长的竹叶青。五步蛇，灰不溜秋的。

一直藏于山里的草丛中。平常时，它身上的保护色与石头相同。一旦出击，快若闪电，往往一剑封喉。我小时候，曾亲眼看到一头一百五十多斤重的野猪，挨了五步蛇咬，它一路踉跄，只走有几步，即一头栽倒地上。乌梢蛇，全身发黑，如一根烧火棍。银环蛇，盘着身子在灌木丛中一待，那样子活似银链条。只有那赤链蛇，全身发红，红得像一根红腰带。正因山中危机四伏，一不小心，即会送命。所以老家人每每上山时，必随身携带多种"武器"：一是蓟刀，用以砍柴与防身。二是穿厚布袜子，用于防蛇咬。三是带有夹子的除蛇棍，万一遇着蛇伤人，将那根棍子伸出，一把夹住蛇的七寸，或是将它打死，或是趁势将它丢向远处，让它另谋生路，或是用它来开路，让那些潜伏的蛇知道有人来了，该回避的，就自我回避一下。四是无论晴天还是下雨，头上必须戴有箬帽。那箬帽，既可以用来遮风挡雨，又可以防鹊屎肆无忌惮地屙在你的头上，更可防悬挂在树上的竹叶青咬你的头。出乎我意料的是，我那个一心想当大作家的表妹许山英，大作家没有当成，却当上了半山村的实业家，她居然办起了一个养五步蛇的大蛇场。这个大蛇场一办成，半山村的蛇成了当地名牌。蛇毒卖给黄岩永宁制药厂制药，蛇肉卖给饭店做菜。2019 年 1 月，她非得拉我去参观她的蛇场。我走进她办的那个蛇场，吓一跳，那池子里到处是蛇，一条接一条，看起来既狰狞又恐怖。

我问："表妹，你不害怕？"

表妹答："有什么害怕，嫦娥四号都跑到月球背面去了，我还治不了蛇？蛇与人一样，它之所以攻击你，就是因为它害怕。但它不知道，它越害怕越攻击人，最后，越让自己步入自我毁灭的边界。"

我说："黄岩人不吃蛇啊。"

表妹答："龙凤羹如此畅销，不就是五步蛇与老母鸡一起炖成的？"

我傻掉了。我怎么也不能将眼下的表妹与过去一直渴望成为女作家的表妹联系在一起。

我想起我老家盛产香菇。台州全地多产菇，台州菇可不是一般的香菇，史书中有一个专用名词叫"台蕈"。一方水土养一方人，知事者皆说，台蕈其性其德与台州人性同。其个头小，不见其彩显；色棕而不见其明艳，然采摘下来后，一经太阳亲吻与揉搓，则一片扑鼻喷香，让你爱不释手。尤其是将它晒干后与猪肉一起放入锅中，以炭火慢炖，四个小时一过，打开砂锅吃吧，不仅是香可袭人，其味可夺魂魄。原本，台州香菇并不出名，如同名媛深藏于闺阁。南宋庆元六年，临海谢深甫出任右丞相。其孙女谢道清为理宗皇后。那天，谢道清因思家乡特色菜，亲自动手做上一锅香菇炖猪肉，其香直逼庭掖。恰逢理宗帝来。理宗闻此香非同寻常，遂问："何菜肴耶？如此之香酥？"谢道清答："此乃我老家之香菇炖猪肉是也。"理宗帝问："好吃否？"谢道清答："好吃。"谢道清令宫女上家乡之馔。理宗坐下拿筷一尝，其味鲜美无比，连声道"好"。自此，台州香菇入贡朝廷，"台蕈"一举扬名。

原本我家的香菇全是种在伐倒的树上的。打从我的表妹许山英出任党支部书记兼村委会主任后，她与浙江农业大学合作，居然将香菇种在塑料种植棚里。2016 年，我曾去参观她的香菇种植棚。几百个大架子上摆满营养株，一朵朵香菇居然就从那营养株中长出。一走进棚子里，你即可闻到那浓浓的香菇清香。我一打听销路，表妹说："无论是杭州、金华、义乌，全有他们种植的香菇。"

老家盛产蜜橘。台州多产蜜橘。早在唐朝时出产在黄岩的"本地早"，业已成为朝廷贡品。元代国史检阅林昉作《柑子记》时说，高宗宅钱塘，始赐贡台柑。端平初年，谢氏为后，于是谢氏亦进柑，其十月进者为霜柑，其九月进者为青柑，龙上所贵重。台之乳柑，遂为天下果实第一。之时，台之州，为县五，乳橘独产于黄岩。黄岩之乡十有二，而产独美于备礼之断江，地余四里，皆属富人。一亩之园，可二十本，直铜钱十万。至元代，每年贡橘两万三千颗。环城西南皆橘园，千株万株，不胜其数。

我从小就在家乡的蜜橘丛里长大。那时，我和表妹特别淘，生产队让我们看橘园，是防别人偷摘我们村里的橘子。别人倒没有偷，我与表妹却先监守自盗了。

表妹说："哥，我们偷他几个橘子吃好不好？"

我说："橘子全套着纸袋子，怎么偷？"

表妹说："你咋就那么傻？想偷吃，还有做不到的？"

表妹那时候是个纯粹的"野小子"。她利索地爬上树去，一把摘下橘子，然后再将纸套重新套上。我与表妹就开吃了。吃得滑了嘴了，收不住了，再去偷。天下哪有能包得住火的纸呢？队里人发觉了。徐若山派我表哥陈树铭来巡查了。陈树铭是半山村有名的人精，神不知鬼不觉地跟着我和表妹。我俩刚爬上橘子树，即让陈树铭逮了个正着。陈树铭将我俩揪到大队部，交给徐若山处理。

徐若山问陈树铭："橘园一共几个空袋子？"

陈树铭答："一百多个。"

我与表妹一共看了十天橘园，便监守自盗有十天。别看徐若山因年老退职，将管理半山村的权力交给了表妹。但在那时，他可是说了算的大队党支部书记。别看他现在老态龙钟，一阵强悍的山风即可将他刮倒，那时，他可是黑张飞般的胡子往上髭张，威风凛凛。他对半山村的管理特别严苛，偷树三棵，即送公安局；偷毛竹八棵，即送监牢；偷生产队橘子一颗，罚款五角；监守自盗罚双倍。我与表妹一共偷吃了一百三十颗橘子，得罚款一百三十元。别看现在，半山村没人将一百多元钱当回事。可在过去，做一天工，只挣五角钱。那还了得？我那个姑妈，天性严格，即将表妹捆在廊柱子上打。打得表妹"哇啦哇啦"直叫娘，恰在此时，我父亲从县里归来，父亲一看，一个九岁的小丫头，你们如此打还了得？便上去一把夺了姑妈手中的竹梢头。

父亲说："孩子嘛，教育一下就完了，哪能如此打？"

姑妈说："我上哪拿八十多块钱？"

父亲说："好了，我家的小杂种也有份，那钱由我付好了。"

可现在，我表妹不知与省农业大学教授们怎么培植出来的新品种，那橘子个头虽然不大，却好吃得不得了。他们打出的广告居然是"好吃带皮"。某年，恰好有一位果商，从我老家半山村过。他一看打出来的广告语，说什么也不相信：

"真的好吃带皮？"

村民答："不信，你吃吃看。"

那村民随手从树上采下一颗，递给他，让他吃。那果商一吃，两只眼瞪得又圆又大又明亮，果然其味非常。果然那皮也非常好吃。于是挥手一笔购下上万斤。自此黄岩"本地早"的价格直线飙涨，每斤达四十多元。

我老家还盛产杨梅。台州为全国杨梅原生地之一。三国沈莹《临海水土异物志》中载，杨梅，其子大如弹丸，色赤，五月熟，似梅，味酸甜。山野间尚有野生杨梅，民间称作为"野鸟"。台州杨梅的品种极多。最为有名的有两种。一种是产于黄岩的"东魁杨梅"；一种是产于仙居的乌小杨梅亦称"仙梅"。此一大一小杨梅，以其不同特色堪称全国第一。东魁杨梅个儿大，大的有乒乓球那么大，小的核桃那么小；拿起一颗送入嘴中，一口甜水不说，还得让你浑身发酥。仙居的仙梅，其性如仙居人之民性，个头儿并不大，质地纯良，色黑如炭，吃上一口让你甜掉牙。此东西其味虽好，却蕴有一病：易烂。每逢杨梅成熟开摘时，所有杨梅山之村民无不是男女老少一齐出动。他们或是将摘下来的杨梅放入酒缸制成杨梅酒，或是将杨梅倾入器中，面对太阳翻晒，将它晒成杨梅干后，再滚以白糖做成杨梅蜜饯，一经细包装，即可行销千里。若是遇到雨季做不得此两事，一旦运不出去，便会让你倒上大霉。所有杨梅坠地，不消一天时间，即会全部烂光。我不知我老家何年将仙居杨梅引入村子，整得我老家山上全是杨梅。但采摘极为困难。我的一位堂叔，就因采摘杨梅时从高高的山上跌了下来，整筐杨梅滚到山下不说，跌断两条腿，变成残废。表妹出任村党支部书记后，为克服杨梅易烂和采摘难的困难，成立一个杨梅合作社。她纠了一帮子农业大学毕业生，归家创业。采取四大举措：一是将满山满岭的杨梅统统矮化；二是成立电商小组；三是用无人飞机运输；四是用真空机保鲜。此四招一出，杨梅成了畅销货。2018年，杨梅熟了，表妹非要拉我去半山村看一下。我坐着她开来的车子去了。一去，我看得两只眼全眯成一道缝了。所有杨梅树的树冠上全布有一张防鸟吃的大网。网子一掀，村民们即开始采摘，表妹手拿对讲机在山下指挥。一个无人机操控员就在她身边站着。哪个地方杨梅摘满一筐了，一个电话下来，表妹一下达指令，无人机即飞往哪片山。杨梅被吊下来之后，立刻送进车间，进入消毒区和真空包装区，很快，杨梅从包装区一盒接一盒地流出来，即装上快递公司的大车，随之喇叭声一响，一盒盒密封的杨梅即被快速拉走。一看那纸单上的收货地址，我吓一跳，居然是法国巴黎！

我想起老家出产的大文旦。文旦主产地玉环。我查过《玉环志》，文旦原生地并不在台州，相传是生于福建漳州长泰县溪东。清光绪年间，楚门山外张村有一位名叫韩宗姬的女子嫁至玉环时，带来一只文旦，吃后，留下一小堆籽。有心栽花花不发，无心插柳柳成荫。他们家所住之房恰临山，随手将种子埋入后门山中。结果第二年出了好多苗，干脆开山种植。等树长大后，所开之花奇香，令人沉醉。于是家家引种，初时当作花木，后结出一只只大果。人们一见此果，其味非常，遂大片引种。不知是天地人和的各种元素相辐辏呢，还是一地水土决定品质：其滋其味远比文旦的出生地好上几倍。是不是此果命中注定要在此地张扬？是不是玉环人面临着大海，一直有着大海那种浪漫情怀？明明是一种果子，却起了个十分文化感的名字叫"楚门文旦"。我们台州文化人一直猜想：是不是其质美感故曰之"文"，直状如太阳刚出山时的样子曰"旦"？我一直不得其解。直至1958年，此果参加全国优质农产品评比，这才让农业专家们正式更名为"玉环柚"。尽管如是，我总觉得没有那个"文旦"名字美丽，形象。玉环文旦，的确是个好东西。成熟后，打开来吃，其味无比：甜，脆，有回味，让人吃了第一个又想吃第二个。老家原本不产文旦，又是我那个一心想当大作家的表妹出的金点子，通过浙江农业大学，将文旦引过来。在我的感觉中玉环文旦剖开后是白的，但表妹他们种的文旦，肉是红的。每年春节一来临，表妹来黄岩参加一年一度的年底农村经济工作会议，她给我带来的第一样礼物，即是文旦。那红文旦真的好吃极了，剥开之后，果肉如一把把红色的梳子，紧密地排列在一起。

我想起老家出产再多的即是番薯、水稻。老家差不多全是山地，水田少得可怜。山地出的主要粮食即是番薯。番薯与水稻完全不一样。大米好吃，但难种。若是将水稻与番薯两样粮食做比较。番薯是百分之百的山头男子汉，给点土地，它即萌绿；给点阳光，它即灿烂。水稻可就不是那么回事了。水稻娇嫩得如有钱人家的千金小姐。什么农时做什么，均有定规，差一点也不行。春天里播种，过了农时，种下的水稻就产量低。水稻要水时，你必须给水，水一旦供不上，那水稻必死。不要水的时候，必须没有水，若是有水，必定烂根，然后倒伏。至摸田时，必须立刻摸田，不然水草就会将水稻活活芜死。施肥、洒药，均要顺时应季，否则，将颗粒无收。收割时，要求也"严格"，早一点不行，晚一点也不行。你必须及时收割与晒干，一旦晚了，它即匍匐在地，抽芽长根，一点也不客气地将自己变成一条条白色的"大蜈蚣"。人们为了保证水稻生长良好，每至用水季节，夜间巡水，则是常事。番薯却不是如此。番薯的生命力与抗病能力极其顽强，它的生命时钟分秒不差但不刁难。

有一件事，至今令我难忘。那时，我父亲在县里上班。我跟着他在黄岩读书。父亲对我有严格规定，每年假期必须回家帮我母亲与我姐姐干农活。每年春耕，我即背着书包，翻山越岭，徒步归我老家半山村做农活。那年，因我学校有事，我归家晚了，我老家种番薯的季节业已告结。我帮着我母亲、我姐干点家中零活。那时，我母亲我姐全住楼下，我独自一人住在我家的那处小阁楼上。我偶然至二楼靠西头谷仓处，发现墙角边有一片绿色特别抢眼。我大为骇异：我家楼上，怎么会那么大的一片生命之绿呢？我闪电似的走过去看。这一看，让我惊讶得说不出话来。原来我姐正谈恋爱，急着去她对象所在地杭州，将一块番薯种，从窖里取出后，扔在二楼一角暗处忘掉了。那潜藏在番薯内的植物时钟正式启动。它自己抽芽长藤了。我拿起来一看，那块作为种子的番薯早枯萎得只剩那软软空皮囊了，而那绿色的番薯藤却蜿蜒出有一米长。我即将它拿起，给我母亲看。

母亲一看，笑着对我说："走，我们将它种了。"

我问："妈，还能用？"

我母亲答："放心吧。"

我家自留山离我家并不远。母亲带我至自留山，随便找了个旮旯，将那根番薯藤分成数段，种了下去。至秋天，我与我母亲去挖番薯，居然挖出一满菜篮子番薯。

也许是我老家半山村的水田实在是太少，我老家种得最好的粮食作物即是番薯。差不多水上不去的山地，种的全是番薯。金秋一到，番薯成熟。村里的男劳力，倾巢出动。他们带着劳动工具，挑着畚箕，至自家的番薯地里，一锹接一锹的将番薯挖出。挖完后，装在畚箕里，然后用短柱拤着，沿着那崎岖的山路，一级台阶、一级台阶地挑下山来。男人们将番薯挑至山下后，所做的第一件事，即是挑来年做种的好番薯。做种的番薯挑好后，即将那番薯种放下山中早就掘好的番薯窖里。一直让它待到明年开春时，再打开番薯窖，将番薯拿出，让它们走有上千年一直在走的那段从不变更的生命路线图。番薯收归家中后，男人们上山做男人们必须做的事情，家里的番薯全交给女人了。老家的女人们不是将她们粗壮的胳膊泡在水里，将番薯洗净切成丝，晒番薯干，就是将番薯送进淀粉厂打成淀粉，做成番薯面。这两样东西，已成老家人的主食。

2014 年，大堂哥徐若山任村党支部书记，表妹许山英当选为村主任。表妹发现过去种的番薯退化了，她立即与台州农校联手，开发出两款新番薯。一种是白番薯，又大又圆，一颗重三千克，是专门管出淀粉的；一种是专门用于宴会桌上吃的紫番薯，个头小得厉害，只有鸡蛋那么大，但口味极佳，价格就相当昂贵了。就此一下，好，她居然将番薯做出六样产品来：什么蜜糖番薯干，豆酥番薯糖，什么竹火生烤番薯，居然在全国名牌食品中榜上有名。

我想起老家出产的大黄豆。在我老家那黄豆不叫黄豆，叫山豆。顾名思义，那豆是种在山里的。在温黄平原，那豆子收割后晒干，打成豆子再收藏；在半山村，却不是如此。半山村人将那豆子，高高地排在大竹架子上晒起来。那晒不是一天两天的晒，而是一直晒到过春节做豆腐了，人们这才将豆子从高架子顶上卸下来，打好。一旦豆子打好，那一家又一家的石磨开始高速运作了。于是一个信号即在磨豆腐的"欸乃"声中透出：过大年的时间到了。豆腐是山区最为常见的食品，是山区人，没有一家不会做豆腐，也没有一家不吃豆腐。就如此常见食品，令我没有想到，却让表妹带领的大学生团队，居然将山里的豆腐开发出来，成为一种名牌产品，经真空包装后，直接送往上海大商场。我生病那年，我那个小表妹给我送来一盒我老家做的山豆腐，一脸笑容地对我说："表哥，你吃家乡的豆腐少了，所以你得病了。多吃老家的豆腐，我包你病好。"她扔下那包豆腐走了。我从我妻子手中接过那豆腐，一看那包装，上面清清楚楚地写着"南金顶豆腐"。打开一看，结结实实的一个大方块。中午做起来一吃，那味道居然与我小时候吃的一个样。我出于好奇，让我女儿开车带我回半山村看一下。这一看，我瞠目结舌了。改革开放四十年，我老家的变化真是天翻地覆。小表妹开的那厂房，是全封闭的现代化大厂房，所有上班的工人全是我老家人。他们一个个打扮得与医院里的护士、医生没两样：清一色身着白衣，清一色口戴大口罩，清一色头上还戴着印有半山村村徽的白帽子。运输的车子早在厂子外面的大门口一辆接一辆地等着。走近大门，那豆腐的香气直扑我鼻子，刹那间将我打回我小时候看我姐姐做豆腐时的情景。

我企图往里进。我的一个侄儿伸手拦一下我说："阿叔，你别进。"

我一脸惊诧地问："为什么？"

侄儿答："你没消毒。你一进去，我姑姑会将我开除的。"

我一下子惊呆了，我怎么也没有想到，短短的几年，我老家进入"4.0农业版"了。

我想起了老家的两道待客美食：一叫姜汤米面；一叫番薯庆糕。这两种山区特有的美食，曾给我留下太多的美好记忆。半山村农田种的水稻分两种，一种叫糯谷，磨出来的米叫糯米。一种叫粳谷，磨出来的米叫粳米。半山村从陈雄飞率他的家人在此地建村时起，根据水落差产生冲力原理，建有一座磨坊，半山人管它叫水磨坊。水磨坊一直有专人看管，一年到头转个不停。麦子下来了磨麦，水稻下来了脱壳。凡与粉搭界的，全往那水磨坊去。家家轮着来，但要看水的"眼色"行事：水一不高兴，两眼一闭，不给水，你就干瞪眼瞅着。1949年，中华人民共和国成立，我父亲出任富山乡第一任乡长，大堂哥由民兵连长出任村党支部书记。我父亲与大堂哥一看，磨坊那么大的事，缺电怎么行？于是就找我父亲的小兄弟——时任黄岩电力局局长的章德琅商量，章德琅一听，生他、养他的半山村要电，他不出力，那他成什么人了？于是帮着大堂哥请了两个水电专家，就在离我们家不远的鹰坑，修了座水力发电站，让古老的山村与现代接轨：开始有电。电一出，好，老石磨正式退役，新电磨闪亮登场。于是麦面与米面即成我老家最好的储藏食品。我母亲每次做的麦面与米面整整两个脚箩担，做好后晒干。我母亲即将它们全藏在谷仓里。每每有客人来，老家的人们待客的第一碗饭，即是鸡蛋加黄花菜（我老家管它叫金针）的汤米面，热气腾腾地端至客人面前。番薯庆糕，是由番薯粉略加一点桂花、红糖，放在笼屉里做成。圆，寸厚，呈红色，表面撒些桂花，其香扑鼻。入口，糯，软，人吃起来没够。番薯庆糕带着一个"庆"字，即可知道它的用处。现在，宁溪山区到处均有番薯庆糕。每年乡村游的季节一到，不知有多少游客跑到宁溪山区游山玩水。我有个亲戚，即在宁溪街牌坊前卖番薯庆糕，一天能卖上一百多个。那天，她笑着对我说，现在，她就凭着那出售番薯庆糕，在宁溪购下一套好房子。我不由得感慨不已，没有中国共产党的英明领导，没有伟大的改革开放，哪有今天的好日子啊？就拿番薯庆糕来说吧，在我老家只有在盖房、结婚、贵客临门时做一下。

我想起我老家的农历七月半节。此节起于何代何年业已无从查考，但在此节期间，有一道美食让我记忆犹新，叫作"硬擂圆"，是我老家出现较早的一道特色小吃。先是用大糯米粉揉成圆，再在圆内嵌上乌豆馅，下滚水锅煮熟后，外擂（滚）上由芝麻、花生、炒豆粉、红糖、蜜饯。做好后，呈现出来的样子一片金黄，让人看上一眼，即流口水。老家的这种硬擂圆味道极好，甜、酥、香，吃了一个还想吃第二个，但不能多吃。1949年，黄岩和平解放，南下中国人民解放军入城。时任黄岩商会会长的柯友三，为迎接中国人民解放军的到来，特地下令沿街所有商铺统一在门口摆上一百五十三桌好菜、好酒，宴请解放军。柯友三特下令统一菜谱，统一上"硬擂圆"。结果这些从北方来的军人们，成年累月在浙南的崇山峻岭里转来转去，不说是饥寒交迫，也是吃草根野果度日，曾几何时吃过台州如此好吃的硬擂圆和那一盆盆鲜美可口的好菜呢？结果多吃了一点。当夜即有上百名官兵发病。柯友三一看，这还了得，连夜请了时黄岩名中医牟方允。牟方允一看，是暴食所致。当即开下一帖药方，以大锅熬之，让腹中发胀的每位官兵喝下一碗，好一阵呕吐下泻，这才解除大家暴食时带来的意外痛苦。当然，这是我听说的一段故事，而现在，小表妹许山英办的那个食品厂，居然将七月半节时人们只吃一次的硬擂圆做成美食，成为网红食品，只要你在网上点一下，快递公司即会在当天将新做成的硬擂圆，送至你家门口，让你吃他个满口生香。

我想起老家农历七月十三的地藏王节。此节，外地有没有，我不敢下论断。我老家却将此节看得十分隆重。那天夜，家家或在自家门口，或在院子里插起香烛，摆起几个盘头，置上糕点，以供地藏王。为何如此呢？直到后来我搞明白了，一是文化原因。因《易经》对地的品质极其提倡。牝马地类，行地无疆，柔顺利贞，君子攸行。自然界什么东西最有包容力，承载力，给予力，忍耐力，宽厚力？唯我土地耳。作为大自然一分子的人，生于土，得于土，成于土，你不礼敬你脚下的土地，你礼敬什么？二是感恩。我们脚下须臾不可离开的土地，给人类的东西实在是太多了。只要你是在地球上生存的人，你凭着你的良心好好想想，哪样东西，不是天地所赐予人类？吃穿住行，无不是来自土地。由是在中国传统文化中，天是父，地是母。人生最最重要的品格，即是懂得感恩。不知感恩者惟禽兽耳。不感谢给了你生命的父母，你还感谢什么？三是敬畏和恐惧。地是人，人是地。别看人类脚下的土地肩负世界芸芸众生，最苦最累最受难也不发一言，一旦超越土地承受的极限，发起飙来，那你就瞧好吧，承载人类的土地就会出现大地震。尽管现在有科学家明确说，台州一地并非是地震多发地区，然而，无论从史籍记载还是从现实，台州一地均发生过地震。我记得我七八岁那年，正坐在书桌前读书，突然间地震，将我放在桌子上的一直明着、亮着的油灯震落在地上，吓得我面色如土，忙一头钻于床底下。基于这些，每至这天，人们必须供奉土地，其目的，是让"土地爷"吃得饱饱的，好好的，才能把我们赖以生存的这块土地担得更牢。

我想起我太外公许楠生家四四方方的大院子。那大院子有中堂，有厢房，有四方形的道地，有梅兰竹菊，有大台门，有石敢当。尤其让我忘不了的是柱子上镌的两副对子。

一副是：

> 近贤门之居容光必照
>
> 遵海滨而处明德惟馨

一副是：

> 直如琴上弦清操愈砺
>
> 明似匣中镜正道力行

我想起1977年，我考上大学。放假时我往家中走。坐了火车坐汽车，坐了汽车坐轮船，终于从北京回到老家。我到家那天，正是春节前夕。老天爷下起了阴冷的蒙蒙细雨。别看北京天寒地冻，冷至零下十多度，但那冷与南方的冷完全不一样。北方的冷是干冷，这里的冷却是湿冷，不说是纠缠如魔鬼，也是执着如毒蛇，飕冷得让你浑身打战。因我是"文革"后的第一批大学生，心中高兴；因别家已久多时不曾好好看一下老家的冬日烟雨，心中忽地一动，拿起一把雨伞走至去往我家必经之路——半岭堂溪与永宁江汇合处的那座拱桥。我刚登上那座石拱桥中间，看着永宁江水凝如果冻，缓缓地往大海方向流去。我刚要抬头好好欣赏一下久违了的雨景，忽地不知从何处阁楼里逸出一曲笛子独奏《空山鸟语》。随着曲调的幽与怨，顿时让我全身发幽，潸然泪下。

我想起1981年，我大学毕业归家，分配至县委宣传部工作。那年初春三月，我参加富山乡路线教育工作队。我过我老家的那片稠密的橘树林。那橘花怒绽时所呈的芬芳，香且幽深，我深深地吸上一口，顿时便让我的五脏六腑现出一种难以言尽的沉醉。瞬时令我想起我小时读过黄岩女诗人王琬写的一首小诗：

碧桃村里是吾家，瑶草沿流映绿沙。

静掩扉门闲觅句，门前落尽一溪花。

老家的景色实在是美不胜收。春夏秋冬，一年四季迥然不同。春天到了，油菜花开了，黄嫩嫩的一片，如铺上一地的松花；苜蓿花开了，五颜六色，如一幅铺展开来的大花毯；桃花开了，一片粉黛，活似新婚娘子润红了的胭脂脸。柳树抽芽了，嫩绿毛茸，让人看后不敢对大自然的造化随意亵渎。是啊，是啊，只有大自然才能创造出这样精粹且精密的伟大杰作。春耕到了，整个山区一片繁劳景象：到处是"唉乃"的车水声，到处是人吆喝着牛，牛对应着人的"哞哞"声。正当所有的农田插秧结束，你登上山巅往山下盆地纵目远眺，无一处不是浓粹的天然之作：那一方方水田平躺如镜，秧苗葱绿如波。尤其是所有村落皆沿着溪河而筑，溪埠上泊满各种大小不同的簰。粉色的马樱花与绿柳相间而植，石板砌入的古屋老楼，全粉黛色的云烟。夏天到了，盆地成为一片蓝色海洋。所有的庄稼开始可着心疯长。高大的乔木，把家家的房屋渐渐掩盖。阳光从稠密的绿荫中穿进来，光斑如金子的碎片在家家的门前屋后恣意地跳跃。坐落在平原与盆地的村庄与小镇全被嵌入海洋的波涛中。每每那时，那村落与其说是村子，莫不如说一座立于大海永不沉没的小岛。秋天到了，我老家的那块土地几乎是一夜间变成一位成熟的少妇。水稻熟了，橘子熟了，所有该熟的农作物，全都挨个儿成熟了。展现在我面前的山景水色，不再是中国式的水墨画，且是一幅凡·高式的大油画。那一畈连着一畈的稻田中，稻穗黄得有如一块块铸金；山风轻轻一吹，稻浪相拥，有若一片海浪在涌动。这时，只要你沿着那山溪进入橘林，展现在你面前的深绿中镶嵌着点点橙黄。过去我一直想不明白，我老家的那些木刻画家们、国画家们，总爱将他们的目光向我老家山区纵深地带渗透。现在我恍然大悟：原来此地处处是景，地地是画。他们不捕捉这种自然景色，他们又去捕捉什么？浮上我脑海的是台州诗人方通良（黄岩中学教师）写的一首诗：

一年好景看澄江，十月家园橘柚黄；

绿叶金枝金色果，剪刀声里满林霜。

座上偷怀笑陆郎，家乡名果任君尝；

远查赵宋民间贡，便有金柑进庙堂。

冬天到了，我老家的山山水水开始出现一年一度的大萧条，天地万物开始收缩。老家上百里浓墨重彩的山林取而代之的即是冷峻与狰狞；兴旺的田野取而代之的是瑟缩与沉默；几条活泼的溪流取而代之的是平和且凝重，三个千年历史的古村落，取而代之的则是安详与宁静。在这个严酷的冬日里，呈现在我老家人面前的，是大自然原本即有的收敛与凝滞。老家人与城里人的生活方式完全不一样，城里人反其道而行之，老家人却是与大自然同步。他们或是手里拿着炭火炉子坐在向阳一角，侃侃而谈；或是走东家窜西家与他人合掰些白话；或是深藏于家没完没了地与女人纠缠；或是耍钱打麻将以虚度光阴。而现在，我老家人过的日子与过去的日子完全背道而驰。家家与城里人一样，个个忙得要死。上了年岁的老人，差不多全成了保育员与家政服务员，一天天在家带着他们的第三代。

我想起我老家那位老歌手，他名叫许一诺。就辈分论，我得管他叫公。他人长得极瘦，怎么看，怎么如一根长长的老竹竿，由于佝背，村里与同辈分的人，全管叫他的绰号为"虾公"。别看他长得瘦，他可长了副好嗓子，一唱起山歌来，整条大裂谷里全是他的声音。1958年，黄岩县举行过一次民歌大比赛，他上台唱了一支《黄岩谣》，出口一声呐喊，将坐在台下的所有评委全震呆了。许一诺唱出口的声音，不说是穿云裂石也差不哪去。若是那个时候，有像中央电视台"星光大道"这样的栏目，他一出场非成大明星不可。

我所知道的好些民歌，全是我小时候从他嘴里听来。

如：

月儿弯弯照九州，几家欢乐几家愁。

几家夫妇同罗帐，几个飘零在外头。

如：

> 穷苦人民实可怜，过年讨糕到门前。
>
> 富家方时开春宴，我为伤心苦叫天。
>
> 当家元宝已成堆，劳尔贫人又送来。
>
> 何不留他在家里，买田买地起楼台。
>
> 一摇就会有金线，两手应该动接连。
>
> 始信囊空如洗者，长年缩手乞人怜。

如：

> 有钱应用在生前，带进棺材也枉然。
>
> 徒中摸金校尉计，开棺搜刮到尸边。

如：

> 扫地佬，扫地佬，
>
> 今年到你家门扫，
>
> 一扫你家长命又百岁，
>
> 二扫你家金玉堆高堂，
>
> 三扫你家五谷落满仓，
>
> 四扫你家平定又安康，
>
> 五扫你家五子上朝堂，
>
> 六扫你家六国为丞相，
>
> 七扫你家七子保安康，
>
> 八扫你家八仙来贺寿，
>
> 九扫你家九龙献珍宝，
>
> 十扫你家十完全，
>
> 生个儿子中状元。

2016年，他居然登上我老家办的山区春节晚会。他颤巍着身子，用他苍老且带有嘶哑的声音，唱上一首新民歌：

共产党，实在好，

千年好梦做成了。

过去翻山越岭走雁荡，

现在脚秤油门北上广；

过去团箕堵壁挡寒风，

现在家家住上新洋房；

过去生生死死凭天倒，

现在人人望病有劳保；

过去日子青菜加粗糠，

现在日子蜂蜜加冰糖；

跟党撸起袖子加油干，

不日五彩云霞现天堂。

据说，我那位公，在我老家的春节晚会上唱完这首民歌后的第三天，即带着一脸的满足走了。根据《黄岩报》报道，他足足活了一百零三岁，死后检点他的存款，还有六十万元。他临死时还给村党支部留个遗言：将此钱用于慈善业。

每一个人都有他的故乡。故乡是每一个人的根。2013年，我脑卒中而失去了行动能力。我知道我的人生业已进入倒计时，我一直渴望归老家看一看，但因行动不便，女儿和女婿又离得远，一直未能如愿。如今好友们都有私家车，只要我点头同意，他们即拉着我去，我岂有不去之理？

我们一行顺着那刚刚铺成的柏油新公路，又经盘山公路，不久就来至半山村。轿车在半山村大门口的那片开阔地停下。我们一行从那高高的新修建的大牌楼走进我老家。路还是过去的路，由一级级石条垒铺成。水还是过去的那水，清洌且透明哗啦啦地响着，顺着那长满苔藓的老沟往山下走，山地还是那过去的山地。我从小即熟悉了的梯田，若一根根腊肉条，高高悬挂在陡峭的山坡上。那稻田还是过去那稻田，没有收割的稻子活似一块块铸金，在太阳光下惊艳得令人两眼发定。那房子还是我从小即住惯了的老房子，黑瓦石头墙。我小时候坐过玩过的走廊，风貌依旧地一动不动稳稳地坐在那里，只是上了年岁，显得格外沧桑。唯一不同的，只是过去那走廊里，放的是一口大水缸，水缸里放有竹子做成的喝水工具。取代供销社门市部的，则是一家牌子鲜艳的农家乐，你可以在这里，即吃到山区人的特有物产番薯、茨菇、竹笋、土鸡、番薯庆糕、麦鼓头、细鳞烤鱼及山粉皮。对于他们来说，一切的一切均显得那般新鲜。他们手拿着手机，做着各种各样的姿态，拍照留念。对于我来说，无非是一位上了年岁的老会计，将以往的老账本的数字重新审计与核实一遍。半岭村，我徐若水的老家，每一处我都了如指掌。我感觉与过去不同的只有两点：一是漫山遍野长着的毛竹密匝地长得丰满且爆棚；二是过去无人问津的小山村，现在旅人多得摩踵接肩。

朋友们问我："若水，你的老家在哪？"

我反问："你们想看？"

朋友们答："当然了。走到你老家了，不看一下你的老家，还有什么意思？"

我说："那好，你们跟我来吧。"

轻车熟路。

我带着他们经过八道弯来至我家。

我家那院子，还是过去的老院子。那棵大的桂花树一直默然无语地站在那儿，金黄色的桂花，开得一片灿烂。那石头铺成的院子，还是过去的脸面，唯一不同的，即因主人不在，缺少经管，那石缝中长出一丛又一丛的千斤草。走进我家中堂，抬头四处观望：栋还是那栋，梁还是那梁，椽子还是那椽子，厢房还是那老厢房，柱子还是那老柱子。所不同的只是那房顶上的老瓦长满了一棵棵宝塔形的抹头葱。我父亲去世时，家里只有我一人，我的家又安在城里。房子如人，人如房子。人不运动容易得病，房子若是不住人容易倒塌。大堂哥徐若山因年老而退出半山村领导班子，我小表妹许山英出任半山村党支部书记兼村委会主任，小表妹要撸起袖子大干一场，让半山村人走上富裕路。那天，她代表村党支部及村委会找我谈话说，表哥，能否由我们村委会代管，以文物方式保留下来，用以纪念你死去的爷爷。我在城里有房子，我女儿在杭州，我老家的房子空在那儿，也就空着了。物以用为贵。老房子，我是唯一的合法继承人，有什么条件不同意呢？我当然表示同意。于是，我家那个风貌独特的山乡小院，即成村委会办公室。尽管现在半山村村委会已移至村口两栋刚建起的新楼房里，但改革初期的痕迹，有如胎记般永不消退地留在我家的房子里：

——把马克思主义的普遍真理同我国的具体实际结合起来，走自己的道路，建设有中国特色的社会主义。

——无农不稳，无商不活，无工不富。

等等，这些大红字，镌在老房子的木板壁上。然而，令我为之感动的是：正对着中堂，架有一个做工相当精致的牌子，上面刻有七个金色大字：徐征南同志故居。

徐征南不是别人，即是我爷爷。

我一直不知，我家的这个"徐"，是不是路桥徐偃王的"徐"。

2014年，刚从职务上退下来的大堂哥徐若山与表妹一起来黄岩区委宣传部找我。他俩同时对我说："现在党中央要精准扶贫。我们二人想了又想，半山村唯一可赚钱的方法即是办旅游。办旅游唯一可利用的，即是那个风景旖旎的大裂谷。"

我问："投资方有了？"

表妹回答："有了。但对方要一个可行性报告。"

大堂哥说："全村子，只有你是大学中文系毕业。你必须为老家发展做些事，你如果不出力，对不起埋在地下的老祖宗。"

我必须接受，不接受也不行。我点了一下头。大堂哥与我那位小表妹一点也不客气地甩给了我两个大任务：一是由我写个可行性报告；二是由我将大裂谷的全部风景点，起个有文化感的名字。

我说："我对半山村的历史一脸苍白。"

大堂哥答："你苍白，我丰满。我只是不知如何包装打扮。"

大堂哥言毕，即递给我一个捆绑得密不透风的小包裹，对我说："半山村所有资料全在这儿了，你给我归拢归拢吧。"说完，两人起身即走。我让他们去我家吃午饭。他俩全不干。

许山英说："我的车在外面等着。现在不是过去，上山走下山，骨头赘成一菜篮。现在，方便，一眨眼到家了。"

我知大堂哥与表妹人生在大山，性格也如大山，说一不二。他们二人想走，我也留不住。他们走后，我坐在宣传部办公室，小心翼翼地打开那个包裹。在那个包裹里，平躺着一本历尽劫难、旧得不能再旧的《富山乡徐氏家谱》。我翻开那松脆得有如薄饼的书面，一行接一行地读下去。这才知道，我家那个"徐"，并不是由路桥徐偃王的那个"徐"，且是明时徐达的那个"徐"。某年，徐达追元顺帝将及，忽传令班师。常遇春不知原因，大怒。骑着他的那匹战马向朱元璋报告，徐达反了。快追到元朝皇帝了，因何下令不追？徐达一看常遇春闪电似的归去，心想内中必有变化。于是留兵镇北平，自己引军归来，并将他手下的兵马驻于江浦。那天，全副武装的徐达去见朱元璋。朱元璋勃然大怒，对环护着他的禁卫军下令说，徐达来千万不可放走。徐达入宫廷后不见朱元璋，即发现朱元璋在怀疑自己，徐达怕遇不测，即拔出剑来斩杀三名拦截他的禁卫军，夺关而出。朱元璋一看徐达如此刚烈，怕徐达真反，不得不下一道命令赦徐达无罪。令徐达入内与他见面。徐达不同意。徐达说，要来，你自己来。面对着手握重兵的徐达，朱元璋无有他法，只得只身至徐达船上。徐达手中按剑一脸严峻毫不客气地对怀疑心极重的朱元璋说，我徐达若是心存异图不在今天。今天我之所以临江等你，只想告诉你，你杀掉元帝，蒙古人必反，你有多少兵力来对付蒙古骑兵？蒙古人已知天命在你，他业已不敢再来。你一国之主，难道不知穷巷追狗，狗必咬人？你是一代明主，岂可将蒙古人逼入死角？你让他们自己去治理蒙古民族，有何不可？我是考虑长久了，才下令停止追击。朱元璋瞬时恍然大悟。由是与徐达重归于好。好是好了，但那道裂缝却补不平了。徐达知朱元璋是个好起疑心之主。尽管那时的徐达曾在他家的大门口写有一副气势恢宏的楹联：

　　大江东去浪淘尽千古英雄问楼外青山山外白云何处是唐汉宫阙

　　小苑春回莺唤起一庭佳丽看地边绿树树边红雨此间有舜日尧天

　　但被疑心极重的朱元璋随时杀掉的可能性依旧存在。打从那天起，徐达即将自己装扮成贪图享乐之徒。每天不问政事，只管吃喝玩乐。

　　我家至黄岩的第一位始祖，即是徐达的第五子名叫徐元振。在封建社会里，天子，天子，即是上天之子，地位高得离谱，名字中有一字与皇帝的名字相同，就得一票否决。我祖上因避朱元璋讳，不得不将原本"元"字，更为"原"字；更名徐原振。建文三年，明朝发生历史上有名的叔夺侄帝位的战争，史称"靖难"。朱棣出重兵，从河北一路飙车杀至金陵，然后强渡长江，威风凛凛地入驻金陵，一举夺走侄儿皇帝位。自己黄袍披身，坐上龙椅。因我家的老祖宗徐原振是建文帝的铁杆拥护者，为避朱棣残酷镇压，不得不带着他全部家人，从金陵起身，越过仙霞岭，再沿着瓯江一直逃至温州乐清，再在乐清掉转船舵，将家族的航路指向雁荡山。初时我老家徐氏第一位高祖的终极目的地，即是位于仙居的神仙居。我第一位始祖曾跟着他叔叔打过方国珍的弟弟方国瑛。在富山徐氏第一位高祖眼里，神仙居是天下第一好山。万仞石壁如孤峰鼎立，山头平坦如兵场。华木成屏，郁郁葱葱。尤其登至山顶后，放眼四巡，一揽群山小，空气清澄且甜爽，不说是令人心旷神怡，也是宠辱皆忘。

　　　　路转标霞外，云开绶带前。

　　　　几层山底屋，一线竹间泉。

　　　　洞口石孤耸，岩头峰倒悬。

　　　　山上青天山下溪，白云流水两相宜。

　　　　上尽峥嵘万仞巅，四山围绕洞中天，

　　　　秋风吹过琼台晓，试问人间过几年？（孟浩然）

　　那时，黄岩宁溪山区富山乡徐氏的第一位始祖，内心世界所有蓬勃发展的欲望，在残酷的政权斗争中焚化成一堆白色灰烬，他最大、也是最后一点渴望，即是带着他的后代子孙，远离那红尘滚滚的世界，建立一处陶渊明式的世外桃源。就在徐氏第一位始祖率徐氏族人过南征顶时，那马鞍子上绑缚在马肚子上的带子，突然一分为二，元宝形的马鞍"吧嗒"一声从马背上掉将下来，落在现在富山乡那个地方。祖人特别"古注"（台州土语，意为"忌讳"），迷信天命，迷信先人的阴魂一直在每位同姓子孙头上萦绕。马鞍子吊带突然断裂掉在地下，这本是正常的一件微不足道的小事，他们却共同认定这是徐家先人和天意在显灵，在暗示，让我们徐氏子孙在此地安家。于是黄岩富山乡徐氏祖上至黄岩的第一位始祖徐原振，即在现在的富山乡安家，将落马鞍的山起名马鞍山。2018年，为了统筹脱贫，统一规划，让农村从原本的"1.0版"上升至"2.0版"，实施村落计划重组。因黄岩城关早就有个马鞍山，再定名马鞍山，有重名之嫌，遂更名为"安山村"。农耕社会大多同姓同住在一个地方相互间抱团儿取暖，但人口增长，土地面积不会扩张与再生。第一代可以，第二代可以，至第三代麻烦大了，于是分流即成徐氏族亲当务大急。至第六代，富山徐氏有一男子爱上半山村陈氏一个女子，在不更姓的前提下入赘于半山村。我看了一下富山乡《徐氏家谱》，至半山村的第一代高祖准确时间是万历元年（1573）。我爷爷是第十七代，我父亲是第十八代，我是第十九代。而与我家同村的陈氏、许氏比我们徐家早至半山村约十代。

第二章

那年，黄岩林蔚奉命来宁溪山区招兵买马。

林蔚，1889 年生，字蔚文，黄岩城关东禅巷人。清宣统三年（1910）江南陆师学堂工兵科毕业。毕业后，即出任杭州新军工兵连连长。辛亥革命时，参加杭州起义；曾被编入援苏团，进攻南京天保城。1913 年，林蔚任浙江陆军第六师二等参谋。1914 年，林蔚再至北平读陆军大学。1916 年，林蔚北平陆军大学第四期毕业。1917 年，林蔚出任浙江陆军第一师工兵营长。就此起步，一年一个台阶的直线上升，从工兵营长翻身成为浙军第一师参谋长。后来，率着他领导的部队加入蒋介石领导的第一军，并出任师长。自此，黄岩林蔚的命运与蒋介石紧紧地捆绑在一起。

1977 年，我考上大学。1978 年十一届三中全会后，中国实行改革开放。1986 年，我调归黄岩宣传部工作，认识了黄岩著名的地方学者陈顺利，我俩经常一起探讨黄岩的历史。那天，我们一老一小，坐在孔园的那棵树瘿成团的大柏树下，说起了黄岩辛亥革命后的历史人物，有意无意地说起了那位国民党二级上将的林蔚。

陈顺利老先生问："你看没看过林蔚的照片？"

我答："没有。"

陈顺利老先生问："想不想看林蔚的照片？"

我答，"想看。"

陈顺利老生生即归家拿了一张林蔚当浙军第一师参谋长时的照片给我看。我第一次见到林蔚的照片。在我所见的那张照片中，林蔚是百分之百的一位大帅哥。他不仅长得眉清目秀，且是风流倜傥。关于林蔚的传说，多得实在不能再多。据黄岩坊间传，林蔚父亲名林丙修，前清的进士——是不是真的，有待考证——家有良田上百亩。清咸丰四年（1854）从八月起到咸丰五年三月止，老天爷瞪着两眼没给台州下一滴雨。黄岩有粮大户人家，纷纷趁机以粮换地，居然一斗粮换一亩地。林蔚父亲林丙修闻之，拍案大怒，大骂粮商趁火打劫，心如黑炭，下令开仓放粮。将自己家中所储存的粮食全部发放，最后落得自己家中锅碗瓢盆一敲叮当响。由是救人无数。积善之家必有余庆。传说林丙修夜间突梦国清寺大和尚率一位头戴将军帽、胸中写有"蔚"字的金刚大汉来至林丙修家。大和尚对金刚大汉说："此家人心地纯厚，你就去他家吧。"那位金刚即迈开大步，头也不回地走进林丙修家。自此林丙修妻子有孕。十月怀胎一朝分娩，是个男孩。林丙修遂将此男孩起名林蔚。

1925 年，在国民党联俄、联共的主张下，国共两党第一次合作，成立黄埔军校。黄埔军校成立后，临海周至柔为教官。林蔚负责挑选将才。他通过父亲找到时黄岩名看相人郑卿之，由郑卿之陪着他，走遍台州八县（那时宁海归台州）寻找将才。只要郑卿之说行，林蔚即给对方写一封推荐信，让他去报考黄埔军校。没路费的，林蔚当场给路费。后全台州国民党将官达一百零八人，黄岩七十二人，宁溪山区三十六人，俗称三十六条黄皮带。事实也正是如此：俞滨东、刘百闵、徐仙来、王一飞、周怀勖、郑休白、毛止可、蒋云标、杨景成、王华林、张文采、江寿颐、徐展抱、刘春龄、沈丙、应远溥，都是林蔚一手提携起来的国民党高级官员。

那时的宁溪山区是大山深处凹进去的肚脯，面朝黄土背朝天，唯一出路只有三条：或是经商，或是入山当土匪，或是当兵以性命换取金钱。

最先将黄埔军校成立消息一路飙传至宁溪山区的，不是别人，正是时任浙军二十一师师长的林蔚。那天，身着军服的林蔚，两只手叉腰，气贯长虹地对宁溪山区后生们说："只要你们不是羊质虎皮，你们尽管去。那儿管你们吃，管你们喝，干得好了，兴许还让你闹个团长、师长当当。"那时，林蔚犹如黄岩人的一只领头羊。宁溪山区那些愣头小伙子们，一旦被郑卿之看中，无不欢呼雀跃。后生们手持林蔚亲笔书写的介绍信，走出家门，走出山门，奔向广州的黄埔军校。

那天，林蔚与郑卿之来至半山村村口的那处大操场。我爷爷正与他的四位好友在一起练拳。他们所练的是仙居梅派的"鹞子功"。"鹞子功"，是台州散打的一种。"鹞子功"最大的特点，一是模仿鹞的天生本领：身轻如鸟，能攀着毛竹，利用毛竹天然弹力，从这根毛竹跳至那根毛竹。二是特别讲练手功。那手功练成后，与鹞爪一样，锐不可当。拳头一出，即能将横在那儿的寸板击碎；脚用力一踩，只听得一声"咧喇"大响，能让脚下石头分邦立国；手掌一劈，即能叫石片一分为二。尤其是那手功，何等了得！只要用力一抓，即可让一棵青毛竹变成八瓣。林蔚立于边上略瞟有一眼，两道目光即铸成两把金刚钻。

林蔚问："那五个小伙子叫什么名？"

郑卿之答："那个蹲在那儿练腿功的叫章梦九；那个往樗椤树上打拳头的，叫郑休白；那个矮不楞登人长得如铁塔的叫徐征南；那个瘦个子的叫陈树人；那个胖一点的叫郑继英。"

林蔚问："年龄怎么排？"

郑卿之答："老大郑休白，老二郑继英，老三陈树人，老四章梦九，老五徐征南。"

林蔚问："他们全是半山村人？"

郑卿之答："不。半山村的只有两人。一个是徐征南，一个是陈树人。"

林蔚问："那三人呢？"

郑卿之答："郑继英是新郑人。章梦九是北洋章家村人。郑休白是五部人。"

林蔚问："他们品相如何？"

郑继之答："全是忠勇、敢死之士。就命相论，只怕与我同村的那个郑继英，寿元不长。"

林蔚说："当下缺的就是忠勇敢死之人，我动员他参加黄埔军校如何？"

郑卿之答："我的任务只是帮着你看人，要与不要全是你的事。"

林蔚立刻上前。

那时，我爷爷他们根本不认识林蔚。林蔚身上穿的衣服与山头人也没什么不同。只当他是一般做生意人。正当林蔚上前一亮自己身份时，我爷爷与几个练武的小伙子围上来一细问，全傻了眼了。

我爷爷说："什么？你就是东禅巷林蔚？"

林蔚答："是。"

郑休白说："太好了，实在太好了。你可是我们黄岩人的骄傲呀。"

林蔚说："别那么说，我与你们一样。只不过我先走你们一步就是了。"

陈树人说："我们要是能与你一样，那有多好啊！"

林蔚莞尔一笑答："人不可貌相，海水不可斗量。人才如积薪，后来者居上。哪个人的背后也没有长着眼，你们五人不出山则罢，一出山，个个兴许扬名立万。"

我爷爷问林蔚："你怎么也上我们这穷山沟里来了？"

林蔚即开门见山地亮明他此来宁溪山区的目的："我是来黄岩寻找将才，去黄埔军校打造成国家将领。"

我爷爷问："你让我们去读黄埔军校？"

林蔚答："是。"

陈树人问："你看我们能与你一样，当上一名将军？"

林蔚答："只要你不爱财，不惜命，不怕死，没有什么不可能。"

我爷爷问："读黄埔军校不要钱？"

林蔚答："是。"

郑休白问："当下黄岩都有什么人去了？"

郑卿之在边上答："多了。多了。毛家村有毛止可；上垟村有俞滨东；楼岙村有王皞南；路桥十里长街有刘百闵、徐仙来；宁溪镇有王一飞；北洋镇有周怀勖；沙埠乡有许康；蒋东岙村有蒋云标；王林村有杨景成、王华林；江口镇有张文采，江寿颐；富山村有徐展抱；屿头乡有刘春龄；乌岩镇有沈丙；下应村有应远溥。"

我爷爷牙痛似的呻吟起来:"天哪,徐展抱也去了?"

林蔚上下打量了我爷爷一眼:"是。你们去不去?"

我爷爷慨然答:"去,去。"

林蔚问:"你们全去?"

郑休白答:"我们先不说定。让我们与家里人商量一下,定了,我们立刻去东禅巷子你家找你。"

林蔚答:"好,好,我等着。"

大公鸡喔喔长啼。午饭时间到了。我爷爷与他的四位朋友一起留林蔚、郑卿之到我家吃饭。林蔚与郑卿之答应。于是他们全至我家。我奶奶因林蔚与郑卿之的到来,特意给他们炒了一大盆鸡蛋虾干炒米面。林蔚与郑卿之二人吃得很欢。吃过午饭后,林蔚与郑卿之二人,一直与我爷爷他们聊天。林蔚告诉了他们根本听不到的种种消息。

林蔚说,你们一直待在台州山里,你们不知道外面的天地什么样。今天我告诉你们,中国当下的样子,完全成了春秋战国。横行在中国土地上的大小军阀,均想趁着孙中山先生逝世,将自己屁股坐上龙椅,均想利用这个机会,将自己的势力做大做强。

林蔚说,更可怕的是窝里斗。孙中山先生尸骨未寒,国民党内部再次出现瓷瓶落桌,碎片一地。

林蔚说,上海民众自发举行纪念孙中山先生,反对卖国的示威游行。强烈要求外国列强从中国土地上滚出去,号召全国人民继承孙中山先生遗志,将革命进行到底。上海外国租界慌得如筛糠的筛子。英国军官指挥各国巡捕向上海示威群众开枪射击。你们想,那机枪是什么东西?它可是杀伤力最大的武器。你们没有当过兵。你们不知道,我是当过兵的。军队中有句话,叫作不怕大炮响,就怕机枪叫。那机枪一横扫,即让一百多名手无寸铁的游行示威群众的生命走向终结。

林蔚说，广州市民举行盛大悼念孙中山先生、反对军阀、反对列强的游行示威。愤怒且已觉醒了的中国百姓，纷纷包围法国领事馆。时停泊于广州英国租界的一艘法国军舰，居然向广州示威游行群众开炮。你想想炮弹是什么东西，一炸，即人死一大片。当时即让广州街头血肉一片横飞。不知有多少赤手空拳的民众倒在地上，血流成河，尸体相藉。游行群众面对着同胞们的尸体越加愤怒，再次冲击英国领事馆。英国军队遂在领事馆门口架起三挺机枪向游行示威群众扫射。随着那子弹射出，数不清的民众如稻草一样芟倒在地。血水几令脚下的土地变成红色泥淖。什么叫食肉强食？什么叫作弱国无外交？什么叫作马瘦毛长、人穷志短？这就是！

林蔚说，东北大军阀张作霖的野心随着他所占地盘不断扩大，再也不是过去在深山老林里神出鬼没的东北胡子了。张作霖入北京后，决心要在中国的历史上创造出张氏前人所不曾创造过的奇迹。打从张宗昌与他认为宗亲、死心塌地地投靠在他麾下后，张作霖底气更加足，意志更为坚定。他要成为统治中国的新主子。

林蔚说，当下中国是什么中国？是四分五裂、有枪就是草头王、饿殍遍野、民不聊生的中国，是在死亡线上挣扎的中国。

林蔚说："识时务者为俊杰。所以我劝你们五位，去黄埔军校读书。"

天不早了。我爷爷他们还想听林蔚说外面的事，但林蔚没同意。林蔚说他必须与郑卿之一起去决要村。他早与决要村人说好了，他们那儿的小青年，全让王氏族长结集起来，等着他去挑。原本，我爷爷的四个朋友要归家，后来决定全在我家住下，好好商量一下前途的终极走向。就在那天夜里，我小时候住过的那间房子，成为他们的临时客房。

客房，我家的客房。在我的记忆中，那是一处好得不能再好的客房。我家的石头老房子，在半山村正中间。每每三月初春之际，山中大雾弥漫。那奶白色的大雾如海水一样，顺着那山的峡谷中涌进来，正好在我住的那一间客房窗口前形成一道边界。每每这个时候一到，我最爱趴在我家的窗口往外眺望。天哪，上哪儿看得到如此靓丽的风景啊。那弥天大雾，有如白色的棉絮，在轻轻地浮动。所有山头全都成了一座座海岛。直至太阳高高升起后，那白雾这才缓缓消去，将半山村的面目重新还原。

我爷爷一声令下。我奶奶立刻行动。我奶奶打开那散发有樟木香味大炕床，将所有的蓝花被子搬出，给我的四位伯爷们铺上一条条散着香味的蓝花被子。

林蔚与郑卿之走了。

我爷爷他们也走了。他们去的不是决要村，而是去了南征顶佛殿求签。

南征顶佛殿，据坊间传，打造这座南金顶佛殿的是传说中的济公"活佛"。我小时候，在半山村读书时，就听半山村人说，南征顶那座佛殿神得不得了。那签语，一求一个准。无论上黄岩城关、路桥十里长街的达官显贵、平头百姓，一旦有事不可解，只好翻山越岭至南征顶那座佛殿里求签。

那天，我爷爷他们五大兄弟点过香，拜过神像，即按着多年传下来的老规矩去抽签。签筒里的竹签共有三百六十五支，以合一年天数。其中有九根是金字，有九根是黑字，有九根是黄字，有九根不着一字。奇怪的是，他们兄弟五人抽的签子，全不着一字。初时，他们吓一跳，搞不清是吉还是凶，又一起跑至决要村找郑卿之，让郑卿之给好好看看，他们五人手中抽的无字签是什么意思。

郑卿之答："你们知不知——混沌——之事？"

我爷爷答："不知。"

郑卿之说："混沌不开七窍。活得好好的，一开七窍，即死。说明了什么？说明人活着懵懂一点，才有滋有味。你一生一世的好运厄运全摆在你面前一清二楚了，你活着还有什么意思？"

我爷爷说："那我们抽无字签的意思是——"

郑卿之答："人算不如天算。上苍的意思是，让你们自己决定吉与凶。人生历史自己写。"

陈树人说："这就是说，老天爷让我们兄弟五人自己做主？"

郑卿之答："对。"

郑休白说："那我们抽的究竟是好签还是坏签？"

郑卿之答："天是自然之天，人是混沌之人，道是玄牝之道，争是不争之争，为是无为之为。天地不仁，以万物为刍狗；圣人不仁，以百姓为刍狗。玄之又玄众妙之门，你说好签还是坏签？庸常之人抽不到无字签。你们兄弟五人，还是回去，自个儿好好定夺吧。"

明白了。一切全明白了。自己的历史自己写，自己的道路自己走。命运就掌握在自己的手中。

我爷爷他们回到半山村时，天已经黑得伸手不见五指。我奶奶将饭热有三四次。就半山村的时间空间论，早上亮得要比平原地带早，晚上黑得也比平原地带早，因四面群山密匝包围，鼎立着的大山将太阳的光辉一屏蔽，整个半山村全陷入的夜色泥淖。半山村人一个跟着一个先后上床睡觉。整个半山村如酣睡着的婴儿，一片宁静与安谧。唯有那垂直而下的山溪水，因不断地与岩石相激荡，发出哗啦啦的喧嚣。不时有猫头鹰的叫声，怪而凄厉，高一声，低一声地鸣叫，让人一听即毛骨悚然。

独有我家没有一个人上床睡觉。小小的中堂那根廊柱上，插有一根长长的火篾照。所谓的火篾照，即是将竹子劈成条，去青留白，放在溪水里泡有三日三夜，去汁，再重新晒干的那种照明物。我家那根火篾照在高处缓缓燃烧。那昏昧的黄光，将我家那处小小的中堂涂抹成一处半明半暗的昏昧世界。我爷爷与四位好友，围着我家那张四方桌，头与头辐辏在一起，商量林蔚送他们去黄埔军校读书一事。

先开口的是郑休白。郑休白，五部村人。宁溪山区郑氏共有两棵郑氏家族树，一棵从温州表山出，所立一村，即是新郑村；一棵从临海郑虔出，即是五部村。

郑休白是他们五人中的老大哥，也是性格最为柔和、感情最为理性的一个。

郑休白说："我是成，败，得凭两样：一是天命，二是机遇。你不能把握的是天命，人唯一能把握的是眼前来临的机遇。机遇是什么？是盘子里滚着的水银，你抓住了，也就抓住了，一旦抓不住，那水银一掉地，你抓也抓不着了。"

郑休白父名郑敬复，前清举人，辛亥革命前的最后一位岢岚县知事。辛亥革命后，袁世凯逼宣统皇帝退位，取代孙中山先生为"中华民国"第一任总统，他羞与袁世凯此类小人为伍，即辞职归家种田。郑休白读书时，有同学取笑他的名字说，你老爸将你的名字起为"休白"，莫不如更名"要黑"便了。郑休白也不明白他的父亲举人出身，起什么样的名字不好，偏将他的名字起为"休白"。郑休白背着书包归来后，即问他父亲："爸，你为什么要将我的名字起为休白啊？"

郑敬复一声不响地拿起一块白布，点了一点墨说："你看出来什么了？"

郑休白答："白布中有黑点。"

郑敬复又去拿了一块靛蓝布，同样点上一块墨点，问："儿子：你看出墨点吗？"

郑休白答："看不出。"

郑敬复说："儿子，你这一下明白你老爸为什么将你的名字起为休白了吧？社会就是《易经》中所说的八卦图社会，黑中有白，白中有黑。善中有恶，恶中有善。皎皎者易污，峣峣者易折。老子有云：知其雄，守其雌，为天下溪；知其白，守其黑，为天下式；知其荣，守其辱，为天下谷。故善行无辙迹，善言无瑕谪；善数，不用筹策；善闭，无关楗而不可开；善结，无绳约而不可解。是以圣人常善救人，故无弃人；常善救物，故无弃物。是谓袭明。你岂可做清泚之水？至察之人？"

郑休白由是恍然大悟。

郑休白读的书多，懂世道，明事理。他即比画着手势，让他的四个兄弟跟着林蔚去黄埔军校。

第二个表态的是章梦九。章梦九，章文韬的嫡系子孙。

章梦九站起来表的态度当然是去。

章梦九说："我们去南征顶庙，拜也拜了，签也求了，签语中只明言，由我们自己定，我们只可自己定。我的想法是，乱世出英雄。想当年，若不是乱世，刘关张何以桃园结义，何以名垂青史？"是的，是的，《左传》有言，"太上有立德，其次有立功，其次有立言。"是的，是的，人吃了睡，睡了吃，那种活法是没有意义的，要想自己活得有意义，那就得立功，立言，言德。

章梦九平日最为推崇的即是岳飞。当时即当着诸位铁哥们儿的面，大咏岳飞的《满江红》：

> 怒发冲冠，凭栏处，
>
> 潇潇雨歇。
>
> 抬望眼，仰天长啸，
>
> 壮怀激烈。
>
> 三十功名尘与土，
>
> 八千里路云和月。
>
> 莫等闲，白了少年头，
>
> 空悲切。

吟得血液奔涌了，还拔出宝剑来舞上一阵。

第三个表态的是陈树人。陈树人表的态度与前三位兄弟说的一样："去。吃得苦中苦，做得人上人。我们老是待在家中，做个摸田乌龟，又有什么出息？"是的，是的，人活着就得有梦想，尽管梦想如此虚无，如此遥远，如此不可把握，若是实现了呢？我们何不努力一下，也别让自己后悔。

第四个表态的是郑继英。

郑继英表态说不去。郑继英之所以不去，四位铁杆兄弟们全表示理解，因为他必须留在家中照顾他父亲。

第五个表态的当然是我爷爷。我爷爷呢当然说去。我奶奶一听到从我爷爷嘴里蹦出个"去"字，原本平静如镜的心刹那间波澜四起。那时，我奶奶刚生下我父亲一个月，你去了黄埔军校，让我一个人在家，上有老，下有小，一家子生活在一枚大头钉上。你这枚大头钉一拔，那可怎么办？别看我奶奶是山头人，从来没有走出过宁溪山区。走得最远的路，即是山区重镇宁溪，但我奶奶是人精。我奶奶灵机一动，即去找我太外公许楠生，让他留住我爷爷。

我有两个太外公。一个是我亲太外公，名叫徐邦国；另一个即是半山村的地主许楠生。别看许楠生将生意做得水起风生，但他离不开我爷爷。

那时的宁溪山区的土匪多如牛毛。光黄岩与永嘉之间的那大山纵深地带，就有一百多股土匪。我奶奶与我爷爷的婚事，就有着一段传奇故事。

有一天，我爷爷去黄岩卖药材。翻过一山又一山，越过一岭又一岭。我爷爷挑着一担子药材，先沿着山路至北洋，然后乘北洋机械动力船去黄岩城关。我爷爷坐船过焦坑时，有一伙子人在岸上高叫要坐船去黄岩。船老大一看有十几个全是农民打扮的客人，挑着东西，提着包裹之类的行囊，以为他们真的是上黄岩落市的山民，于是鸣了一声汽笛后，缓缓将船靠岸。他们上了船，船至江心，顺着水往黄岩方向开了。船一驶至江心主航道时，离焦坑约一里地时，这十几个坐船的山头人一下子露出他们的真面目了。他们将头上戴着箬帽往后一翻，一船客人全目瞪口呆。这伙子人根本不是什么落市的山地农民，且是一伙在头陀、北洋、茅畲一带活动的土匪。

那时黄岩的土匪多如牛毛。其中人数较多的是两股土匪，一股是山匪，匪首名叫罗国梁；一股是海匪，匪首名叫王仙金。

罗国梁虽是大字不识一脚箩的农民，但为人足智多谋。那年 3 月 6 日，正是头陀桥集市。罗国梁率百人，皆打扮成国民党军模样：头戴国民党军帽，身穿国民党军装，从茅畲出山，直至县城西三官堂越浮桥而过澄江。正午时分，他们一行肩枪荷刀迤逦抵头陀桥。一抵头陀，罗国梁下令分兵把守街口，然后率众沿街洗劫。罗国梁与他的罗氏兄弟们所作所为，极为凶猛贪婪，凡他们山中所缺的生活必需品无所不要。尽管罗国梁与他的百余位罗氏兄弟们忙乎了一个大中午，头陀街被洗劫一空，但所得钱财不曾超过百块大洋。至于粮食之类的东西，更不必提起，掠有十家，所得粮食不足百斤。罗国梁闻之大怒说，街上百姓无钱，难道富人家没钱？遂下令冲进八家建有好屋的富户人家，绑架富户子弟十二人，并传信所有富户出钱来赎。遂大摇大摆地从原路返往他们的基地。沿着澄江至焦坑时，忽听得江中轮船鸣号。四周群山嗡嗡作响。罗国梁抬头一看，只见黄滚滚的江上行有一条黄济客轮。这艘黄济客轮，即是柯友三与陈少白所置。罗国梁率众十余人，至焦坑浮桥处，频频对船鸣枪，迫令黄济轮停驶。我爷爷就在那条船上押船。初时，我爷爷以为这是政府军队有急事要坐他们的船，令老大打舵靠岸。他们一上船，我爷爷才知是土匪。就在他们搜船时，那位罗国梁发现船中坐着一位黑长辫子的姑娘，他冲将上去，将那姑娘的脸掰过来一看，那姑娘长得非常好看，他即决定将那姑娘掳上山去做压寨夫人。罗国梁的举动，让我爷爷发现。我爷爷是个有担当的人，他绰号叫"岩头鹃"，那天性也如"岩头鹃"。我爷爷下决心救那位姑娘。

我爷爷夺步上前，即用一把木壳枪顶住罗国梁的头。喝道："你放开她。"

罗国梁吓一跳："你想干什么？"

我爷爷说："你不放开她，我即要你的命。"

那时，我爷爷的武功，黄岩几乎没有人不知道。罗国梁不得不下令，让上了船的土匪们全部撤走。一船的人救下来了，这位长得标致的姑娘救下了。直到这时，我爷爷才知这个姑娘即是许楠生的女儿，名叫许凤鸣。

也就在我奶奶与我爷爷成婚的前一年，院桥土匪屠清风率有一百多人来半山村。他们企图将许楠生家劫个地了场光，企图将许楠生那位长得如花似玉的女儿许凤鸣劫去做压寨夫人。许楠生一接消息，急得直跳脚。就在这节骨眼儿上，我爷爷上前抱拳冲许楠生说："许老爷，你别怕，有我呢。"我爷爷当即将村里的一百多名健大后生，召集起来，立在半山村口。刚一站定，那位名叫屠清风的土匪率着他手下一百多名喽啰来了。两团伍须在村口直面相见。

我爷爷抱拳说："久仰了，屠大首领？"

屠清风问："你是何人，敢挡老爷的道？"

我爷爷答："小的不敢。只是此地仍是小的老家，容不得别人胡来。"

屠清风说："请通报姓名。"

我爷爷答："不敢。本人绰号岩头鹃。"

屠清风说："哦，就是那个在金刚尖救过岩头鹃的人？"

我爷爷答："正是。"

屠清风一脸轻蔑地说："岩头鹃，识相一点，请让道。"

我爷爷答："对不起，若是你赢得了我，请放心大胆入村，若是赢不了我，且原地回去，莫伤了兄弟间和气。"

那位屠清风自称自己是方国珍第二，当即同意与我爷爷交手，双方约定，点到为止。哪知三个回合一下来，他招招皆输，刹那间将他惹毛了。他使出狠招儿，想置我爷爷于死地，我爷爷即用其一肘，打中他的要害。

我爷爷咬着他的耳朵说："你夜里来我家，我单独给你药，如果不吃我药，夜里必尿血，你武功全废不说，你的死期即来临。"

尽管屠清风并不是十二分相信，但他却知遇着了武林高手，下令退兵。哪知他一退归自己的山寨，即发现自己尿出来的那一杆尿，红如一根血柱子。屠清风一看即慌得六神无主。就在那天夜里，天上乌云密布，大雨哗哗地下个不停。山路一片滑溻，走一步滑一步活似抹有肥皂水。我家的大院门，让人敲得"咚咚"山响。

我爷爷问："谁？"

对方不答。

我爷爷深觉蹊跷，踮着脚尖（学武之人走路全是这种样子）出去开门。门打开，一位身着蓑衣的人，捂着个肚子走进来，冲着我爷爷下有一跪。

我爷爷问："尿血了？"

屠清风答："尿血了。"

我爷爷说："我临交手前不是与你说好，点到为止，你为什么要置我于死地？"

别看屠清风是个无恶不作的土匪，为人却实在，一脸羞涩地答："是我起邪心了。"

我爷爷说："起来吧。我来给你治。"

我爷爷一把将他扶起，然后，给他药。七天过去。屠清风不再尿血，力气重新入驻四梁八柱。我爷爷的名声，自然闻名遐迩。

打从那天后，所有在宁溪山区狗头虎样乱蹿的土匪，再也不敢光顾半山村。我爷爷成为许楠生的掌门女婿。许楠生成为我太外公。

第二天，陈树人背着个小包袱来我爷爷家。我爷爷也背着个小包袱准备去城关与林蔚他们汇合。哪知刚至村口，半山村的百姓全跪在村口不让我爷爷走。

一个说："你走了，我们半山村怎么办？"

一个说："宁溪山里那么多土匪，你不能让我们去死。"

一个说："陈树人，你要走你就走，你、你将'岩头鹘'带走，半山村出现情况，你叫我们怎么办？"

人心都是肉长的。我爷爷根本不知那些乡亲们是我太外公许楠生连夜动员起来的。世上难却是乡情。我爷爷与陈树人交换了一下眼色说，"千里做官为条肚。还是你与我三个师兄弟说一下，我就不去了。"

陈树人一看，确实如此，只得如实向林蔚说。林蔚知我爷爷是宁溪山区武术界的第一把交椅。林蔚一直想给蒋总司令寻找个武功高强，忠诚敢死的警卫以取代蒋孝先。面对乡亲跪黑一片，林蔚也不能牛不喝水强按头，只可拉倒。尽管如是，林蔚心满意足。你想想啊，宁溪山区五大名声在外的武功高手，让他一天里带走三个。我爷爷与四位结拜兄弟不得不就此分道扬镳。

第三章

1927 年至 1929 年，中国处在大变局中。

1929 年 11 月 25 日，蒋桂战争终于爆发。这三年间，整个中国如万花筒一样，只要你将手中的万花筒轻轻一转，中国即会拼出令人炫目的另一种花斑。

朝辞白帝彩云间，千里江陵一日还。这里李白说的是河流，也说的是人生与时间。五年，五年，整整的五年，就这么一眨眼的闪过去了。这五年，半山村活似一个沉醉于午休的人一样，直挺挺地躺在床上，睡眼蒙眬。但大山外的世界，却是一片风云苍狗、巨涛拍岸。惊天动地的事件——走马灯似的，一个接一个地涌来，又一个接一个地走过。时间的步履，终于不紧不慢地步入 1930 年。三个走出山门的、我爷爷的师兄弟命运路线图，如黄岩溪水的流泾一样，开始现出分岔。

郑休白成为陈仪的卫士长。郑休白与陈仪生死与共。陈仪荣，他则荣，陈仪辱，他则辱。人们管郑休白是"陈仪第二"。

陈树人与俞济民、俞济时兄弟结成难分难解的好友。蒋介石任命俞济时为浙江保安处长，陈树人即出任浙保安三团团长。

章梦九认识女共产党员戚家英。章梦九经戚家英介绍，在武汉加入中国共产党，并开始从事中国共产党的革命工作。在革命的汹涌巨浪中，章梦九与戚家英在共事中产生了感情，二人结婚，并诞下一子，起名章德琅。

郑继英因病去世。郑继英从发病至垂危，满打满算只有十五天。我母亲亲口与我说过，我爷爷天天守在郑继英身边。郑继英深知自己不久人世。临走的那天夜里，他让他妻子走开，他对妻子说，他有话想与我爷爷单独交代。郑继英妻子不得不满眼怨艾地离开郑继英。郑继英让我爷爷将耳朵贴近他嘴边，我爷爷俯下头去，将耳朵贴近郑继英的那张蠕动且干瘪的嘴唇。我爷爷这才知道他兄弟郑继英心头无法敲掉与掰开的焊接点："我心中有事放不下。"

我爷爷问："什么事？"

郑继英答："妻子事。"

我爷爷问："我嫂子有什么事？"

郑继英答："别叫她嫂子。"

我爷爷问："此话怎讲？"

郑继英答："我一生犯了个大错误。"

我爷爷问："什么错误？"

郑继英答："我不应当以色娶女人。"

我爷爷说："好德不如好色，人之常情。"

郑继英说："你没看她怀着孕？"

我爷爷一脸问号："你的意思是？"

郑继英即将他心中一直不曾向我爷爷泄过的事情，第一次向我爷爷透露。我爷爷听后惊得嘴张成一个大大的"O"："你知道多少年了？"

郑继英答："有年头了。"

我爷爷说："你为什么不抓她个现场？"

郑继英答："你我全是学武之人，不出手则已，一旦出手，即会置人于死地。我若是不忍，她与她的那位奸夫，不早就命归黄泉了？"

我爷爷说："那你当初为何不将她休了？"

郑继英答："我想让她将孩子生下之后，看那个孩子像谁，我再休她。"

我爷爷问："你想叫我怎么做？"

郑继英答："我想让你将她带至半山村与我弟妹住在一起，让她生在半山村。如果她生的儿子如我，你就将他替我养大，与你儿子结成兄弟，如果她生个女儿如我，你就让她与你儿子成婚。"

我爷爷问："如果不是呢？"

我爷爷没有听到回答。我爷爷低下头定睛一看，郑继英半张着嘴巴，业已走向所有人必须走的那个世界。

我不知道你是不是我老家宁溪山区人，大凡是我老家宁溪山区的人，没有一个不知道，在我老家宁溪山区，最讲究的即是一个忠诚与守信。就拿我徐氏家族的族规来说吧，第一条即是忠诚，第二条是守信。无论你是哪一代徐氏子孙，只要你犯了这两条中的任何一条，轻则责罚，重则开除族谱。我小时候，就因撒了一次谎，我父亲一脚将我踹倒，让我对天起誓，从今天起不准再说一句谎。

郑继英去世后，我爷爷送他上山。完后，我爷爷即带着郑继英的妻子归我家。郑继英的妻子至我家不出半个月即分娩，但难产。那时，全黄岩只有一位出国留洋的妇科医生，她是郑休白的亲姐姐名叫郑企因。那天夜里，接生婆一看，血如泉涌，那草木灰根本湮不住，接生婆让我爷爷速去找郑企因。

接生婆说："我不行了。"

我爷爷说："你不行了，还有谁行？"

接生婆说："只有一人行。"

我爷爷问："谁？"

接生婆答："郑企因。"

我爷爷问："她是不是郑敬复长女，郑休白的姐姐？"

接生婆答："是。"

我爷爷问："她在五部？"

接生婆答："在。前些日子，我与她碰过一面。"

我爷爷听后，二话不说，即点起一盏灯笼，一路狂颠至五部村。我爷爷与五部村郑家的关系实在是太铁了。五部郑家人哪一个不识我爷爷？我爷爷一头拱进郑休白家一看，郑企因果然在家。郑企因一见是我爷爷叫了一声小老弟，即问出了什么事，如此急吼吼地跑到这里？我爷爷将事情与郑企因说。别看郑企因是个女人，在救人的问题上却斩钉截铁。郑企因身子一转，即穿上草鞋，背上画有红十字的箱子，随我爷爷一路小跑至半山村。

郑企因进我家门时，郑继英的妻子（准确地说，我应当叫她为外婆）若蒸笼里糯米糖圆，昏，软，只有一丝幽魂烟气似的缠绵。郑企因刚将一个青蛙似的女婴从紧闭着的宫门出解放出来，郑继英的妻子即对郑企因说有最后一句话："请你与徐征南说，我有罪，孩子没罪。请征南帮我将她带大。"言毕。郑妻即咽下了她人生最难咽的一口气。

郑企因将刚来至人世的女婴交给我奶奶。我奶奶接过那样子与蜥蜴差不多大小的初生女婴，深深地端详一遍，即默然无语。

我奶奶问："让不让我家丈夫进来？"

郑企因答："让你丈夫进来吧。"

我奶奶喊我爷爷。我爷爷轻轻地推开房门，他看到郑企因将床上的被头前挪一尺，蒙定郑继英妻子那张惨白如霜的脸。

我爷爷问："走了？"

郑企因答："走了。"

我爷爷问："丫头？儿子？"

郑企因答："丫头。"

我爷爷问："像谁？"

我奶奶将手中不曾开眼、通体透明的女婴递给我爷爷："你自己看吧。"

我爷爷看后，不由一声长叹。那女婴根本不是郑继英那块模子里拍出来的月饼。

我爷爷问："她临走前与你说什么了？"

郑企因答："她说她有罪孩子没罪，让你将她带大。"

我奶奶初时想将女婴交还郑家，我爷爷不同意，他说："我兄弟之所以不让她在新郑生，就怕露馅。你要知道，新郑村郑家人个个生性暴烈，眼中容不得一粒砂子。一旦透过女婴看到那个'抱生人'（即奸夫）的影子，新郑村说不定会发生什么事情。我们徐家做人，不光要积笔德，也要积口德。人在做天在看。我们不能因此挑起新郑村两姓间的大械斗。"

我奶奶问："那你打算给孩子姓什么？"

我爷爷答："姓郑。"

我奶奶说："你兄弟会高兴？"

我爷爷答："管活人不管死人。死人不会站出来说话。"

别看我奶奶是许楠生的女儿，但我奶奶听我爷爷的。那时，新郑村郑氏的辈分排法是"清朝继九卿"，于是，我爷爷将那个女婴起名郑九芬。二十岁一过，我奶奶让她与我父亲成婚，那位名叫郑九芬的女婴，即成了我的母亲。

1930年4月3日，中共中央发出指示："以后各地组织的正式红军，一切指挥要归中央军委。""地方赤卫队游击队及一切地方性武装渐次集中组织为红军。"

1930年5月30日，红十三军在永嘉县五尺村成立。就在红十三军成立后的第三天夜里，章梦九带着一名通信员，头戴八角帽，腰佩小手枪，穿着一身灰色军服，打着绑腿来至我爷爷家。那天夜，我奶奶打开房门。我奶奶一见是我爷爷的师兄弟，高兴坏了，立刻将章梦九迎进屋里。

章梦九平日间从不显山不露水。同学们欺负他，他也只是陪个笑脸，从不还手。用他自己的话说，那是学习师德唾面自干。1926年发生中山舰事件，章梦九被逮捕。就在将他押往广州某处松树林里对他实施枪决时，章梦九使出独门绝活，将捆绑在他身上的所有绳子崩断，连夜逃往上海。中共上海中央局为保存实力，派章梦九夫妻二人去往苏联。章梦九夫妻在苏联培训整一年。章梦九在苏联库佐图夫军事学院学的是军事，戚家英学的是战地医生。一年后，他们夫妻二人同时归国。原本他们夫妻二人一起归江西苏区。时中共上海中央局在浙江省宁波市奉化县溪口镇建立一个红色根据地。浙东南地区地理形势十分特殊，那山属雁荡山脉其最大的特点，有若盆景的缩小版。

> 台山称地镇，千仞上凌霄。
>
> 云开金阙迥，雾暗石梁遥。
>
> 翠微横鸟道，珠涧入星桥。（李巨仁）

中共上海中央局即派章梦九夫妻归台州、温州两地发展红十三军，并任命章梦九为红十三军副参谋长，戚家英为红十三军医院院长。

章梦九此次来我家，即是请我爷爷去红十三军当武术教官。红十三军之所以请我爷爷出山任红十三军武术教官，与当时的政治形势有着直接关系。那时的浙东南红十三军的红色根据地星星灯般的散落在大山深处。红十三军定下来的原则，即是各自为战。根据中共上海中央局对地方与红军分设要求，台属特委改称台州中心县委，台州中心县委书记，即是天台人曹珍。因那时的红军，生存与作战的条件极其艰难，根本没什么无线电设备，更遑论当下无处不存在的4G手机与天上无处不在的卫星。所有通知、情报及各种文件与命令传达，全凭着两条腿。由是各团与各游击大队之间、军部与各团之间的军事政治往来，必须有三四名交通员负责联络。尤其是红军战士，绝大部分是在农村活不下去的农民。正当他们在当地无法活不下去的前提下，一旦得知中国工农红军是解放老百姓的队伍，入了红军有地分，有饭吃，他们全迈开自己的两条腿，翻山越岭参加红十三军。那时，摆在红十三军面前最大的问题有二，一是文化问题，二是作战训练问题。若是你一点武功也不懂，你与正规的浙保安三团、浙保安四团、浙保安五团斗，那不是白白送死？红十三军领导层前后开有三次会议，经多次研究，最后决定由副参谋长章梦九归他老家一趟，将他的两位师弟请来任武术教官。不图红十三军官兵人人成为武林高手，但起码一点，得让红十三军官兵懂得近身格斗。

由是我父亲的伯爷章梦九化装成平头百姓，只身来至我家。我奶奶立刻起身给我爷爷的师兄弟做姜汤鸡蛋米面，我父亲与我母亲两个小孩子，即立在那张四四方方的桌子边，瞅着那位大高个子、黑张飞似的伯伯，大口大口地吃着我奶奶做的姜汤米面。那伯伯一边狼吞虎咽地吃着，一边说他好些年没有吃过家乡那样好吃的姜汤米面了。吃也吃得了，该坐下来说事了，一说事我爷爷傻了夺着的两只眼了。我爷爷怎么也没有想到，他的师兄弟一走出山门，居然去了苏联一年多，回来当上红十三军副参谋长。

我爷爷问："你妻子也在红十三军？"

章梦九答："是。"

我爷爷问："她当什么官？"

章梦九答："红十三军医院院长。"

我爷爷问："有孩子了？"

章梦九答："有了。"

我爷爷问："男？女？"

章梦九答："男。"

我爷爷问："起什么名？"

章梦九答："章德琅。"

我爷爷问："多大？"

章梦九答："比你儿子少两岁。"

我爷爷问："你们还有医院？"

章梦九答："有。"

我爷爷问："你们建立的政权叫什么名字？"

章梦九答："苏维埃人民政府。"

我爷爷问："为什么叫苏维埃人民政府，不叫中国人民政府？"

章梦九答："跟苏联学的。"

我爷爷问："苏联很大？"

章梦九答："很大。"

我爷爷问："苏联真的老百姓说了算？"

章梦九答："真的。"

我爷爷问："苏联领袖叫什么名字？"

章梦九答："开始是列宁，后来是斯大林。"

我爷爷问："百家姓有姓列，姓师的吗？"

章梦九答："阿弟，你搞错了。不是那个老师的'师'，是'其'字边，加个'斤'的'斯'。"

我爷爷问："苏联百家姓中有姓斯的？"

章梦九答："苏联没有百家姓。"

我爷爷问："那苏联人姓什么？"

章梦九答："多了，我说不上来，我只知道俄文与我们中文完全不一样。"

我爷爷问："俄文什么样的？"

章梦九答："虫一样。"

我爷爷说："虫一样的文字，你怎么读得懂？"

章梦九答："慢慢学呗。"

章梦九接着说起他此行来的目的。若干年后，我父亲与我母亲亲口与我说，章梦九明明白白地告诉我爷爷说，他此次来的目的，只有一个，即是请我爷爷去红十三军给刚组建起来的红十三军当武术教官。

我爷爷听后很是讶异："你们真有一个军的人？"

章梦九答："现在还没有，充其量只有三个团。"

我爷爷说："那怎么叫军？"

章梦九答："我们想发展成军嘛。"

我爷爷问："半岭堂戴元谱那支游击队，算不算你们的兵？"

章梦九答："算。"

我爷爷说："这样的部队，怎么与国民党正规军对决？那次打盐厫，明明白白地去送死。我怎么拦他们也不听，硬是死了那么多人。"

我爷爷即一脸愤懑地大骂起他的娃娃朋友戴元谱来。

戴元谱，半岭堂人。半岭堂，位于黄岩西部山区，与半山村相邻。半岭堂戴氏其始祖即是戴良齐。戴良齐，字彦肃，北宋嘉熙二年进士。官至太常寺簿秘书郎，兼史馆校勘，庄文府教授；著作佐郎、著作郎。咸淳二年，迁军器少监；赐爵临海子。由是戴良齐不得不将家族从原本的河南安至今天温岭南塘。尽管戴良齐被赐爵临海子，但家境并不富裕。真正让台州戴氏子孙发有大财的是一起意外之财。为说明今天我在这本书里所说的故事并非虚构，特将喻长霖记载一事，全文录下：

> 南塘戴氏宗，元时最盛。其祖先操小船取蛎。夜泊浦溆门。见有鼓乐船，自海上来。比近岸，闻哭声，灯荧煌。就视之，用空舟也。入舟，金银货物以钜万计。有香火祀铜马神。盖劫海贼为兵剿杀，堕海死，独遗其船在耳。戴氏祖先取之，遂至钜富。

正因有此一笔大横财，令南塘戴氏在当地成为旺族。

温岭戴氏家族行至元末明初，大难临头。给温岭戴氏家族树带来大砍伐的重要人物，即戴震晨。

戴震晨，温岭戴氏第七代子孙。那时的戴震晨不知听何人所说，洋屿青，出国精。又传方国珍出生时的，有黑龙盘柱。戴震晨认定方国珍有帝王之相。戴震晨遂学秦李斯对方国珍行政治投资。不仅倾尽家产帮着方国珍起兵，还将两个妹妹同时嫁于方国珍为妻。或因戴震晨与方国珍为亲戚好友，或因戴震晨每每在方国珍危难时拯救方国珍。方国珍起兵后，戴震晨即为方国珍手下主要幕僚与后勤部长。初时，戴震晨劝方国珍率水师北上，入主北京，推翻元朝，自己称帝；方国珍不听，即投元。投了元后，戴震晨劝方国珍别反叛，方国珍不听，又反叛投朱元璋。投了朱元璋，戴震晨又劝方国珍别叛朱元璋，方国珍又是不听。戴震晨怎么也没有想到，他看人看走了眼，方国珍根本没有一揽天下小的器局，只求偏安于一隅。正当朱元璋兵临城下时，戴震晨再次动员方国珍带兵去台湾与朱元璋隔海相抗。方国珍还是不听。若是方国珍听得进戴震晨的逆耳之言，方国珍兴许与朱元璋有着隔海而治的可能。但方国珍毕竟是方国珍，方国珍有方国珍的软肋与局限，最后不得不将大好局面全部拱手让于朱元璋。方国珍投朱元璋后，朱元璋一直视方国珍一门为另类。朱元璋一直想除掉这根肉中刺眼中钉，只是找不着由头。欲置人于死地，何患无辞？朱元璋借着方国珍的儿子方鸣（明）谦，在老家洋屿所盖的房子违制为由头，先将方鸣（明）谦剥皮致死，随抄没戴震晨全家。杀戴震晨一家子孙二十八人。时有童谣：

> 老鸦叫，相公到。
>
> 到何方，到南塘。
>
> 塘下戴，好种菜。
>
> 菜开花，好种瓜。
>
> 西抽藤，好种菱。
>
> 芙壳乌，摘个大姑，摘小姑。

讲的就是那次轰天大屠杀。打从温岭戴氏一脉无端摧杀，温岭戴氏家族树不得不分枝逃至黄岩半岭堂，并在半岭堂安家。

半岭堂与半山村位于南征山同一平行线上。半岭堂村东靠仙居，北靠永嘉，西临缙云，是一处人迹罕至，相对独立的且偏僻的小山村，四面环山，有一条小山溪蜿蜒着从村中间穿过。因位于半岭，村中建有戴氏被杀纪念堂，故起村名为半岭堂。

戴元谱，1909 年生，与我爷爷同年。戴元谱与我爷爷是娃娃时的好朋友。他们一块儿光着屁股打蛙水，一块儿上树捡鸟蛋，一块儿跟着大人们去山里烧炭。1924 年，戴元谱与爷爷同为十五岁。我爷爷家因大难突然临头，我爷爷不得不跟着梅永武去了仙居。而戴元谱却因家中有钱，让他上了台州省立第六中学读书。1927 年，戴元谱台州省立第六中学毕业后，即任半岭堂小学教师。就在他正式任教那年，他家的同房族兄弟戴邦定（温岭南塘人）来半岭堂发展共产党员。按着戴氏族谱辈分论，戴元谱得管戴邦定叫叔。戴邦定发展戴元谱加入共产党，戴元谱岂有不入之理？戴元谱为人最大一块长板：善言辞，人们称他"海撒籽"；最大一块短板：每临大事不善决断。戴邦定发展戴元谱入党后，经戴元谱四下游说，（人才没好坏之分，只看你是不是用对地方）共产主义社会怎么怎么好，说得个头头是道。当年即在半岭堂村建立起第一个黄岩西乡区共产党支部。半岭堂党支部建立后，戴元谱与戴邦定二人利用半岭堂小学，将附近三大村落山民组织成立一支红色赤卫队。

1929 年，戴元谱决定打盐廒，组织赤卫队时，曾来至我家。戴元谱来我家两个目的，一是渴望我爷爷参加赤卫队，二是告诉我爷爷红色赤卫队决定去黄岩打盐厫。当时，即遭我爷爷强烈反对。我爷爷说有三点意见：一是你们赤卫队人员素质不行。我爷爷说，你手下的那些人有一个算一个，哪个不是种田人，连个鸟枪也放不了，何谈与有着正规训练的浙保安团对决？你以为打仗是我与你小时候玩家家？二是你们赤卫队手中武器不行。我爷爷说，你们赤卫队手中有什么东西？只有三支毛瑟枪，三支火药枪，就能与浙保安五团交手，你不是做白日梦？三是驻黄岩浙保安五团兵力实在太强，他们全是兵油子，手中有一打一个准的步枪不说，还有嘎嘎叫的机枪。羊就是羊，狗头虎就是狗头虎，一千只羊也抵不住一只狗头虎，你可别拿你手下的人当一盘菜。

我父亲亲口告诉过我说，戴元谱根本不听。戴元谱一离开我家即迈过县界，直至永嘉上潘村，联络潘喜堂带着的那支据山立砦的农民武装，这才勉强凑成一个营兵力。

1929 年 4 月 14 日，黄岩赤卫队全体队员结集出发。戴元谱任副总指挥。动员报告一结束，黄岩赤卫队即起程向黄岩县城进发。至宁溪镇，约有一百人完全带着凑热闹性质哄怂着参加黄岩赤卫队，人数急剧跃升至三百二十三人。从宁溪镇出发开往黄岩县城，一路过来，人数激增至一千三百一十二人。浩浩荡荡的大队伍一路喧嚣夸张地翻山越岭至黄岩城。至黄岩城关后，部队分成两队。一队攻打西门；一队攻打南门。一因此次公开行动，声势浩大（一路纷纷扬扬），二因在宁溪镇宿有一夜（违背兵贵神速作战原则）。地方民团早已将消息报告给县长孙崇夏。孙崇夏一听，冷笑着说："一帮乱民贼子，想与我孙崇夏放对，还嫩了点儿。"当他得知具体人数达一千多人时，孙崇夏遂请浙保安五团派第三营入城驻防。那时，黄岩城清一色是木结构老屋。明时戚继光为抗倭，曾在外围筑有很高很厚的大城墙。各地百姓入城做交易，须从东、南、西、北四门入城。时任浙保安五团团长的不是别人，而是林显杨（黄岩人）。林显杨一听，这还了得，遂下令浙保安五团第三营统一归孙崇夏调遣。孙崇夏令浙保安五团三营三个连，各执机枪一挺，居高临下地分兵把守各门。先发动进攻的赤卫队第一大队。大队人马进入射程，孙崇夏下令开枪。机枪炒爆豆似的响起，呼声震天动地。打开来的西城城门重新关闭。摆在黄岩赤卫队第一大队面前的真实情况是：他们根本拿不下黄岩西门，仅一小时，就被浙保安五团三营打死打伤五十五人。黄岩赤卫队身后跟着起哄的宁溪山民们全线溃散。黄岩赤卫队第一大队不得不撤出西门。

戴元谱开始带队攻南门。时负责黄岩南门的指挥官浙保安五团一营营长徐梦蛟。徐梦蛟（路桥徐山人）一看戴元谱所率的人马全是乱七八糟的氓民，手中所拿武器全是冷兵器。即使有几支火枪，也很不像样，粗略一看，遂从他的心灵深处发出一阵冷笑。徐梦蛟不敢相信眼前所现的这团伍是共产党的武装队伍："就是共产党的红十三军的游击队？"

手下人答："是。"

徐梦蛟说："这哪里是在打仗，分明是在舞台上演戏。那个名叫戴元谱的，是导演呢？还是军事指挥官？如此一群乌合之众居然敢攻黄岩城，这不是自个儿将自己的小命往枪口上送吗？"

徐梦蛟下令大开城门，亲自督队迎击。一时枪声如春节时孩子们手中放的百子炮。不少黄岩赤卫队战士起来又倒下，倒下又起来。一瞬间，即在戴元谱面前，横陈有十八具尸体。戴元谱一看，这哪里是在打仗哪？分明是送死！整个黄岩游击队如海里的大章鱼的触手一样，只是象征性地触碰了一下，立刻撤出南门。戴普送（新桥人）说什么也不相信，眼前所现的一切全是真的，他不死心亲率黄岩赤卫队三队强攻东门。这一下好了，就这往前一冲，黄岩赤卫队三队打死打伤十三人。无可奈何了！实在是无可奈何了！戴元谱、戴普送二人不得不率最后的六十多人撤出黄岩东门。

戴元谱结集余部退往与永嘉相交界的决要村。徐梦蛟率一营直追至决要村。戴元谱不得不率部一身狼狈地蹿入决要村的深山老林。徐梦蛟怕有意外，最后下令收兵。

黄岩赤卫队的第一次军事行动，以失败告终。

这是一场力量装备完全不对等的小仗。这场小仗的终极结果是：第二次向国民党政府宣告中国共产党在台州地区存在武装队伍。事后不久，县长孙崇夏下令解散黄岩全部盐厫。飙起的盐价，如湖水一样，只是荡了层涟漪。但红十三军的这次行动，却引起蒋介石政府当局的高度关注。蒋介石当时即对他一生中最为靠谱的亲信俞济时下严令说："如果我的后院再起火，你提头来见。"俞济时不得不开始四面调集兵员，以图将活动在浙东南沿海一带的共产党武装力量消灭。

1929 年 4 月 15 日夜，戴元谱至半山村。戴元谱到时，鸡正好叫有头遍。天下着蒙蒙的细雨。戴元谱踩着滑塌塌的石头路，来至我爷爷家。他上前轻轻敲了三下门。我爷爷听到后，急起开门。借着那火簔照的微弱光亮，我爷爷见来者头戴笠帽，身披黑蓑衣。人一入门，水滴即顺往蓑衣的线路往下淌。干燥的地面遂呈一片斑驳。我爷爷压根儿没有认出来者是戴元谱。一边伸手挡着雨风，一边轻问：

"谁？"

来者不答。

戴元谱摘下帽子。

我爷爷瞪眼细看，大惊："你？阿谱？为何如此这种打扮？"

戴元谱不语。

关门。

入室。

我爷爷刚将他手中的火簔照往柱子上一插，这才透过黑色且厚重的蓑衣——单刀直入直戳我爷爷的那张脸。尽管那时的我爷爷打心眼儿里看不起他的瞎指挥，但毕竟是从小一起长大的娃娃朋友。天下宇宙万物均有遗憾之地，况且是金无足赤，人无完人。哪有吃五谷杂粮长大的人，不犯错之理？杀人不过头点地嘛。面对着戴元谱一脸愧疚的样子，我爷爷还能再说什么呢？只说有一句："你祖上曾言，千人诺诺，不如一士之谔谔。武王谔谔以昌，殷纣默默以亡。你怎么就听不进反话，一意孤行呢？"

戴元谱低着头不敢看我爷爷。

我爷爷问："伤有多少人？"

戴元谱答："四十多人。"

我爷爷说："我哪有什么本事治得了他们？"

戴元谱说："那怎么办？"

我爷爷说："何不叫北洋江田村的章玉奎？"

戴元谱说："副队长戴普送受伤了，能走山路的只有我一个人了，我怕——"

我爷爷一眼看出戴元谱怕的是什么。

我爷爷说："你怕再遇着浙保安五团是不是？"

戴元谱点点头。

我爷爷说："你放心吧，我陪你去。"

我爷爷当夜即起身与戴元谱一起，前往北洋找到伤科名医章玉奎，由戴元谱带路，我爷爷殿后，三人沿着那条陡峭的山路，踩着哗哗作响的山溪水声，同时前往黄岩决要村。一夜过去，天色渐明。我爷爷护着戴元谱、章玉奎沿着条石头路溯半至决要村。雨刚一停歇，我爷爷跟着戴元谱、章玉奎入决要小学一间大教室。我爷爷一入那大教室，面对着一室躺在地上的赤卫队员伤体，耳闻着那高一声低一声痛苦的呻吟，放下药箱，即跟着章玉奎着手救治那四十多位腿骨被打断的赤卫队员。

1929 年 5 月，林显杨调走，徐梦蛟任浙保安五团团长。那时摆在徐梦蛟面前最为关键的问题即是：全台州的"共匪"与"土匪"混在一起，光凭他浙保安五团一个团的兵力，很难解决实质性问题，往往是"按下葫芦起了瓢"。徐梦蛟毕竟是徐梦蛟，他为人聪明睿智。某天夜里，徐梦蛟忽作一决定，一改过去那种有名无实的做法，将各县所有防土匪各自为战的民团与散兵游勇全部结集一起，以县为单位，统一建制、统一管理，从松散型变紧密型、有着实战意义的台州民团。

徐梦蛟精心构建台州民团的方案深得上峰嘉许，上峰一批，徐梦蛟即找台州专员罗时实商量：如何改过去的松散型为紧密型，将台州八县虾兵蟹将，组建一支可统一调度、统一指挥、真正有战斗力的台州民团。

1929 年 7 月，台州民团成立。民团团长不是别人，即是徐时用。

徐时用，路桥人。辛亥革命时曾任骑兵团团长。朱瑞任浙江省都督时，他任清乡长司令。解甲归田后，即在路桥办有台州第一家公路运输公司。因办运输公司，需要利用辛亥革命后黄岩第一条军用公路，遂与浙江浙保安处签有协议：民国政府修的那条公路归徐时用使用，但徐时用必须出任台州民团司令，以保一地平安。徐时用为人强悍有胆力，绰号"垂头老虎"。徐时用任浙江省民国政府骑兵团团长时，连孙传芳都惧他三分。就在徐时用正式出任台州民团司令的当天，潜在红十三军内部的国民党特务送来一个消息，说吴民冕领导的红十三军红一团黄岩游击大队在从决要村开往永嘉红十三军总部五尺村。徐时用即神不知鬼不觉地率黄岩营与仙居营急行军至富山。正当前方侦探将红一团黄岩游击大队行走线路摸清后，徐时用令黄岩民团一营与仙居民团二营在红一团往来决要村与永嘉间的鹘岩岭设伏。

鹘岩岭是黄岩与永嘉县交界山区一处险要地。因此岭多鹘，才被山头人称作鹘岩岭。鹘岩岭与半山村的大裂谷一样，唯有一条羊肠小道可直接通往永嘉。那天，我爷爷一得知徐时用这只"垂头老虎"在此设伏，心如油煎，可总队长吴民冕还不知前面前有伏兵。鹘岩岭是什么样的一座岭？如一个掰开来的大馒头，山高七百多米，全是垂直的山体，山麓下，即是哗哗流湍的北楠溪，两边对峙着的山，差不多全是刀切豆腐样的悬崖峭壁，只有一条小路，如一条腰带系在山中间。即使平常间走路，也得小心翼翼，唯恐一脚踩空跌下山。况且是战争时期，不是你死便是我活，战斗一旦打响，连个退路也没有，岂能不全军覆没？我爷爷想，红一团那么多战士，我怎么可以见死不救？于是，我爷爷施展全身功夫，终于在第一时间潜到吴民冕他们的必经之路，等候吴民冕。正当吴民冕率部经鹘岩岭去往五尺村方向时，我爷爷即从他潜藏的岩鹘岭岙环处的毛竹林中跳出来。吴民冕一看是我爷爷大吃一惊。

吴民冕说："徐家兄弟，是你？"

我爷爷答："是我。"

吴民冕问："你怎么会在这里？"

我爷爷答："等你。"

吴民冕问："出什么事了？"

我爷爷说："吴军长，听我一言，你们不能再往前走了。"

吴民冕问："前头又有伏兵？"

我爷爷答："是。垂头老虎，一个营的兵，全在等着你。"

吴民冕问："垂头老虎是谁？"

我爷爷答："垂头老虎是谁，无关紧要。现在的关键是立刻冲出包围圈。"

戴元谱说："这里是华山独条路，哪有什么别的路可走啊？"

我爷爷不屑一顾地骂了戴元谱一句："我从小与你一起玩大，我还不知你长了个猪脑膏子？"

我爷爷立刻说出他的主意。我爷爷说："这里有一条小路，可以直接跳出徐时用那只垂头老虎布的伏击圈。"

吴民冕说："徐家兄弟，你快快带我们跳出包围圈吧。"

我爷爷答："好。"

我父亲对我说，我爷爷立刻施展"岩头鹘"功夫，先攀着老藤登上峭壁顶，解下捆在自己腰上的两根绳子。一端系在一棵大松树上，另一端放将下去，让吴总队长、戴元谱与黄岩游击大队的队员沿着绳子攀上山顶，然后沿着那条只有采吊兰人知道的小道，绕开徐时用民团的伏兵往永嘉方向走。初时，戴元谱根本不相信，去往永嘉方向有伏兵。我爷爷冷冷地笑一声，即一把从戴元谱手里拿过那支步枪，对天放有一枪。此枪一放，那枪声立刻如往湖中心掷有一块石头，声波一圈套着一圈振频至对面。仙居民团上百人误以为战斗打响，即从潜伏着的树丛与竹林中跳出来。有人大喊，"有人放枪了。"那场那景，走马灯似的出现在红十三军黄岩游击大队官兵面前。

吴民冕大喜过望，紧握着我爷爷的手说："谢谢你，我的徐家好兄弟，没有你出马，我们今天全报销了。"

我爷爷说："吴军长，你什么都好，就一点不好。"

吴民冕说："我什么地方不好？"

我爷爷说："你太刚愎自用了。"

吴民冕问："我刚愎自用在什么地方？"

我爷爷说："黄岩盐厩那一仗根本不能打，让我的那么多半岭塘兄弟送命。"

吴民冕一脸无奈地答："好兄弟啊，别看我是军长。说白了，只有三个团的兵力。但我的上级要我打，我不能不打。不是我刚愎自用，而是我的上级领导下的命令。"

我爷爷说："你那个上级领导，也是个睁着眼睛说瞎话的大混蛋。鸡蛋就是鸡蛋，一千只鸡蛋也砸不碎一块石头。"

台州民团司令徐时用左等右等，也没有等到红一团黄岩游击大队来，心生疑窦。正当对面枪声一响，徐时用即明白，红十三军红一团黄岩游击大队跳出了包围圈。副司令张荣廷还想追。

徐时用冷笑着说："你是温岭人，懂不懂山区？别看两山鼎立，面对面人看得见，喊话听得见，但你追试试？"

徐时用下令仙居营与黄岩营在岩鹘岭岙环处会合。一至岩鹘岭岙环处，徐时用什么也明白了。

徐时用说："能有这个本事将他们带出去的只有一人。"

张荣廷问："谁？"

徐时用答："岩头鹘。"

张荣廷问："绰号？"

徐时用没有回答。一个黄岩民团团丁回答，"他的真名叫徐征南。"

张荣廷问："什么地方人？"

团丁答："半山村人"。

张荣廷说："我们去半山村抓他如何？"

徐时用脸一黑喷着唾沫星子骂道："你头上长有几颗脑袋敢惹他？"

那时，台州有三只虎，一只虎黄，一只虎黑，一只虎白。黄虎指的是徐时用，黑虎指的是路桥陈季甫，白虎指的是温岭张荣廷。别看张荣廷与陈季甫全是虎，但黑虎与白虎全怕黄虎。黄虎说一，他们不敢说二。

张荣廷问："下一步如何走？"

徐时用答："走什么走，回家！"

徐时用立刻下令所有民团全部打道回府。正因我爷爷帮了吴民冕一把，让红十三军红一团黄岩游击队冲出包围圈至永嘉楠溪。红十三军长吴民冕就从那天起念念不忘我爷爷。

章梦九说："正因你做了这件大好事，红十三军党委才决定，请你做教官。"

我爷爷说："可惜郑继英走了，不然，我们二人结伴一起去有多好。"

我奶奶问："你真去？"

我爷爷答："当然真去。"

我奶奶说："天无二日，地无二主，国民党军队看着红十三军眼中出血。人肉就是人肉，又不是钢铁，你武功再好，也挡不住子弹的穿透力。你一旦倒下，家中两个孩子，叫我怎么办？"

我爷爷说："你父亲是许楠生，怕什么怕？"

我奶奶说："嫁出去的女，泼出去的水。我现在是徐家女人。"

章梦九说："弟妹，你放心，我此次来，是让我兄弟当几天教官，不是让他参加我们红十三军。"

我奶奶说："我的丈夫我知道，他是头野驴。万一他不回来，我怎么办？"

章梦九说："让我师弟带着我侄儿去。"

我奶奶说："那你得给我说清楚了，多长时间？"

章梦九答："我们全总队官兵培训时间，只有三个月。三个月一过，我即让我师弟带着我侄儿回来。半山村的情况,我清楚,我决不会将我师弟扣在那儿。"

我奶奶说:"那好,时间一到,你要是不将你师弟放回来,我即去五尺村找你。"

章梦九笑答:"我们共产党人,从来说话一言九鼎。你放心好了。"

我奶奶问:"你们打算什么时候走?"

章梦九答:"明天三更走怎么样?"

我奶奶答:"好。"

时间不早。火篾照换有第二根。章梦九,我爷爷及我父亲全睡下了。山区的夜,实在太安静了,安静得有如掉入宇宙的黑洞里。只有那山溪水在没完没了地吟唱,那连片的毛竹林在夜风中互相碰撞从而发出海涛般的哗哗响。

我父亲对我说,那天夜里,他每根神经全在翩翩起舞。初时,我父亲躺在那小竹床上,烙饼似的翻来覆去,怎么也睡不着。我父亲对我说,他只是从叔叔、外公嘴里听说过红十三军。那红十三军究竟是什么样的一点儿也不知道。如今,他要跟着我爷爷去红十三军军部,那股新鲜劲儿,可就别提了。他说他想着,想着,也就睡着了。

我父亲对我说,他自己也说不清睡有多长时间,即让我爷爷给揉醒了。我爷爷说:"儿子,儿子,你给我起来。"我父亲揉了好长的时间才起来。起来一看,奶奶早就将早饭与干粮准备好了。早饭吃的是米饭(那可是待客的最高礼遇,带的干粮是麦鼓头)。吃完饭后,奶奶拿出两个包袱,一个大的,一个小的。大的,是我爷爷的,里面装的全是我爷爷换洗的衣服;小的,是我父亲的,里面装着的全是我父亲换洗的衣服。除此外,还有三个白布包的干粮布包,里面放着又松又软的、刚刚摊好的麦鼓头。看那样儿,我奶奶一整夜没睡觉。

鸡叫有第三遍。

我奶奶说:"要走快走。"

我爷爷看一眼我母亲。

　　我奶奶说："看什么看？她睡着呢，你吵醒她，她也要跟着她哥哥走，你烦不烦？趁着现在浙保安五团的兵全在山口的哨卡里睡觉。若是晚了，盘问起来啰唆不啰唆？"

　　别看我老家与所有半山村的家庭一个样，但有一点与众不同。我们家分工特别明确。我爷爷管外，我奶奶管内。外事不决问我爷爷，内事不决问我奶奶。我奶奶的意见一出，我爷爷立刻服从。于是他们一行三人悄悄地离开我家走了。我父亲说，那天的三更，真黑，只可凭着他们的记忆往永嘉方向走，他那双小手，让我爷爷紧紧地牵着，那样子，活似大簏带小簏。

第四章

我父亲说他第一次到高高的潜龙山山顶。那潜龙山山顶，有着百米见方的平台。平台上有两棵遒劲的古松。古松下有一张石桌与三块可供人坐的石头。离古松约二十米处，有一家祠堂，叫王家祠堂。站在那处小平台上放目环顾：那永嘉山水如一轴缓缓打开来的山水画，笔笔生辉，令人心旷神怡。扑面而来的空气，甜爽得让人浑身舒坦。近处竹浪卷起阵阵涟漪，如波荡漾，远处树浪排空，涛声阵阵。极目远眺：则是一线横白的大东海，烟雾升腾，似可见地球圆拱。一条长长的楠溪，从山脚下蜿蜒而过。红十三军军部，即设在五尺村依山傍溪唯一的王家祠堂中。站在潜龙山山顶往下一瞅，原本那些高山大山全变成笼屉里蒸着的一个个绿色大馒头。尽管顶上没有高大的树木，漫山遍野只有矮矮的箬竹林，但地势极为险要，如一座宝塔立在海浪样起伏的大山中间，只有一条石头砌成的小路，成四十五度角往山顶延伸。

我父亲手脚并用地跟着我爷爷与伯爷章梦九到五尺村。五尺村是一座躲在永嘉县潜龙山皱褶处的小山村。那村子只有三十多户人家。全部坐落在一片茂密的竹林前。村子前面横有一条小山溪，山溪上架有一座简易的小木桥。小木桥过去种有一棵大樟树，大樟树下有一片长方形的晒谷场。晒谷场后边即是村子，五尺村，是个名副其实的石头村。三十多间紧密排列在一起的房子，全是由一块块石头砌成。

我爷爷第一次到红十三军军部。他怎么也没有想到，红军的部队与国民党的部队相差那么大。我爷爷去过陈树人的浙保安三团司令部，司令部所在地与黄岩县政府衙门一样，那里一定有太师椅，有红木茶几，有公务人员负责倒茶倒水，门口站有警卫，开会议事时，所有团以下干部全部列于两边，正中间那张太师椅坐的即是团长。官大官小，一眼看得清沁如家门口的那条流湍着的山溪水。而在共产党领导的红十三军，官与官一个样，官与兵一个样。不是他们内部人，根本分不出哪个是官哪个是兵。我父亲初以为那个上了年岁的是政委，上前一叩问，哪知他只不过个做饭的炊事员。浙保安三团有个营部安在富山徐家祠堂，那营长名叫胡振堂，胡振堂一进那门，即放开他的嗓子大喊："快，快，将那些牌位统统给我撤掉。"徐氏族长不同意，胡振堂即动粗，说徐氏族长通共，一个大嘴巴子扇过来，徐氏族长的嘴角立刻流出一道血来。我爷爷一看就来气，想与他们放对，徐氏族长伸出双手拦住我爷爷，悄着对我爷爷说："他们手中有枪，你只有剑戟。他们一开枪，你不就成了活靶子了？你上去一拳即可打死那营长，可他们有一个团的人，我们徐氏不得一门生灵涂炭？习武之人，讲的是忍，我们就忍了下吧。"同样，红十三军军部设在五尺村的王家大祠堂里。而在大祠堂中，红十三军根本没有动参差不齐立在那儿的先人牌位。只是在祠堂的厢房处摆有一张桌子。桌子靠墙上方，悬有镰刀与锤头组成的旗帜，就算是红十三军的总部。

我爷爷问："这就是你们的军部？"

章梦九答："是。"

我爷爷说："太简陋了吧。"

章梦九答："我们是为老百姓做事的，要豪华做什么？"

我爷爷与我父亲跟着章梦九走进红十三军军部办公室。红十三军办公室异常简单。办公室里摆有一张大方桌，四周摆有木凳子，桌子正中间，放有一把大泥壶，与八口供人喝水的大粗碗。四方桌上方的墙上挂有两幅大画像，大画像上是两位大胡子、长得与中国人完全不一样的老人。一个光着的头锃锃发亮，一个一脸遒劲的大胡子，浓密得如悬崖下的山茅草。

我爷爷问："他们是你们领袖？"

章梦九答："是。"

我爷爷问："叫什么名？"

章梦九答："那位大胡子一大把的，叫马克思；那个光顶的，叫列宁。"

初时，他们不知我爷爷今天会到，红十三军总部只有那做饭的老炊事员。章梦九让他去通知一下。那位正忙着在砧板上剁菜的炊事员，拿过一块抹布擦了一下手，旋风似的跑出去。片时一过，红十三军领导全跟着他回军部。他们一来，即在军部门口举行隆重的欢迎仪式。所有军级干部全上前与我爷爷握手，他们全叫我爷爷为老师。

总队长吴民冕。我父亲说，吴总队长用当下的语境说，是个高大上，标准的美男子，浓眉大眼，直鼻厚唇，个子挺拔得如山间长的大青毛竹，青葱且亮眼。吴民冕，具体情况一直不详。我只知道吴民冕与我伯爷章梦九一样，是位留苏学生。吴民冕在苏联留学时与台州临海王观澜同为一个军政班。军政班毕业后，吴民冕与王观澜一样，从黑龙江省的抚远县入境，先至白山黑水的中心城市佳木斯，经短期休整后，即辗转至上海，后由上级指派他至老家永嘉组建红十三军，并由他担任红十三军军长。我父亲说他一直没有想明白的是，一个红军队伍的领导人，他却不是个共产党员。我爷爷入驻红十三军后的第三天，即知道红十三军内部存在矛盾，政委金嘉真与政治部主任陈文杰力主将党支部建在连上，而吴民冕反对。因吴民冕的反对，为陈文杰、政委金嘉真的牺牲，为浙东南游击队的失败埋下了种子。

吴民冕伸手抚了一下我父亲的头，问我父亲："叫什么名字？"

我父亲答："徐秉德。"

吴民冕说："好啊，秉德名字起得好啊。几岁了？"

我父亲答："七岁了。"

吴民冕说："你跟着你爸爸一路走到这儿？"

我父亲答："是。"

吴民冕说："将门出虎子，你爸爸是英雄好汉。我瞅你那样子，你长大了，也一定是英雄好汉。"

我父亲睁着他黑葡萄似的两只眼，没有回答。

政委金嘉真。我父亲说，政委金嘉真是个典型的高级知识分子。方脸，体态颀长，鼻梁上戴着一副老式眼镜，头上戴着一顶红军标志性八角帽，腰上系着一条军皮带，别着一支手枪，腿上打着绑腿，脚上蹬有一双圆口布衫，一举手、一投足，彰显着军人中少有的文质彬彬。那天，金嘉真对我爷爷的到来，一脸祥云四布。他说他早就听说我爷爷"岩头鹘"绰号的来历。他说他们红十三军，全是家中穷得叮当作响的穷人。国民党说我们是"赤匪"。"匪"字说得不对，"赤"字说得对。他说，赤就是红，我们的党旗是红色的，我们的心是红的，我们身上流着的血是红色的。红，是我们中国的吉祥色，我们是为老百姓做事，为老百姓着想，我们身上流着的血与中国老百姓一样红。他对我爷爷说，我们红十三军当下最大的问题，从干部至士兵全是"一无所有"的老百姓出身。一是没有文化，二是没有受过正规的军事训练，近身格斗形不成战斗力。我们之所以让我们的副参谋长请你上山，就是渴望借着你的鹘子功，让红十三军每个官兵，成为以一当十的精兵，才可在敌人的大后方，建立一块红色根据地。

政治部主任陈文杰。我父亲说，陈文杰个子并不高，但相当精明。尤其是那脸相，棱角分明。也许因在山里长年打游击的缘故，胡子拉碴的。他会多国语言，一说起俄语来，一溜串，我爷爷与我父亲一句也听不懂，只可瞪着两眼傻听着。他好光着脚走路，绰号"赤脚大仙"。我爷爷只知他是宁波人，说话时，动不动蹦出"侬""阿拉"的称呼来。

红十三军第一副军长兼副政委周振国。我父亲说，周振国是临海白水洋人。与国民党高级将领周至柔是族亲。别看他俩六十年前是一家，但他们二人走的是完全不同的两条路，周振国的未婚妻子不是别人，即是我爷爷师父梅永武的女儿梅子婴。梅永武是我老家台州名列第一的梅派武术高手，我爷爷与章梦九全是仙居梅氏入门子弟。我父亲说，梅派的"辫子功"非常了得。别看女性脑后那根辫子又黑又亮，但她的辫子梢上，却暗藏着一把柳叶形的尖刀，那把尖刀，锐不可当，只要她将辫子用力一甩，那刀子正好切断对手的颈动脉；从外表上看，只不过劐出一道浅浅的刀痕，实质上，对方的颈动脉，早被那把刀劐断。只稍过片刻，便一头栽倒在地上。我父亲说，我爷爷亲口告诉过他，我爷爷的初恋，并不是我奶奶，而是梅子婴。但我爷爷对梅子婴一直是暗恋，不敢明求，因我爷爷知道梅子婴爱的是白水洋的周振国。我爷爷的师父梅永武十分看中我爷爷，原打算将梅子婴许配给我爷爷，梅永武后来得知他女儿梅子婴与周振国相爱，也就不再提起。

红十三军情报部部长兼红二团政委杨敬燮。我父亲说，杨敬燮，1900年生，又名梦周，祖居天台东乡西岙。杨敬燮父后移居天台县城东门，杨敬燮随父至天台城关东门。1922年，杨敬燮考入北平孔教大学。1925年7月，在北京孔教大学加入中国共产党。1926年，大学一毕业即返天台。至天台后，他先是办起一座私塾专收贫家无钱子弟入学，后又自家出资，办起一处起名"红疗"的小医院，一边免费给穷人治病，一边宣传革命思想。他归天台后的当年，组织上即任杨敬燮为东门党支部书记。我父亲对我说，他只知道杨是天台人，精明得一塌糊涂。他长有很直很长的鼻子，两只眼睛成绿玛瑙色。他总是对军长吴民冕说，红十三军内部有国民党特工，让吴民冕注意。尤其是扩招红军时，他与吴军长吵成一锅粥。他说吴民冕犯了两个大错误，会让红军走上绝路。一是为什么不执行红四军的经验，将支部建在连上，一支没有党组织领导的队伍，没有信仰，没有目标，与土匪有何区别；二是反对扩红时胡来，你不好好地审查一下前来参加红军的人的身份，出了问题怎么办？吴民冕对第一个问题避而不谈，只岔开话头说，"你不能乱怀疑人。"杨敬燮说，"人不保心，木不保寸，画虎画皮难画骨，知人知面不知心。我们是在敌人的屁股蛋上建立一支红军，让敌人坐在烧得通红的火炉子上，他们还会放过我们？"我父亲说，杨敬燮时常暗中观察着红十三军军部一个名叫何红的女秘书。他监视何红时现出来的样子，活似一只黑猫。我父亲很不理解杨敬燮为什么老是暗里死盯着总部的那位如花似玉的女秘书。父亲曾将此事与陈树人伯伯说，陈伯伯脸色刹那间长出一层暗绿色的苔藓。陈树人一把将我父亲拉至一处旮旯，对我父亲说，"小宝贝，你别对任何人说，好不好？"我父亲点了一下头。直至后来，我父亲这才知道，杨敬燮伯伯分管的是红十三军特工。杨敬燮伯伯一直怀疑那个长得妖艳动人的何红，是打入红十三军内部的国民党特工。

我父亲说，我爷爷第一次知道红十三军，对外称一个军，其真实人数充其量只有三个团。

红一团，团长雷高升。主力在永嘉，下辖黄岩、青田、天台三个游击大队与一个补充营。戴元谱任黄岩游击大队大队长，金永洪任天仙游击大队大队长。就当时整个情况来看，红一团是红十三军队伍里人数最多、战斗力最强的一支部队。我父亲说他只见过雷高升，却没有见过政委。我爷爷来红十三军后，偶尔间与军部那位老炊事班长聊天，问起雷高升。红十三军老炊事班长对我爷爷说，雷高升的脾气很暴，如二踢脚，一点引信，火花一闪，即纵身蹦至空中，自己将自己炸得粉碎。但雷高升也有雷高升最大特点：即是心直口快，有话就说，从不藏着掖着。

红二团由温岭坞根游击队为基础组建而成。团长柳志连，副团长程忠昌（洋呈村人），政委杨敬燮。团党委成员有叶勉秀（黄岩人）、赵裕平（温岭人）。团部即设在温岭县坞根镇的洋呈村。红二团下辖坞根、青屿、楚门（海上）三个游击大队。程忠昌、陈洪法、林保寿分别担任三个大队大队长。程小林为直属特务队队长。金永洪为天仙游击大队长，周永天为副大队长。周定忠为小队长。

红三团，红十三军分管红三团的兼红三团团长即是我父亲的伯爷章梦九，政委楼晓红，政治部主任宋桓。团部设在缙云。下辖三个大队与一个中队。大队长分别是王振康、王伸、吕岩柱。全团枪支有九百多支，土炮四门，手提机枪四挺，是红十三军中装备最为精良的一个团。

我父亲说，在他的头脑里记忆最深的，莫过于他伯母——时任红十三军后勤医院院长的戚家英与他的小弟弟章德琅。我父亲说，伯母戚家英长得很漂亮。那身材是一等一的魔鬼身材，一身军装，头剪短发，戴八角帽，帽上有个五角星，短发分两边。腿上打着绑腿，穿着一双黑平底布鞋，脸俏俏的，鼻子很直。两只眼睛，熟葡萄一样黑亮，看人时一闪一闪地发着光亮。领章是两面小红旗。

腰头别着支小手枪。一笑，白生生的嘴角两边旋出两个小酒坑。说是红十三军军部医院，说白了，只有三个女卫生员。一个不大的小房间，上面画有一个红红的"十"字，那就是医院。至于我父亲那个小弟弟章德琅呢，更是好玩了，大脑袋、大眼睛，样子活似刚出土的萝卜头，与他一见面，就自来熟地称我父亲为哥哥。打从那天起，夜里我父亲与他一起睡，白天，我父亲与他一起玩。我父亲走哪，他就小尾巴似的跟我父亲走到哪。

夜幕降临。

政委、军长、章梦九、杨敬燮与我爷爷说有一整夜的话。我父亲走得太累了，一倒在一条长的凳子上，就如一条休眠了的蚕，呼呼地睡着了。小弟弟章德琅就一动不动地站在我父亲边上，目不转睛地看着我父亲睡觉。我伯婆戚家英说，"德琅，你小哥哥累了，让他好好睡一会儿。"我伯婆转过身子，即给我父亲拿过一条被子盖上。我父亲醒来时，只一看，我爷爷还在那儿与军长吴民冕、政委金嘉真、周振国、章梦九、杨敬燮说话。我父亲只听军长将一位只有十几岁的小红军战士叫来，让那位年仅十六七岁的小战士通知：吃过早饭后，即召开全军团以上干部大会。

天大亮，我父亲、章德琅同时翻身从床上爬起。那时，红十三军军部一片安谧，只有老炊事班长在伙房里做饭，一缕淡紫色的柴烟，从烟囱里缓缓浮出。石头村，没有狗叫，没有鸡鸣，活似休眠的蚕。一个站岗的红军战士在门口走来走去。

章德琅一边穿衣，一边对我父亲说："小哥哥，你看过大太阳从海上出来吗？"

我父亲答："没有。"

章德琅提议："小哥哥，我带你去看出太阳好不好？"

我父亲问："好看吗？"

章德琅答："好看，好看，可好看了。"

章德琅即带着我父亲跑出红十三军军部，去看出太阳。我父亲说，那天，他与章德琅两个孩子立在五尺村潜龙山山顶看出太阳。我父亲说他第一次看到这么好看的出太阳。红彤彤的太阳刚从地平线浮出来时，那四周全是五彩缤纷的彩霞，活似新娘子家的锦缎被。那样的五彩缤纷，那样的绚烂夺目。尤其是那大太阳圆圆地从一条白线的海面上探出头来时，那金色的光焰，若一把打开来的金扇子，让整个东方的色彩靓丽且耀目。我父亲说他第一次立在永嘉县潜龙山顶俯瞰着永嘉县的村庄。在他的眼里，山下一座座村庄，哪是人住着的村庄啊，早在大自然的魔法中变成海洋里的一座座岛屿。那白色的山岚在山腰间缠绕，袅袅的炊烟，活似给鳞次栉比的房子披上一层薄薄的面纱。环抱着潜龙山脉主峰的群山，恰如一朵朵聚结在一起，不断跳跃着的花浪。在我五岁那年，我父亲一与我讲过去的事情就说他那天最大的感受，那山不是山，而是我奶奶在畚箕里畚动着的稻谷。我父亲与章德琅一直听到开饭的军号响了。整个大太阳变成一只太蛋黄了，他们这才手牵着手，回来吃饭。

会议在红十三军军部所在地五尺村祠堂举行。我父亲说，他们对我爷爷非常敬重，并让我爷爷列席参加军事会议。

我爷爷与柳志连见面。

柳志连，1897年生，温岭县江厦村人。十六岁时，因生活一时漂泊无定踪，不得不给地主家放牛。十八岁时，柳志连或为地主当长工，或靠撑船过日子。国共两党第一次合作时，柳志连与时在梅溪小学任教的张鹏程相识。张鹏程见柳志连为人忠诚、老实、能干，历时一年接触，张鹏程决定介绍柳志连加入中国共产党。那时，张鹏程在温岭县四处活动，发展党员极为涩滞。愿意参加共产党的，只有那些一无所有的穷苦人。

柳志连不识字。1927年，经培养，时任小学教师的张鹏程介绍柳志连入党。入党时，柳志连问张鹏程："共产党与国民党一样不一样？"

张鹏程答："不一样。"

柳志连问："不一样在什么地方？"

张鹏程答："国民党为富人，让有的越有，无的越无。共产党是让有的少有，没有的要有。人人有饭吃，家家有田种。道理就这么简单。"

柳志连说："这么说，只要我入了共产党，今后就有饭吃有田种了？"

张鹏程答："是。但我们必须团结起来拧成一股绳，将那些地主老财抢走骗走夺走的东西统统要回来，物归原主。"

柳志连一想，人穷必反，兽穷必攫。一个人在那个社会中连一点生存的希望都没有了，他凭什么不造反呢？柳志连说："那好，这样的党，我干吗不入？"于是温岭县党支部第一批入党人员名单中，第一次有个不识字的农民叫柳志连。

1928 年春，江厦村建立第一个党支部。柳志连任党支部书记。

1938 年 5 月，在柳志连家召开温岭全县党团活动分子会议。成立首届温岭县委与共青团县委。县委机关即设在柳志连家。那时，地主老财几横行于全国。黄岩县委决定发动"二五减租"运动。柳志连协助张鹏程，与林泗斋、戴普送等共产党员在温岭坞根、路桥田际、蒋僧桥新桥、下陶新民乡三娘庙集会，进行"二五减租"斗争。那天，田际、蒋僧桥、白枫桥、泽国、坞根一带，无论是从墙壁，还是路廊头，到处贴满红红绿绿大标语，上面写着：打倒土豪劣绅，打倒军阀；实行"二五减租"等标语。这次"二五减租"运动，约有上千人参加。整个台州东南乡如同孙悟空大闹天宫，农民协会会员冲进地主家，将这些无恶不作、敲骨吸髓的土豪劣绅拉出来戴上粗纸帽，用绳子牵着游街。此举一出，震动全台州。尤其是那些有田有地又有钱的富人吓得屁滚尿流。纷至温岭商会要求程雷以地方乡绅出面，向省呈文，要求镇压。程雷坚决不同意，程雷回答十分干脆：自古以来官逼民反。你们这些人只管自己碗里有肉，却不管佃户们锅中无米。

在新中国成立前，东南乡一带"富者田连阡陌，贫者地无立锥"。全乡土地约百分之八十归八户地主所有。农户们图活着，只得靠租种地主小租田为生。"田租以四六开为多"（农民得百分之六十，地主得百分之四十）。更有凶险者，达五五平分或倒四六（即收割时至现场分湿谷；属地主部分，遂由佃户直接送至地主家）。心地善良一点的地主尚且好些，心地不良善地主老财，逼着佃户交燥谷不说，且采用"六翼风车""三斗构"（即在风车内安有六翼：扇起来，风力吓人。稻谷略一不精壮，即以秕糠吹走。所谓的"三斗构"，更是缺德：即是在构中内藏有一块活动的夹层板，收谷时，地主老财，用力一踹，遂可下去三升谷）。这些姑且不论，若是不按约交租，一道令下，即被停种。除地租外，农民们还得受地主高利贷的苛重剥削。每每青黄不接时，村民不得不像求神拜佛般地向地主借粮、借款，所出的利息，往往是"三月对滚""借一还二"。更为令人惊骇的，还有一种借贷，从表面上看，虽是借一还一，却要令借贷者在"三忙四熟"时为地主做工，也称之为"帮月"。即便如是，借粮时，地主还得好生的掂量一下你们家有无偿还能力。正因此，越穷者越被人瞧不起，在走投无路之下，只可挨饿受冻。"半年糠菜半年粮，夏当面被冬当帐""进门先弯腰，屋里床挨床""晴天怕火、雨天怕漏，常年阴暗潮湿"。土地是人类赖以生存和发展之本，土之不存，民将焉附？那时就江厦村全家人只有一条被子的，有一百三十三家；给地主当长工的，有一百三十二人；家中水缸锅灶连眠床都没有的六十八家；出门以讨饭糊口的有八家；为还高利贷，将子女典于地主当使唤丫头的有十八家。地主们如此虎视狼贪，岂有民不怨？民以食为天。你们自己如此造孽，何可怨他人狂暴？尽管如此，时温岭、路桥有一百三十位地主联袂至省告状。

省政府主席下令两县县长出兵弹压。两县县长说他们此举完全不符合孙中山先生提倡的三民主义，不愿派兵镇压。省政府主席勃然大怒说，天不可有二日，地不可有二主。岂可容他们如此胡作非为？当日下令将两县县长解职。张鹏程被逮捕，县委书记林泗斋出走。柳志连仍在坚持。

柳志连与爷爷见面时，在我爷爷眼中，他完全是个老实巴交的农民。高个子，长马脸，直鼻子，长有一双鸢鸟眼，那嘴唇厚得如合着的一盘磨。头上戴着的缀有红五星的帽子，领章是自己做的两面小红旗，肩有一支木壳枪，打着绑腿，脚上穿有一双红军特有的草鞋。

我父亲说，柳志连朴实得与树根一样。他开会时一脸安详地坐在那儿，

"吧嗒吧嗒"地抽着那根只有三寸长——但光滑可鉴的烟杆子，还叭叭地往外吐烟圈。

我父亲说，他吐烟圈的本事很绝，先吐出一个大烟圈，然后让那个小烟圈从正中间穿过。我父亲刚从他面前过，他即招呼我父亲过去。我父亲过去后，柳伸出手来，一把将我父亲搂在怀里，说，"孩子，你爸爸武功这么好，你也好好跟你爸爸学学，将来新中国成立了，让我们的部队人人成为近身格斗的英雄好汉，外国人就不敢欺负我们中国人了。"

我父亲说，柳志连特别喜欢孩子。有一天，天下大雨，楠溪水位暴涨。柳志连问我父亲与章德琅："你们两个孩子想不想吃香溪鱼？"

我父亲与章德琅答："想吃。"

柳志连说："走，跟我来，我让你们吃楠溪的香溪鱼。"

柳志连一只手牵一个，即将我父亲与章德琅带至楠溪边。他先将竹子劈开，做成一道帘子，现将那帘子布在泄水口上。那顺着溪水漂上来的香溪鱼，一条条闪闪发亮的在竹帘子上活蹦乱跳。柳志连赤着脚涉下水去，伸手捕捉，一捕一条，一捕一条。捕得后，即带他们二人至总部灶间，一条条用竹签子穿上，放在灶火里烤。烤一根，让我父亲与章德琅吃一根。

我父亲说，那香溪鱼的味道好极了。我父亲说他一生一世都忘不了。事实真是如此。我父亲去世前，说什么也要我如法炮制一条烤香溪鱼给他吃，我费了好大劲，给我父亲烤了一条。我父亲只吃有一口，即将他的头摇得如货郎手中的拨浪鼓，口齿含糊不清地说："不是柳团长烤的那个味，不是柳团长烤的那个味啊。"

我爷爷与红一团团长雷高升见面。雷高升，1898年生，永嘉楠溪人。楠溪是一条闻名于世的大山溪，很长，横穿永嘉与温州全境，江的两边全是陡峭且壁立的高山，那水即翻滚着从那陡峭的峡谷中穿过。楠溪江是永嘉县最大的一条江，自古即有"浙南小长江"之称。我爷爷去过，我父亲却没去过。打瓯渠镇时，我父亲吵着要跟我爷爷去，我伯婆戚家英不同意，我爷爷也不同意。

胳膊拧不过大腿。我父亲那时小，没有法子，只可不去。事后，我爷爷一身破衣烂衫地归来。归来后的第一件事，即抚了一下我父亲大大的头说，"多亏老祖宗显灵，没将你带去，若是将你带去，非送走你的那条小命不可。"究竟在楠溪江发生过什么事？我爷爷不说。我父亲也不知道。在我父亲的感觉中，雷高升长的个子并不高，四方脸，脸色有点发青，鼻子略带着点鹰钩。看人时那射出来的两道目光如两把刀子。他与我爷爷握手时对我爷爷说，"久仰你大名。今天你来给我们当武术教官，我代表红一团欢迎你。"雷高升头一低，即将他的目光聚焦在我父亲身上。他俯身问我父亲："你几岁了？"

我父亲答："七岁了。"

雷高升问："你跟着你父亲做什么？"

我父亲答："学武。"

雷高升问："你愿意不愿意到我们这里来啊？"

我父亲答："不知道。"

雷高升说："你怎么会不知道？"

我父亲说："我娘说了，要我听我爸爸的。"

雷高升转身对我爷爷说："你们父子二人别回去了，到我红一团来吧，我看你那个儿子啊，早晚得与你一样，长成钢筋铁汉。"

我爷爷笑着答："你们的总队长想要在我家成立个联络站呢。"

雷高升问："真的？"

我爷爷答："真的。"

雷高升问："总队长和政委与你说了？"

我爷爷答："说了，说了。"

雷高升问："你同意了？"

我爷爷答："同意了。"

雷高升说："你岳父可是半山的大地主。"

我爷爷答："地主有好也有坏，你什么时候来半山，与我岳父见一面，你就知道了。"

　　我爷爷与红一团天仙游击队长军事教官金永洪见面。金永洪，1896 年生。仙居溪罗村人。金永洪个子并不高，金永洪父亲时为仙居山区一名猎手。金永洪七岁起，即跟着他的父亲上山打猎。金永洪最大的本事，即是他的枪法特别准，不说是指哪打哪也差不到哪去。我爷爷负责教近身格斗置人于死地的十八招，他负责教战士们如何瞄准，如何打枪。有一次，红十三军军部文职人员集训，我爷爷的示范动作是面对多人近身格斗时如何解套。金给军队文职人员表演他的举枪射击。他让一位战士在二十米开外的地方点上三支香，他略一瞄准，一枪一个准，三响一过，即将那三支香的香火打灭。我父亲说金特别能爬山，就现在立于仙居那座足有一两百米高的山，金像一只猴子，手脚并用瞬时攀登至顶。金带着我父亲去红十三军营地玩时，我父亲看到那山崖上长有一棵酸溃梨，黄黄的十分好看，我父亲想吃又上不去。金永洪说："宝贝你想吃？"我父亲点了一下头。金永洪身子一纵，三两下，即攀上山去，摘下一大串酸溃梨，让我父亲吃。我父亲说金永洪除枪法准、身体敏捷外，第三个特点是有智，有勇，有胆识。我父亲向我说了一个他在红十三军听到的故事，说金永洪十五岁那年，因台州连年遭灾，其家难交粮租。地主即令其家丁来催租。金的父亲交不起。那个地主是个好色之徒，一见长头发的女人，两眼如立锥。那地主见金永洪母亲长的面貌如初春三月开的红杜鹃，即与金永洪父亲说，让你妻来我家宿上一夜即可免租。金永洪父亲勃然大怒，遂与地主对决。三个家丁如狼似虎地扑上来围打金永洪父亲。别看金永洪年少，勇敢着呢。他一把拿起他父亲放在家中的火枪连发三枪，枪枪命中。将其一家丁两眼打瞎。地主将金永洪抓至家中，想对金永洪行私刑。那时，任仙居县县长的不是别人，即是江恢阅。江恢阅，字晖午，为人公正心善，一看此小子虽年仅十五，却长得棱角分明，今后肯定是个将才。亲至地主家救金永洪说，"戏其母者是不仁；子为母父复仇是大孝。"这位地主听后自知理亏，遂将金永洪放出。江恢阅即从自己的工薪中拿出一笔钱给金永洪以表示抚慰。

江恢阅问金永洪："救国救民匹夫有责。当今中国，不管是哪个军阀均救不了中国，能救得了中国的，只有中国共产党。"那时，金永洪只不过是一个山头猎手，打得一手好枪，对党与政治之类事情一无所知。金永洪说，"你是我恩人，是你将我从地主的虎口中救出来。我就信你。"那时，仙居与天台共为一个党支部，叫天仙支部，党支部书记即是戴定邦。江恢阅对戴定邦说："我送你一位好党员，你看要不要？"戴定邦问："哪个？"江恢阅立刻将金永洪推到戴定邦面前。戴定邦上下一打量，是个结实得如铁疙瘩的后生；一问年龄，二十有九。戴定邦一张嘴即表示同意。于是，金永洪填了一张表格，经上级批准，金正式加入中国共产党。

我爷爷年长他一两岁。他一看到我爷爷，即操着他浓重的仙居腔叫我爷爷为大哥。我父亲一出现他面前，他即上前一把搂过我父亲说："种尚种，种个冬瓜像水桶，这么大一点年纪，就跟着爸爸闯深山老林。"

我爷爷说："不行啊。我就生他一个儿子。他娘，他外公，宠得他厉害。我不将他带出来，他早晚要变成一棵樗椤树。"

我父亲对我说，他小时候一直不明白"成为一棵樗椤树"是什么意思，直至他长大后，这才知道，樗椤树就是溪椤树。溪椤树是长在溪滩的一种树，成长快，几年即可蹿成八尺高的大树，但质地松软，什么用也没有，只可做棺材板或做饭的柴火。

我父亲对我说，那天，金永洪十分骄傲地说："哥，你看看我们的兵，是不是与国民兵党的兵不一样？"

我爷爷答："就军装不统一，论精神可没法比。"

金永洪说："我一直向总队长与副参谋长章梦九要你，可总队长与参谋长全将我拒之门外。总队长跟我说，你有特别任务。"

我爷爷答："是。"

金永洪说："我听梅子婴说，郑继英走人了？"

我爷爷答："是。"

金永洪问："什么病？"

我爷爷答："癌。"

金永洪问："癌是什么病？"

我爷爷说："我也说不清。大概身上长有一块要命的岩石。"

金永洪说："我听梅子婴她父亲说，你将她女儿管起来了？"

我爷爷答："是。"

金永洪说："梅老爷子高兴坏了，说你仁义。"

我爷爷答："不是仁义不仁义的问题，而是信义的问题，我们五人全是拜梅老爷子为师的。师门规矩信义第一，同患难共生死。"

金永洪说："我只怕你另外一个兄弟名叫陈树人的，在国民党那边，会不会——"

我爷爷答："不会，不会，我师兄的性格我知道。"

团以上干部会议正式开始。我爷爷与金永洪的谈话不得不中止。主持会议的是军长吴民冕，讲话的是政委金嘉真。

会议共有两个议题，一个是培训问题，一个是在连队建立党支部问题。

金嘉真说，我们总部"一班人"奉党中央之命，在国民党的大后方成立红十三军，建立属于我们的红色根据地。你们全是本地人，你们比我心里还清楚，辛亥革命后，大清国贵族被打得落花流水，可新贵浮出水面。这些新贵无不是如一条条叮在人腿肚上的蚂蟥，拼命在吸老百姓的血。他们不是对农民实行"六翼风车""三斗枸"，就是放高利贷，完全背叛了孙中山的思想。就拿温岭坞根来说吧，老百姓一直生活在水深火热中。全乡因借高利贷失土者三千两百户，因灾年而被活圈走土地的三千八百户，因生活无着卖儿卖女的一千三百户。温岭县有个大恶霸地主名叫张荣廷，他不仅豪取强夺，还建有一支一百二十人的私人武装。图保一己之财，大修炮楼，私立公堂，造有一座专关押他人的大水牢。方圆三十里，全成了张氏兄弟横行的天下。谁要是敢在他们面前说个"不"字，他们即如狼似虎地大打出手，不是将对方打成残废，便是将他们打入水牢。

温岭全县大小地主占有土地百分之四十，农民占有土地仅百分之十。农民每年种稻麦各一季，仅得一二斗。谷租需交五分之三。民不畏死，不可惧以罪；民不乐生，不可观以善。面对着新瓶装旧酒，面对着苛政猛于虎，面对着伪乱俗、私坏法、放越轨、奢败制。辛亥革命成功了，大清政府被推翻掉了，老百姓的生活没有得到改善不说，且是沉入万丈深渊。

金嘉真说，共产党人早就提出：土豪劣绅、不法地主是几千年封建专制政治基础，帝国主义、军阀、贪官污吏的墙脚。农民革命的实质应该是消灭封建制度和地主阶级，坚持无产阶级对革命的领导权，如果"农民起来推翻地主武装，建立农民武装"，就可以为反帝反封建的民主革命铺平道路，否则，封建剥削制度这一上层建筑是不会动摇，民主革命也不可能取得胜利。上级要求我们，第一阶段发动农民行动起来，第二阶段是打击地主阶级，将农村权力转移至农民手中，第三阶段是深入开展经济斗争。我们根据中央的指示在永（嘉）黄（岩）仙（居）天（台）缙（云）五县交界三不管地区，与四明山相呼应，建立红十三军。但我们队伍里的战友们，差不多全是种田人出身。无论从文化、从政治、从军事、从素质、从武装与国民党军队差一大截子。我们如果不抓紧培训，我们的红军战士，只能成为他们的活靶子。现在章梦九副参谋长终于将武术大师徐征南请来了。我将红十三军训练计划说一下。

金嘉真说，红三团由章副参谋长负责，红一团与红二团，分别由徐师傅与金永洪同志负责。徐师傅主要负责近身格斗，金永洪同志主要负责使用枪支。政治文化由陈文杰同志负责。集训时间为三个月。希望红一、红二两个团的团长、政委配合徐师傅做好培训工作。红十三军全体官兵训练部署如下：章梦九同志负责红三团各处官兵分批往磐安县安文镇结集。红一团在永嘉芙蓉镇结集。红二团在温岭县坞根镇结集。人员必须分批，以免国民党军队趁着我们搞训练袭击我们。

在连队建立党支部问题，还是没有统一。为什么没有统一，我父亲说不清，我父亲只知道陈文杰与周振国一提井冈山红四军，吴民冕即恼火。那天，他们当着我爷爷的面吵起架来，吴民冕当场质问陈文杰、周振国："党中央不在井冈山，而在上海，你们别老拿着红四军说事好不好？"陈文杰、周振国当场反驳："一支军队一旦没有信仰，没有严明的纪律，与土匪有何区别？"最后还是政委金嘉真从中调羹，他俩的情绪才冷静下来。

红二团团长柳志连即带我爷爷、金永洪及我父亲前往坞根。章德琅吵着嚷着要跟我父亲去。戚家英费了九牛二虎之力才将章德琅哄住。我爷爷一行先从潜龙山五尺村军部至红一团驻地芙蓉镇。至芙蓉镇后，作短暂休息，即出发至清江镇。在清江镇那处小得不能再小的码头上船，然后坐着一条蚱蜢样——船头画有两只大眼睛——的小海船，过乐清湾，再一路扬帆至对面船埠上岸，徒步走向坞根镇。

我父亲对我说，他从来没有见过大海。面对着如此一望无际的大海，他兴奋坏了。他想不到海会这么大，一片波涛滚滚。初出港时，说不出的有着多少惬意，驶至大海深处，海浪的节拍打得密集，浪头鼓号齐鸣地拍打着船舷。那船成了一片小小的柳树叶，一忽儿将它的屁股高高撅起，一忽儿那船即被可怕的大力揉上浪尖，柳志连是个玩海的老手，他根本不在乎，嘴里噙着个烟嘴子，"吧嗒吧嗒"地不断抽烟。柳志连怕我父亲是个孩子受不了海浪的颠簸，特解下他的皮带将我父亲捆在船桅杆上，而我爷爷与金永洪伯爷就没这个待遇了，他们跟着船东摇西歪吐得胃都要从肚子里翻将出来。

金永洪一脸狼狈地说："老柳，你玩的什么把戏？想给你们团的两个教官来个下马威？"

柳志连答："白溪、大荆、温峤、江厦全有张荣廷的民团与浙保安五团把守，我带你们去送死？只有这条海路，让我们把守着，我不带你往坞根走，你让我往那走？"

我父亲对我说，他与金永洪伯爷吐得全身如煮熟的山粉皮，至对岸后，软得无法再去坞根，不得不在名叫刘永宽的共产党员家住下来。

我父亲说，温岭的房子与我老家的房子完全不一样。半山村的房子很特别，从表面上看，全是木结构房子，一旦你走近了细看，你会惊叹山头人就地取材的本事，半山村所有的房子全是由鹅卵石加树木组合而成，砖与瓦的用量非常少。山区毕竟是山区，没有那种可以烧窑的精丝泥。若要盖好房子，必须到路桥、黄岩一带去采购砖瓦。采购好了之后，还得用人工一担一担地挑上来，费钱又费工。在新中国成立前，全半山村有砖瓦房的只有两家，一家是我太外公许家，一家是陈家。凡平头百姓均就地取材，垒墙全用从溪滩里挑回来的鹅卵石。房顶一般全覆着的是黄茅草。而这里的房子，全用一根根的石头条堆砌而成。那房梁房柱全是石头条，屋顶上盖的也是一块又一块的青石板。我父亲不知他们的房子怎么会盖成这种样子。直到我父亲提出疑问，这才知道，海边多台风与海水倒灌，如果不用石头条、石板盖房子，台风一刮、海水一倒灌，浪涛滔天，什么也剩不下了。那位名叫刘永宽的地下党员，一边给我爷爷一行整吃的，一边感叹着说："上山我们不如你，下海你们不如我。真是尺有所短，寸有所长。"柳志连亲昵地一把将我父亲抱在怀里，一口浓烈且刺鼻的烟雾罩在我父亲的那张脸上。柳志连对我爷爷说，"你看你，还不如你儿子，没有吐上一口。"然后笑着对我爷爷说："征南，你还能生孩子。我一直没孩子，你将你这个儿子过继给我得了。"我爷爷说："他可是我徐家的长子，我们富山徐家有规矩，长子不能过继。待我第二个儿子出生，我一定过继给你，而且让他姓柳。"

我父亲对我说，他们在刘永宽家住了一夜。第二天，太阳刚从海平面露出一点头时，团长柳志连即带着我爷爷与金永洪往坞根走。2000年，我父亲去世，在我父亲去世的前三天，我父亲与我长聊，父亲说他一生最难忘怀的是在坞根那段时光。

我父亲说，那大海是那样的壮美与浩瀚，在海边一站，即可看到地球那个圆拱。尤其是渔船出去讨海时，风帆点点，活似徐徐展开来的一幅水墨画。

我父亲说，他忘不了坞根那块海边的平原。橘树林、蔗林浩如烟海。田野，绿树，土地发出的那股芬芳令人的灵魂清澈不说，且让人的精神分外饱满。

我父亲说，他第一次看到盐田。天是蓝的，盐是白的，盐田是长方形的。

天蓝得有如一片海水，清可透底，盐白得却如下的六月雪。一方方齐整的大盐田列排在目，平如镜面，盐堆如山。蓝天倒影，似画非画，似真非真。

我父亲说，他第一次看到渔村。那海港中泊有一艘艘色彩斑驳的出海渔船。那船随着海浪轻轻地簸动，人在船上，仿佛是人坐在摇篮里，轻轻地摇呀摇。尤其是渔船出海时，那螺号一响。所有的船刹那间拉起风帆，列着队驶出渔港，让人怎么看也看不够。

我父亲说，他第一次看到海中盛产着海鱼，多得不可胜数。那带鱼，有如一条银色的带子；那鲳鱼，亮得有若银子打成的一把把小扇子；那鱿鱼，一条条活似从山地树林中长出来的大蘑菇；那大鲨鱼，样子活似一只大得不能再大了的织布梭子，呲着白森森的牙齿，看起来非常吓人；那火鱼，扁得如一柄蒲扇，那根尾巴比我奶奶养的猪尾巴还长；那对虾，长长的胡须如将军头上的雉鸡毛；那梭子蟹，活似一只只大织布机的梭子；那蛏，剥开它的壳一看，那壳里面的肉，活似一个白嫩嫩的姑娘，何处是头，何处是腿，何处是胸脯，分得清清楚楚；尤其好玩的是那花蚶，一只只毛茸茸的怎么看怎么如山里长出的一只只猢狲姜。

我父亲说，他第一次看到讨海人的性格如大海一样豪爽。海蟹上来了他们吃海蟹，带鱼上来了，他们吃带鱼。吃的时候，根本没有山头人对海产品的小家之器。他们将成畚箕的蟹往锅里一倒，即起火煮。开吃时，所有人在船上盘腿一坐，即大口吃蟹肉，大碗喝白酒。吃蟹肉时根本不细吃，且是蟹壳掰开后，嘴对着蟹肉大嚼特嚼，不一小会儿，他面前的蟹壳堆得如小山。令我父亲大为骇然的是，他们根本不是在喝酒，而是在灌酒。一喝起来，将自己脖子一直，成碗的白酒直接往嗓子眼儿里灌。

我父亲说，他第一次知道渔村人的忌讳比山里人还多。什么新婚人家夫妇结婚必须用死过人的旧床；女人不得上渔船；吃饭时不可将鱼翻转；吃过饭的碗不能覆着。说是鱼翻即船翻，碗覆即船覆。

我父亲说，他第一次发现渔村中的神祇比山里人还多。树有树神，船有船神，门有门神，海有海神。尤其是每一次出海，渔民们所做的第一件事，即是拜龙王庙，拜妈祖庙。三拜九叩结束后的第一件事，即祭海。祭海时所现的情景十分隆重，为首的必须拜海不说，还得猛敲大锣大鼓，那鼓还有个名字叫作"大奏鼓"。

我父亲说，他第一次看到出海的渔船归来，那渔村的螺号一响，家中正忙着补网的女人，扔下手中的梭子，纷纷跑至岛的最高处，一个个身着花衣服的女人们全迎风而立，碌了她们的两只眼，往那浩瀚的大海里眺望。渔船一旦靠港，女人们兴高采烈地跑上去迎接自己的丈夫。一旦在渔船靠港的码头上看到了自己的丈夫，她们那张嘴里，即会阿弥陀佛地念个不停。

我父亲说，他第一次看到讨海人钓大带鱼。那大带鱼钓上来之后一条又一条扁担那么长，扁担那么宽，一身银白，全张着大嘴。

我父亲说他亲眼看到讨海的渔民们抢着一种带有倒刺的标枪扎海蜇，一扎一只，扎牢后，即往船上拖，一拖就是一船。驶至码头后，女人们立刻挥刀将海蜇五尸分身，头是头，肉是肉的腌起来。

我父亲说他亲眼看渔民围罟实施敲梆鱼。那一条条在海中游着的金色大黄鱼全浮出水面，渔民们一捞就是一船。船一上岸，女人们即将大黄鱼剖开，一条条的挂起来。每每太阳一亲吻，满街全是黄鱼鲞散发出来的香味。

我父亲跟着我爷爷与金永洪伯爷至坞根镇。坞根镇是一处依河傍水的古老小镇。入镇口，有一座样子如长虹般的石拱桥。那桥上长满蜈蚣般蜿蜒爬蔓的薜荔藤萝。入镇处，种有三棵树龄足有八百多年的大樟树。那大樟树上长满一簇簇的蕨类植物。街道正中间有一座四角翘翅的庙，叫作海神庙。所有讨海人，临出海前，全至那海神庙里焚香拜佛。坞根街并不大，仿佛只一走就到底。青石板的街道沿河而筑。街道两边全是畲斗楼式的房子。两两相对的街面上，开有各种各样的店铺。那店铺大的很大，小的很小。大的有七八间房子，小的只有一点点大。布店写有大大的一个"布"字。镶牙店画有一颗大大的白牙齿。打锡店，摆的全是锡制品，酒壶、蜡笔台、香炉。冥纸店，摆的全是死人用品。尤其多的是三种店：金银首饰店、刺绣店、咸鱼肆店。金银首饰店里摆的全是金银制品，什么长命锁啦、丁香啦、项链啦、女人头上插的金钗子。咸鱼肆店摆的全是咸海产品。什么墨鱼鲞、黄鱼鲞、虾皮，应有尽有。

我父亲说，有三样东西，让他永远忘不了：一是多烧碗窑。我父亲只见过半山村的烧炭窑，从没有见过烧碗窑。那碗窑比炭窑规模大得多了，全是用砖砌成，一座接一座地排在河沿边，那样子有如一座接一座的大地堡，地面上呢，扔满的全是白色破碗片。二是多稻田与河塘，那河塘里长满了一朵又一朵的大荷花，荷叶如一把把大雨伞。荷花下面的泥里即有荷花藕，那荷花藕切断后，那一根根细丝连在一起。那莲蓬一个个长的样子即如我们家山上挂着的马蜂窝。我父亲亲眼看到一只大青蛙坐有圆圆的荷叶上，一条大黑鱼，突然冲出水面，只听"哗啦"一声响，那只大青蛙就让那条蹿上来的大黑鱼吃掉了。三是多码头，多船埠。那画有两只大眼睛的蚱蜢舟，一艘又一艘地停在那儿。那河水特别浑、咸，那水根本不能喝，我父亲说他曾经尝过一口，不是味儿，一种怪怪的味道针样的刺得我父亲舌头生痛。我父亲"呸"的一声啐出来。我父亲这个举动，将柳团长逗得咧嘴笑，说我父亲"外行八尺""嫁囡发帖"。我父亲说，真是一方水土养一方人。坞根人差不多全用的是井水与天落水。

我父亲说，坞根镇与我们半山村完全不一样，真是靠山吃山，靠水吃水。我老家半山村晒的全是山头货，不是番薯丝，就是菜瘪干，菜头丝；而坞根晒的差不多全是各种各样的鱼，尤其是黄鱼鲞如一把把扇子晾在一根根竹竿上；那海带如一条深蓝色的布，一圈圈地搭在长长的竹竿上；那鳗鱼鲞，活似一面面旗帜在那儿高扬。镇子里一天到晚，飘荡着一股海腥味与鱼晒成鲞后散发出来的芬芳。

我父亲跟着我爷爷来至红二团团部。红二团团部设在洋呈村。我父亲曾对我说，台州人起地名十分讲究，或以第一个来此地的家族姓氏起，或以人物起，或以当地风景名胜起，或以地理与姓氏联在一起起。洋呈村的原名叫洋程村。洋是代表洋程村位于大海洋，程是代表他们是程氏所在地，洋程村即是北宋时著名的两程——程颢、程颐后代子孙。北宋被灭，程氏一门举家迁至温岭。

洋呈村最有名的开明绅士，不是别人，即是程忠昌的爷爷程雷。程雷，字希霖，号雨田，长得魁梧高大，咳嗽的声音能传出半里地。程仁丹第三子。因程仁丹弟程仁凤无子，由是过继于程仁凤为子。程仁丹晚年患眼疾，性火爆，动辄骂人，骂得家人一头雾水，不知如何伺候程仁丹。程雷却解父意，即总理两家事务，为两家之主。

三十岁那年，程雷为庠生。那年，匪乱四起，四处焚烧房子，四塘三塘同姓人无路可走，程雷即收他们入自家居住。咸丰四年，秋大雨。海潮泛滥，坞根沿海百姓房子全部被冲。程雷认定，沟渠不修，导致灾难频频。于是在坞根港北，相地筑闸门，名丰粮闸。距二塘五里。程雷日出夜归往来监工。整整修有四年，才将大闸门打造成功，让坞根百姓得以安居。由是令百姓歌颂。

程雷并请于温岭城官府，出资建坞根书院，延师课徒，出家中钱以充师资。坞根海涂面积很大，程雷一看，这些海涂即可开辟成农田。于是亲率坞根百姓开沟挖渠，修堤防海潮，三次修塘堤，三次被海潮所冲而不气馁。历时二十余年，终于将防海潮塘堤修成功。修成后，即蓄淡水，引流灌溉。四周草根百姓闻声而来。来后，他们围着程雷的家盖起一间又一间的房子。随着时间的迁移，人越来越多，房子越盖越稠密，自然而然即成了一处独立成章的大村子。村民们感程雷的品德，称海涂田为"雨田"，称防海水倒灌的大闸门，为"洋程闸"。程雷有钱有粮后，程雷的思绪如大海浪潮此起彼伏。程雷他想起他家乡人常说一俗言："花无百日红，人无千日好。"他想起《增广贤文》中的一言："千年田地八百主，田是主人人是客。良田不由心田置，产业变为冤业折。"他想起孔子曾言："天子不仁，不保四海；诸侯不仁，不保社稷；卿大夫不仁，不保宗庙；士庶人不仁，不保四体。"他想起自己仗着老天爷对自己的垂青，才由一条猖狂四顾的小鱼，演化成所向无敌的大鲨鱼。作为生于斯长于斯的程雷，何可好了伤疤忘了痛？自己锅里有肉不管他人肚饿？思前想后，程雷决定花大钱为老家干四件大善事：一是出重金，将程氏子孙被地方劣绅强行圈走的程氏农田全部购回；二是置义田三百亩，将所得粮食以备乡里灾时可急用；三是造一座程氏公寓，凡无屋可遮风雨者均可入住；四是成立温岭程氏书院（所有费用均由程雷出）。是年，坞根镇约二十三户无屋之人入住新屋，其中有十八户是异姓。是年，正式购置一百三十亩义田，程雷任义田总管。是年，坞根程氏书院正式挂牌，程雷为首任书院山长，凡附近贫穷人家子弟均可入学，一切费用，皆由义田所出稻谷承担。是年，为纪念程雷的义举，将村名定为洋程村。洋，即是面临大海洋，程即指的义士程雷。后不知为什么将"洋程村"改成"洋呈村"。

我父亲说，红二团团部即设在一处名叫洋呈村村中心四合院。那四合院即是红二团副团长程忠昌的家。

我父亲说，洋呈村并不大。尽管洋呈村不大，但洋呈村与我老家半山村差别实在太大了。我老家半山村是建在大山的怀抱里，而洋呈村建在温黄平原、大海的边缘处，那村子怎么看怎么如一只上了年岁、老之又老的黑乌龟，趴在那条小小的河沿边饮水。洋呈村所有的房子差不多全凭河而建。家家即可在自家的房后用吊下来的疘斗打水。河沿处有用青石板筑成的一级级水步。那水步上爬满背着"房子"的螺蛳。河的两边种满柳树、夹竹桃和半山村从不曾有过的马樱花。春天时，柳树是绿的，夹竹桃是红的，马樱花是粉的，仿佛是天然的一幅画卷。洋呈村正中间有条十字形小街道，那条十字形的小街道，清一色用青石板一块挨一块铺成。青石板铺成的小街，看起来特别养眼。若是天晴，走起路来非常舒服，若是下雨，那麻烦就大了，滑得厉害。有时，上了年岁的老人，走道一不小心，滑倒了，大半天爬不起来。有些老人一边挣扎着爬起，一边唱：

> 天下雨来，
>
> 路上滑，
>
> 自己滑倒自己爬，
>
> 亲戚邻居扶一把，
>
> 酒还酒茶还茶。

若是有人看见，即会冲出家门，帮她（他）一把，将她（他）扶起来，若是风雨大，人们没听见，他（她）凄幽幽地唱有一阵，也就两手支地，慢慢地将自己日益变得沉重的身躯支撑起来，然后如喝醉了酒似的，一摇三晃地朝自己家中走去。

我父亲说，别看洋呈村的那条街小得可怜，短得可怜，三五分钟，即可从街的西头走至东头。小街傍着河走，河弧了，那街也跟着河弧；河直了，那街也跟着河直。男人们在这儿洗脚，女人们在这儿洗衣服、洗菜。女人们时常头与头的辐辏在一起，乱七八糟地说些家常，偶尔说到了她们认为有趣的事情，全肆无忌惮地头一仰，哈哈大笑。那笑声，有如撒下来的金铃子，在地上滚个不停。这条寻常小街，却是洋呈村的政治中心、文化中心、经济中心、信息中心。

说政治中心，红二团团部即建在这里。红二团一开会，驻守在各处的营连排干部们，即会从各处村落里走向这里。团部有食堂，红二团干部们开会统一进食堂吃饭，每每一开饭，所有的红军干部们全坐在河边的廊坊上吃。他们坐在那儿，全将那清一色的六耳大草鞋往廊坊的木头凳子上一搁，将食物往嘴里一扒，大口大口地吃起来；渴了，他们即去公共茶缸中盛起一碗水，往嘴里一送，"咽"地咽了一口，那饭就算吃完了。那时候洋呈村的孩子差不多全是光着屁股，他们一看河边坐满人，就知道红二团又要开大会了。

说经济中心，这里开有洋呈村最大的一家小商店。那小商店的铺面很大，共有七八间房子。小商店里什么都卖，也什么都收购。凡下洋头人（台州人对温黄平原人的昵称）用得着的东西那小店里全有。从吃的红糖、老酒、酱油、醋、盐、饼干、红枣、荔枝、桂圆，到用的球衫、布、牙刷，孩子们读书的笔薄纸，没有一样缺。凡当地出来的特产，他们全收购。负责经营的那家人姓程，一位长得如弥勒佛样的中年人，一位年纪较轻的女子。那年轻女子管的是百货，程姓中年人管的是副食。每天八点钟一到，准开门，晚六时一到准关门。

我父亲说，他那时候第一次看到放在玻璃瓶子里的那红红绿绿奶糖，我父亲即向我爷爷要了点钱，跑到那家小商店。我父亲刚将他的脚尖踮起，那弥勒佛般的中年人即俯下他的身子来柔和地问我父亲："小朋友，你是哪地方来的啊，我怎么不认识你？"

　　我父亲答："我是宁溪半山人。"

　　那位中年人说："哦，我明白了，你是红二团新来教官岩头鹊的儿子是不是？"我父亲点点头。

　　那位中年人问："怪不得你一口上乡人口音。你要什么呀？"

　　我父亲答："糖。"

　　那位程姓中年人即打开那玻璃瓶盖子，从中取出一块糖交给我父亲。我父亲递给他钱，那中年人摆了摆手说："不要。"

　　我父亲说："你不收钱，我爸爸要打我的。"

　　中年人说："柳团长下话了，你吃零食的钱，由他们红二团付。你想吃什么，你就来好了。"

　　我父亲说，那时，他小，他不知红军纪律很严格，我父亲接过后，生怕别人从他手里抢走似的，赶紧将那包糖纸撕掉，然后送进自己嘴里，只一小会儿，那白色的奶汁，即从我父亲那嘴角流了出来。

　　我父亲说，洋呈村最闹旺的是三八集市。那天，周边村落的女人全跑至洋呈村。她们不是来交换货物，就是购布。那出售布的柜台前全是女人。天地有风又有雨，人中有好人也有坏人，洋呈村人做剪绺的不多，但好捏女人屁股蛋的淘气的小伙子却不少。那天，我父亲刚刚走出红二团团部，即发现这里的女人纠葛成一团，一个女人一脸凶相地脱下鞋子来打人。正在这时，红二团团长柳志连从外面回来，一看，即上前将他们分开。我父亲出于好奇也挤进去看，一个小伙子两只手捧着头蹲在那儿，任那女人抡着鞋子打他的头。

　　柳志连问："你们为啥打他？"

　　抢鞋的女人涨红着脸说："这小子不要脸，当着那么多人捏我奶子。"

　　柳志连说："你不知道他是个大傻子啊？"

　　"大傻子"三个字一出口，所有罪孽立刻全部赦免。女人们乱纷纷地散开了。柳志连一把将那个智障者扶起来，让他快走。

那个智障者咧着个大嘴憨憨地笑着说："柳大哥，我赢了。"

柳志连说："你再胡来，人家打不死你。"

说文化中心，洋呈村小学即在这儿。全洋呈村的学生，全坐在这儿亮着他们的小嗓子叫着、喊着读书。或是一加一等于二，三乘三等于九，或是摇头晃脑地跟着先生背唐诗：

白日依山尽，黄河入海流。

欲穷千里目，更上一层楼。

说信息中心，小商店前面有条大走廊。那大走廊，原本是供坞根镇落市人去往县城或走家串门歇憩用。我父亲听说是程忠昌家出钱造的。那走廊全是由连底木凳组合而成，边上放有一只大茶桶，大茶桶边上放有一个竹筒子。管走廊的人，怕那竹筒乱扔，还用一根绳子拴起来钉在走廊的廊柱子上。洋呈村的地理位置很特殊，处在海与河的交界处。东面是大海，西边是平原。红二团势力范围内的十一个自然村，全在平原地带的肚腩处。洋呈村正好处于咽喉通道。凡去往坞根，必须从洋呈村过。那走廊，即成坞根落市与归家时唯一可以坐下来喝水吃饭处。尤其是夏天来临的夜里，海风阵阵吹来，说不出的有多凉爽与惬意。于是一吃过夜饭，当地人们即拖着一双木拖鞋，一路"嘀嘀嘟嘟"地响着来到那小商店门口走廊坐着聊天。那小商店也怪，明明到了下班时间，他们也不关门，成了全洋呈村唯一灯光明亮的地方。于是，人越聚越多，聊天的内容也越稠。从国家大事，至家长里短，无所不包。哪家女人红杏出墙啦，哪家的冬瓜长得如水桶啦，哪家钓了一条石斑鱼重一百斤啦，哪家的狗生下的狗崽子有五条腿啦。他们说，一直说，一直说到有人打呵欠了。有位上了年纪的人说，"拉倒吧，明天还得砍糖梗榨糖呢，我们回家睡觉吧。"于是人们纷纷离开，洋呈村的小商店这才开始关门，小商店的门一关，光焰突然塌倒下来，于是整条街全黑了。

我父亲说，那时参加培训红军战士的，共有三名教官。文化政治教官是陈文杰，军事教官是金永洪。而我爷爷成为他们近身格斗的军事教官时，遭遇红二支十八名红军官兵的挑战。那十八名红军官兵的领头人物，即是一位名叫"保寿大爷"的红二支副团长。

我父亲说，那位"保寿大爷"根本没将矮小黑如铁疙瘩的我爷爷放在眼里。我爷爷一出场，他即要与我爷爷一比高下。

"保寿大爷"说："你有什么本事，来当我们的教官？"

我爷爷答："没有金刚钻，揽不下瓷器活儿。"

"保寿大爷"提出比武。

我爷爷答应。我爷爷说："但是，我有个条件。"

"保寿大爷"问："什么条件？"

我爷爷说："八个部位不能打，如果打，我还手，你出事，我不负责。"

"保寿大爷"说："好。"

我爷爷说："得让团长做监证人。"

柳志连不同意。柳志连说："自家人，比什么比，万一失手，怎么办？"但"保寿大爷"在红二团挺横，他非要与我爷爷比一比不可。柳志连向我爷爷使眼色，意思是不让我爷爷与他比。

我爷爷说："若是不比个高下，我怎么教得了你手下那帮兵？"

柳志连一听，有理，但担心一旦失手就要出人命。我父亲曾跟着我爷爷学过武功，但我父亲在武术界连三流也称不上。我八岁那年，我父亲带我归老家。那时我父亲已经靠边站了，过宁溪联丰时，遇着三个歹徒，他们前后挡着我父亲的路，要我父亲交买路钱。我父亲说"没有"。对方不相信，他们上来企图搜我父亲的身。我还没看到我父亲怎么动手呢，那三人即如三月初春盛开着的杜鹃花一样，分着几个方向，直挺挺地倒在地上，高一声低一声地叫着。我父亲狠狠地啐了他们一口，说，"就你们这两下，还拦路抢劫，嫩了点儿。"我问我父亲："爸，武功这么厉害？"我父亲答："武功不厉害，还叫武功了？只是现在军事走上高科技，你爸学的那两下，越来越用不着了。"

柳志连说："他有十七兄弟一起上，你也不怕？"

我爷爷悄声回答："不怕。"

柳志连问："万一他们失手了呢？"

我爷爷答："我什么也不怕，就怕子弹。"

柳志连说："那好，我将他们手中的枪，全收起来，再让你与他们过招。"

直至我父亲去世那年，只是将那事当成我爷爷故事的一部分与我说，从没有将事情的来龙去脉与我讲清楚。2018 年，我打开资料库，查找那位名叫"保寿大爷"的红二支副队长，我这才知道："保寿大爷"的真名叫林保寿。

林保寿，玉环芳杜乡中赵村人，少时曾读过两年书，粗通文墨。年略长，随时温岭台州名拳师王启亮学武。因爱舞枪弄棒，因天性豪爽，好大碗喝酒大口吃肉与打抱不平，因挥金如土，爱救人于急难，深得民心。时与林保寿形影相随的无业人员有十七人，号称"十八弟兄"。由是乡里百姓对林保寿且爱且怕，人称"保寿大爷"。

1929 年 12 月，周振国与柳志连两人至芳杜。因为成立游击队，知林保寿手下豪勇如林，遂与林保寿会面。因柳志连与林保寿是好友，彼此之间好说话。周振国请林保寿率他手下十七名弟兄随他们一起闹革命。周振国、柳志连与林保寿的第一次见面的地点，即在玉环县芳杜乡一处不起眼的乡村小酒店里。周振国、柳志连特要下八个菜与一坛子黄酒宴请林保寿。柳志连与林保寿一提及此事，林保寿问："共产党是干什么的？如今国民党掌中国天下国柄，共产党就这么几个人，能夺得胜利？"柳志连答："能。"林保寿问："何以见得？"周振国说："我们是为解放天下劳苦大众。"林保寿问："如果我们得胜利了，共产党能封我当多大的官？"柳志连说："这个我不清楚。如果你真的能带你的兄弟们来，组织上会根据你的情况考虑的。"林保寿一脸满不在乎地说："叫我革命，可以。我是个粗人，好丑话说在前头。我不管你是什么党，我只讲梁山泊好汉，兄弟聚义。今天我与你喝酒，若是你能将我喝倒，我即率十七兄弟加入你们领导的革命队伍。"

初时，林保寿对共产党并不感兴趣，与柳志连说的这些话，纯粹是胡诌八咧，闹着玩的。哪知柳志连是位斫轮老手，一坛子酒下来，遂将林保寿喝得趑趄不前。别看林保寿是个不通文墨的山寨之人，憨汉自有憨汉的可爱之处，为人却一诺千金。在他眼里，入什么组织，与《水浒传》的梁山泊好汉没什么不同。反正在哪里对于他来说，都是混口饭吃。细细一想，入共产党的伙也好。说不定哪天，他林保寿这一世也因此而出人头地了。有道是，"乱世出英雄，将相无有种"。林保寿言必信，行必果。林保寿怔忪着两眼，与周振国、柳志连三人结拜义兄弟。结拜后，林保寿遂率他手下的十七弟兄，来至坞根参加红二团。正因他们全是江湖上的人，对我爷爷出现不服气，那是偶然中的必然。

柳志连说："比武可以，将枪给我。"

林保寿说："干吗？"

柳志连说："我怕枪走火。"

林保寿说："都是自己人，我走什么火？"

柳志连答："不怕一万，只怕万一。"

林保寿说："好，交就交。"

林保寿将盒子枪往柳志连手里一交，急着要与我爷爷交手。

我父亲对我说，那天，洋呈村一片人山人海。除红二团全体官兵外，还有洋呈村不少村民。他们在洋呈村大操场四周围起一堵人墙，将我爷爷与林保寿二人围在正中。就个子论，林保寿高于我爷爷一头，就块头论，林保寿是大块头，我爷爷是小个子。两人一对决，答案当然无悬念，林保寿一个跟头栽倒在地。三次进攻，三次重复表演。林保寿还想试。

林保寿说："我一个人对付你不了，我三个呢？"

我爷爷答："没问题。"

林保寿问："如果我兄弟们同时上呢？"

我爷爷答："只要你们不对我开枪，没问题。"

林保寿睁大两眼，一脸不相信："真的？"

我爷爷答："真的。"

林保寿说："如果你真的将我们十八兄弟同时放倒，我认你师父。"

我爷爷答："认师倒不必，看你那个厚道真诚劲儿，我倒愿意和你结拜成兄弟。"

林保寿说："好。"

男子汉一言既出，驷马难追。比！林保寿一声令下，十八兄弟同时上。我父亲说他根本没看清我爷爷出手的是什么动作，林保寿十八兄弟活似秋天里怒开的菊花瓣似的倒在地上。前后三次，三次开出十八朵花瓣。林保寿当天即与我爷爷一起跪在地上，对天起誓做生死兄弟。从这天起，我爷爷在红二团威名大振。从这天起，我爷爷与红二团的人好得如一家人。从这天起，我父亲成为红二团的宝贝疙瘩。

第五章

1930年7月14日，江苏省委根据党中央关于将各级党、团、工会的领导机关合并为准备起义的行动委员会的统一部署，成立江苏省总行动委员会，李立三兼任书记。

我爷爷喜欢上了红十三军这支队伍。

我父亲告诉我，我爷爷高兴坏了。我爷爷从来没有见过这样的军队，亲得有如一家人。官兵同吃一锅饭，同睡一张床。我爷爷从没有见过，一个大大的参谋长却教他们写字读书。他从来没有想到红军中还会有女兵，教他们唱歌。他从来没有想到共产主义，即是古人一直提倡着的那个大同社会。尤其令我爷爷与我父亲镌入心板的是政治部主任陈文杰一手操办的篝火晚会。那天的夜空，星星若一枚枚银钉，钉在天板上。全体战士以班为单位，围着那熊熊燃烧的篝火，盘腿而坐，一边吃着刚成熟的沙瓤西瓜，一边拉歌。指挥的就是那位女战士。她只是一挥手，那边的人即喊起来，"一排来一个！"于是一整排的人，即立起来唱；一排的人唱完，又喊，"二排来一个！"二排的人立刻站起，放开喉咙来唱歌，唱的全是从来不曾听过的歌，尤其让我爷爷为之心潮澎湃、热血沸腾的是那首《国际歌》：

> 起来，饥寒交迫的奴隶，
>
> 起来，全世界受苦的人！
>
> 满腔的热血已经沸腾，
>
> 要为真理而斗争！
>
> 旧世界打个落花流水，
>
> 奴隶们起来，起来！

不要说我们一无所有，

我们要做天下的主人！

这是最后的斗争，

团结起来到明天，

英特纳雄耐尔就一定要实现。

……

让人一唱即深感壮怀激烈。他们一直又玩又唱，闹至东方现出鱼肚白，这才带归营地睡觉。

我父亲告诉我，这里没有打骂，没有赌博，没有人吸大烟，没有官大一级压死人，没有一个战士敢拿老百姓家的东西。这里那么多男人，没有一个调戏妇女。这里官兵一个样，同吃一锅饭，同睡一张床，有福同享、有苦同当。

我父亲告诉我，我爷爷曾对我父亲说，儿子，上哪找这样的好队伍。如果我早知道在台州有这样的一支军队，我非参加不可。

我父亲告诉我，我爷爷真正打心里佩服的好朋友，并不是林保寿，却是团长柳志连与程忠昌。

程忠昌，又名程声忠，是柳志连一生中生死与共的好友之一。程忠昌不仅长得牛高马大，且爱憎分明，与我爷爷非常合得来。与我爷爷喝起酒来，那可是梁山好汉的样子，我爷爷给他起了个绰号叫"打虎武松"。有一次，红二团团以上干部全至永嘉五尺村开会，三个团的干部们全想打牙祭，可是没有肉。人哪能没有肉吃呢？正因有肉吃，人才进化成人。程忠昌说："你们不就想吃肉吗？交给我好了。"程忠昌走了。两个小时一过，程忠昌回来了。他不是空着手回来，而是扛着一头大野猪回来。扛回来野猪后，程忠昌挥刀将野猪剁成一块块，放在一口大铁锅里煮了。一块肉即有三四两重，还用那青绿色的棕榈叶子扎了。炖熟后，红得透明。一块块野猪肉，让总部全体团以上干部，个个吃得欢声四起。

我父亲告诉我，柳志连与程忠昌二人，是坞根红色根据地旗帜性人物。全坞根老百姓没有不听他们的。坞根苏维埃人民政府成立后，程忠昌当选为坞根苏维埃人民政府主席。程忠昌带头将自己家的一百多亩良田，全部分给没地的贫雇农。温岭白虎张荣廷的田被没收后，张荣廷率民团来打坞根。程忠昌端起机枪在坞根镇镇口的石拱桥上威风凛凛地一站，那张荣廷的民团，就没一个敢往桥头前进一步。张荣廷青了他的那张瓦当脸，只得一脸无奈地挥了挥手，让温岭民团退走。

我父亲告诉我，初成立红军游击队时，柳志连是大队长，程忠昌是副大队长。红十三军成立后，柳志连是红二团团长，程忠昌是红二团副团长。程忠昌是洋呈村人，红二团团部所在的大院子，即是他的家。他为建红二团，不仅将家中的大院子作为团部，且卖掉自己家的全部良田，给红二团提供活动与生活经费。程忠昌的妻子，是同村的一个普通女子，厚道实在，里里外外一把好手。我爷爷吃在他家，住在他家。他妻子不光将我父亲的衣服洗了，连我爷爷的衣服也全给洗了。

我父亲告诉我，那时候，他小，很想尝一尝海中的鲥鱼是什么味道。程忠昌妻子问我父亲，"孩子，是不是想吃鲥鱼了？"我父亲点点头。她立刻去了坞根一趟，回来时，她手中提着一条银白色大鲥鱼。中午吃饭时，那条清蒸鲥鱼端上桌了。我父亲一看，那程家阿姆居然用针线将鲥鱼的鳞片，一片片地穿起来，吃的时候，将那串在一起的鳞片一提，满盘子的鲥鱼，配着青葱，白中有绿，绿中垫白，油汪汪的，又好看，又喷香，又鲜甜，又好吃。

1931 年 1 月 7 日，中国共产党六届四中全会在上海召开。

红十三军第二次结集于温州表山村，开始全面贯彻中国共产党六届四中全会精神。温州表山，是黄岩宁溪新郑村郑氏的滥觞地，别看那时的郑氏祠堂挂满了郑氏历代贤良方正，但内底里，却是红十三军临时总部。中央军委应红十三军军长吴民冕请求，即派五位从苏联归国的共产党员任红十三军军部参谋与教官。

就在这次会议上，吴民冕正式宣读时中共上海中央局下的命令：一是正式建立红十三军军事教导队，从文化上、思想上、军事技术上对在浙东南一带山区活动的红军官兵实行政治、文化、武装轮训。二是令红十三军迅速扩大队伍。原则上是将原红十三军下属的三个团全部扩编为师级单位。原团级干部在条件成熟后，改称师长、副师长。三是令红十三军迅速在浙东南地区正式建立苏维埃政权与游击根据地。这些命令下达后，一直潜伏在山坳里的红十三军全动将起来，开始轮番的、分批的，策划向各地县城发动进攻。我爷爷一看新的教官来了，金永洪也奉组织之命归仙居，我爷爷打算与金永洪结伴归半山村，程忠昌恳求我爷爷留一留。

程忠昌问我爷爷："你认不认我这个兄弟？"

我爷爷答："认。"

程忠昌说："认就好。眼下我们兵员扩大，粮食不足，必须拔掉茶头据点，我的兵即是你的兵，你这个当教官的，不看看你培训的红军战士，是个什么样子，你走了，心中好受？"

我爷爷说："我与金永洪兄一起回去，有个伴儿。"

程忠昌说："就你，大名鼎鼎的'岩头鹘'，还怕一个人走？"

不光是程忠昌留，柳志连留，林保寿与他的十七兄弟全留，连政委金嘉真与政治部主任陈文杰都留我爷爷。他们对我爷爷说，他们队伍正在扩大，你武功这么好，又是本地人，给我们好好当几天参谋。我爷爷实在不忍心就这样轻而易举地离开红十三军。我爷爷答应。于是，我爷爷写了一封信，让一位名叫陆汉贤的交通员，带给我奶奶，说我爷爷与我父亲一切平安，他待一段时间，即带儿子归来。就在交通员陆汉贤离开红二团的当天，红二团接到红十三军下达的命令，攻打茶头镇据点。

我父亲对我说，我爷爷第一次跟着红二团参加战斗。出发那天，程忠昌要成立敢死队。让我爷爷挑出十八位高手。我爷爷即从全团尖子中挑出十八人。程忠昌打头，我爷爷殿后。程忠昌口含芦管，第一个从芦苇荡中潜入茶头据点。是不是内部有国民党特务通风报信？我爷爷不得知，但真实情况是，程忠昌率战士们一潜入茶头镇，即遭遇国民党民团的埋伏。当时有四个民团团丁手端刺刀，从背后朝程忠昌扎来，而程忠昌本人却一无所知。好在我爷爷殿后。我爷使出了他的"鹊子功"，一个鹊展翅，翔至四个团丁背后，脚踩两个肩膀，一个"夜鹊望月"，将两人同时踹倒在地，随后一个"鹊抓兔子"，将一左一右的两名武装民团脖子活活捏断。十八位敢死队员齐出手，瞬时将国民党玉环保安团打得晕头转向找不着北。红二团攻打茶头镇取得完胜，缴获大量弹药与粮食往坞根，撤时，程忠昌痴痴地望着那四个倒地死去的保安团团丁，一脸愕然。

程忠昌问："是你救了我？"

我爷爷淡然一笑。

程忠昌问："你这是什么功？这么厉害！不费一枪一弹，即让几个家伙送命。"

我爷爷答："鹊子功。"

程忠昌问："征南兄弟，你武术如此高强，那你怎么不将如此绝功教他们？"

我爷爷笑着答："鹊子功不是一天两天教得会的。"

程忠昌问："你练了几年？"

我爷爷答："十几年。"

程忠昌说："你能不能表演一下给我看看？"

我爷爷说："你想看什么？"

程忠昌答："我就想看你手功"。

我爷爷答："好。"

我爷爷走到一根青竹前，伸出手，只是往死里一捏，那根一直摇曳着的竹子即在"咧喇"的响声中，整棵竹子即现出八道裂缝，竹子的腰身即软软地弧将下来。

程忠昌说："天哪，小弟，你来红十三军，当我们教导大队大队长吧。总比那些耍嘴皮子，讲空头理论的强。"

我父亲对我说，红十三军人数迅速扩大至六千多人。粮食与武器成了红十三军发展与壮大的最大瓶颈。

红十三军几位领导坐下来几经商量，决定向缙云"要"军备要粮食。开会前，政委金嘉真征求我爷爷意见："徐征南，你可是山头人，你看缙云打得打不得？"

我爷爷答："出其不意，打得。"

太阳薄山。

红一团战士们沿着蜿蜒的山路往目的地出发。

红二团战士们沿着蜿蜒的山路朝目的地出发。因我爷爷熟悉地形，柳志连让他带路，我爷爷即走在队伍前面。那天，我爷爷带着红二团走有一整夜，一直走至第二天东方发白，红二团才翻山越岭至缙云县城南郊。

我父亲对我说，红一团、红二团移师至缙云城下。红一团团长雷高升率先锋营向守桥国民党军队发起强攻。战斗立刻打响，双方进入胶着状态。那架在缙云城楼上的三挺机枪，射出来的子弹如一把扇子刀，飕飕地在红一团一大队战士们的头上剪过，剪得红十三军的战士们无法抬头。周振国一看不好，即从政治部主任陈文杰手中拿过唯一的一支中正步枪，瞄准。放。连开三枪，一瞄一个准，一枪一个，遂将三个敌机枪手打死。机枪一哑，雷高升倏然跃起，一声大喊，发起冲锋。机枪再响，刚冲至桥中的红军战士再次纷纷中弹掉入水中。周振国忙率三爆破手，头顶炸药包，泅过溪流，再蜿蜒冲至城楼下，支上炸药包，拉开导火索，这才在震天动地的巨响中炸塌缙云的大城门。红一团、红二团的战士们，蜂拥而起，叫着、喊着，冲进缙云县城。时任缙云县县长郑禧（黄岩五部村人）一看情况不妙，忙率兵撤出缙云城。

红一团、红二团占领缙云城。红一团、红二团斩获颇丰：缴获机枪两挺，步枪五十七支，驳壳枪二十八支。子弹九脚箩担。红十三军宣传队在缙云全城四处张贴标语，宣传共产党的政治主张。红十三军红一团官兵将从地主家缴来的食盐、布匹、铜钱，除部分运走外，余下的全部分给缙云城内百姓。红十三军政委金嘉真代表红军指挥部向缙云百姓讲话。那天，金嘉真站在一座画龙雕凤的老戏台子上，对台下的所有仰头看着他的缙云乡亲们说："我们共产党的宗旨只有一条：打倒所有剥削阶级，打倒所有入侵中国的帝国主义，不惜任何代价解放全人类，实现共产主义。"

我父亲对我说，缙云县城被红十三军攻破的消息迅速传至时任浙江浙保安处长兼保安司令俞济时耳朵。俞济时大惊。他正喝着水，手一哆嗦，所持的茶杯掉在地上摔得粉碎。俞济时立刻向熊式辉报告。熊式辉接到急报后，当日急从上海起程坐火车至杭州召开紧急军事会议。

熊式辉问俞济时："总队长何人？"

俞济时答："吴民冕。"

熊式辉问："政委呢？"

俞济时答："金嘉真。"

熊式辉问："何许人？"

俞济时答："不知。"

熊式辉问："副总队长呢？"

俞济时答："绰号亚夫。"

熊式辉问："会不会姓周？"

俞济时答："说不清。我只听我手下特务报告，这个副总队长、副政委相当了不起，轻不开口，一开口说话，常引经据典滔滔不绝，如大家子。每次打仗，别人指挥皆败，独他指挥一打一赢。"

熊式辉问："攻打缙云，他们动用几个团？"

俞济时答："有番号的只有一个：红一团。"

熊式辉问："真有一个团的兵力吗？"

俞济时答："不，充其量只一个加强营的兵力，二三百人。"

熊式辉问："他们现在位置在何处？"

俞济时答："缙云城内。"

熊式辉冷笑一声道："区区二三百人敢据缙云城？他们也太得意忘形了。"熊式辉遂拿起手边的电话，令时驻在温州一带的一〇七师，分三路开进浙南向缙云包抄。

情报传至缙云。吴民冤两手抱于臂上，面对着那地图，一看，冷笑着说："天翼兄，这一下我可对你不起了。"即问红一团团长雷高升："粮食、弹药全搬走了没有？"

雷高升答："刚运光。"

吴民冤说："走。"

雷高升问："往哪？"

吴民冤说："永嘉瓯渠镇。"

我爷爷问："国民党一〇七师师部不在那吗？"

吴民冤答："老虎既然调出洞了，我们就动他老巢，东西会更多。"

我父亲亲口告诉我，国共两党的军队几在同一时刻沿着蜿蜒溪水运动。

吴民冤亲率红一团分不同两个方向，沿着瓯江，迅速向瓯渠镇方向结集。

我父亲说，瓯渠镇，永嘉县重镇。一面靠山，三面环水。其山高耸入云，其壁立有万仞，瓯江就着这处千年老镇三面环绕。别看此镇规模不大，格局不繁，但它却是浙东南重镇，自古即是兵家必争之地，易守难攻。永嘉县瓯渠镇是国民党军一〇七师师部。一〇七师全线一出动，镇内只驻有永嘉县保安团一个大队与地方民团一个连。国民党一〇七师将此镇作为师部后，怕红十三军骚扰，曾围瓯渠镇的四周，筑有十八座大碉堡。红十三军一起兵，浙东南富人官家一片恐惧，温州及西溪一带土豪劣绅及国民党高官家属，无不是携金银细软向瓯渠镇结集。

红一团到达离瓯渠镇约一里地的毛竹山。吴民冤下令红一团全部潜伏，没有他的命令，不准开一枪。命令准时下达。吴民冤即让我爷爷、周百振、周百银二人遂将自己化装成三个山民样子，潜出竹林察看地形与军情。片时一过，我爷爷与周百振、周百银一起归来。吴民冤召集红一团干部开会讨论攻打瓯渠镇。

总队长吴民冤问我爷爷："一〇七师有没有留守部队？"

我爷爷答："没有。"

吴民冕问："会不会有假？"

我爷爷答："不会。"

吴民冕反问："为什么？"

我爷爷说："他们太自信，太骄傲了。"

吴民冕说："这个镇四周有十八座大碉堡，我们怎么打？"

我爷爷说："他们的防御是十分坚固，但有死穴。"

吴民冕问："什么死穴？"

我爷爷即将他侦察后想出来的主意与吴民冕、雷高升说。雷高升听后大喜说："岩头鹊，你还真是一块指挥打仗的料。"于是，吴民冕遂兵分三路从三个方位口含芦管，潜水近城，从镇内三处下水道入镇。

红一团人马安全进入瓯渠镇，战斗立刻打响。驻瓯渠镇的永嘉县保安团怎么也没有想到，这么多的红军从四面八方涌来，吓得只放有三枪，随弃瓯渠镇逃走。那天，能让红十三军搬走的东西全搬走了。搬不走的东西，全堆在一起令瓯渠镇百姓自取。然而令红十三军官兵心寒的是：瓯渠镇百姓没有一个人敢来拿走一点东西。

红一团全部撤出瓯渠镇。红一团团长雷高升想在瓯渠镇吃一顿好饭再走。我爷爷不同意立刻将自己的意见说与吴民冕。吴民冕一听有理，即脸一黑，大吼，"不行。快撤，教官说得有道理，必须急行军归根据地。"

雷高升想不明白说："我们饿了整一天了，在此吃一口饭怕什么？"

吴民冕答："明德兄（雷高升字）你所不知，兵法云，兵贵速。老子《道德经》云，治国在正，用兵在奇。有道是，明枪易躲暗箭难防，我们红十三军是在敌人的后院打仗，如同蚂蚁在夹缝中生存。当下我们所行的战术只有一条，既要保全自己，又要消耗对方力量。所以我们只能是采取能咬他一口，就咬他一口，咬不着一口即跑。这叫打一枪换个地方，牵着他们的鼻子走。"

我父亲告诉我，红十三军四面出击的战况，终于让熊式辉刹那间变成一口炒米锅。熊式辉，字天翼，江西安义人。保定陆军军官大学第二期步科毕业后，再就读于日本陆军大学。曾在李烈钧部任团副，随李烈钧参加护法运动后，即任北伐赣军司令部副长官，为李烈钧得力帮手。1926年北伐时，任国民革命军第一师党代表。不久，任第十四军党代表兼师长。

我父亲告诉我，熊式辉急调鲁涤平、俞济时至上海开会。会议通过了《三省剿匪计划》。即主联防分剿，主剿不主抚。计划在三个月内，将在浙东南频繁活动的红十三军斩草除根。

会议定调后，鲁涤平问俞济时："你怎么办？"

俞济时倒是个将才，他不急，不慌，只是一笑："由我慢慢想办法。"

鲁涤平说："他们有一个军！"

俞济时说："别听他们海撒籽。一个军？有多少人我心里明镜似的，只不过是拍着桌子吓死老鼠罢了。"

熊式辉问："你有什么要求？"

俞济时答："兵熊熊一个，将熊熊一窝。打从徐梦蛟调走后，浙保安五团团长一直由一营营长代理。无论从军纪、从战斗力，均存有很大问题，须从正规部队中调一名真正懂军事，又懂本地民情、地理的干将来出任浙保安五团团长，才可杜绝匪患。"

正当俞济时与熊式辉讨论向上方推荐出任浙保安五团团长人选时，时任海上警卫司令的王萼（临海人，王文庆亲弟），也参加如何清剿台州"共匪"商讨会议。熊式辉随口问王萼："你可是台州的老将军了，你知根知底，老将军看看何人治理台州军事合适？"王萼略一思索，遂提议让蒋云标（蒋家岙人）出任浙保安五团团长。时蒋云标是蒋介石手下一爱将，业已任蒋介石嫡系第二军第九师副师长。俞济时一听，笑着说："英雄所见略同，我看中的亦是此人。只不过能不能要来，则是两说。"熊式辉呢，虽不曾与蒋云标见过面，但对蒋云标的忠与勇早有所闻。会议一散，熊式辉遂向时任军事委员会第二厅厅长的林蔚索要蒋云标。

　　蒋云标，字天鹏，黄岩宁溪蒋家岙人，长得高大威猛，双眉向剔如鹰翅，眼睛虽小，目光如箭。宁溪蒋氏与奉化蒋氏同宗。蒋云标天生胆大忠勇。七岁，入清书院读书。十七岁那年，蒋云标表妹蒋兰芳，年方十六，长得如花似月。不知是因何被时躲在宁溪山里土匪头目徐立明锁定，想娶蒋兰芳入山做压寨夫人。先后向蒋家岙蒋家下有三封求婚信，别看他们蒋家是农民，农民也有农民的底线，蒋家当然拒绝。徐立明欺蒋家一门只不过是种田人，父早死，母女流，遂恼羞成怒，率一百三十余众，扑至蒋家岙，围住蒋家大门，令蒋家交出蒋兰芳，不然，他们要将蒋氏一门全部赶尽杀绝。蒋云标母闻言骇得懵头翳眼，不知如何是好。蒋云标二弟蒋云树吓得跑至田间找蒋云标。时蒋云标正与八名蒋氏族亲在溪水沌间捕鱼。一得此讯，怒。遂率八同宗兄弟，手持一柄祖上所传的四枝鱼叉前往（这把鱼叉，是明时蒋家祖上跟着台州知府谭纶打倭寇时，从一倭寇指挥官手中缴获的一把钢刀改打而成）。刚跑至家门口，其一土匪想越墙入蒋家开门抢蒋兰芳。蒋云标人在二十步开外，祭起四枝鱼叉，用力掷往，一叉中匪首徐立明，贯顶而毙。百余名土匪大骇，争举武器与蒋云标对决。蒋云标复拔鱼叉，一声呼喊与八人同上与之格斗，连格杀三人。黄岩县知事张兰（直隶任丘人）闻信率兵赶来，土匪见事不谐，只可匆忙撤走。面对着八具倒地尸体与八把带血鱼叉，张兰问蒋云标："此人是你所杀？"蒋云标答："是。""年几何？""十六。"张兰大惊。时王文庆正至黄岩巡察，听黄岩县知事张兰说起此事后，极为惊愕："天哪，蒋东岙何出此人？莫非此人日后必成国家将才？当下国家正用人之时，岂可令他归家务农？"王文庆亲至蒋家，动员蒋母让蒋云标考军校。后得绰号"狗头虎"。

　　国民党上层正式下达命令：任蒋云标为江浙皖三省剿匪副司令，兼任浙江浙保安五团团长。

　　我父亲告诉我，我爷爷的师兄弟陈树人，任剿共副司令兼浙保安四团团长。

　　我爷爷参加了红十三军攻打壶镇的战斗。壶镇，是缙云县紧靠"好溪"的一个水陆交通枢纽的大镇，距浙江省著名风景区仙都不远。四面起伏着的高山如屏风样的包着一块壶形的大盆地。所有的山路，皆呈45度角。一夫当关，万夫莫开。若是从越山攻打壶镇，那是不可能的事。唯一可进攻的，只有一处，即是从那座横在大溪的石头桥上攻入壶镇。浙江与所有省份最大的不同，就因峰峦叠嶂，军队难进，所有逃难至此的古村落比比皆是。我父亲跟我说，那时，红十三军不攻打壶镇也不行了。人以食为天，红十三军兵员扩充，粮食问题、武器问题、医疗问题、给养问题若是不立刻解决，整个红十三军即会出现大麻烦。面对着那么多张嘴要吃要喝，你总不能让他们像山上的野兔一样天天吃草根树皮吧。箭在弦上，不得不发啊。

吴民冕决定亲率一千一百八十三名红军战士（包括部分农民赤卫队），从温州、永嘉、黄岩、仙居几个方向，沿着山路，向壶镇结集。部队刚至十里亭，天突然下起了瓢泼大雨。那个雨下得那个大啊，若瀑布般的下泻。狂风一刮，一山竹林如海浪不说，雨密如箭镞，射得人根本睁不开眼。浙东南一带大山，全是从海底拱上来的山，山势皆陡峭如立塔，根本存不住水。小雨小流，大雨大流。片时，一溪黄滚滚的大洪水暴涨。

我爷爷凭着山头人特有经验即对柳志连说："你是团长，你必须向总队长提建议。"

柳志连问我爷爷："你让我提什么意见？"

我爷爷说："打仗贵在出其不意，攻其不备。现在你们三个团，从不同方向往此处结集，声势浩大，万一国民党军队有了准备怎么办？壶镇是座山城。你是平原海边人，我是山头人，我从小即在此地转悠，我知道壶镇，易守难攻，出入唯有一条石板路。万一溪水暴涨，山洪猛发，一旦战局出现失利，他们来个南北夹攻，你们进退失据，非失败不可。"

柳志连一边吸烟，一边认定我爷爷说得对。吸完烟后，柳志连即向总队长吴民冕提出我爷爷说的意见。但在那时的红十三军班子成员中，被接连不断的小胜完全冲昏头脑。柳志连将我爷爷的意见一说出口，就遭班子成员的多数否决。我父亲告诉我，从表面上看，柳志连与雷高升关系很铁，其实两个团长在指挥作战上一直有矛盾。柳志连一直与副总队长周振国意见一致，主张韬光养晦，别硬打硬冲，损兵折将，最后落个竹篮子打水一场空。我爷爷只知道雷高升与柳志连在打仗的问题上意见分歧很大。那天，柳志连一将我爷爷意见提出，雷高升即指责柳志连说："你跟什么人学的，怎么仗越打越变得婆婆妈妈？怎么越来越长他人之志气而灭自己之威风？"

柳志连说："这可不是周副政委提出来的，而是徐教官提出来的。"

雷高升说："徐教官只不过是徐教官，他是我们军领导人吗？别拿一个武术教官的鸡毛当令箭。"

柳志连说："你别如此恶语伤人好不好？意见有不同，我们可以开会讨论嘛。"

吴民冕似乎觉得我爷爷提的那个意见与副政委、副总队长周振国的意见一样，即决定临时开个小会讨论一下。

红十三军班子成员遂在临好溪的一棵滴着雨的大樟树下，一边耳朵听着轰轰隆隆作响的洪水猛兽般从他们身边越过，一边讨论。打与不打的争论很激烈。尤其是周振国，他坚决支持我爷爷的意见，他说我爷爷是山头人，经验丰富，提的意见非常有道理。我们是要革命，但不能蛮干。趁着现在浙保安五团与浙保安四团，没有形成包围圈，取消这次战斗。但反对的声音却爆棚，原因只有一条，他们的给养没有了，如果不打下有钱有粮又有肉的壶镇，他们就得饿肚子了。吴民冕最后不得不决定采取举手表决。表决最后结果是六比八通过，同意继续攻打壶镇的作战计划。

柳志连说："你们同意，可以；但我支持周副总队长与徐教官意见。我保留意见。我认为周振国同志与徐教官的意见没有错。天时、地利、人和，三者皆不在我方的情况下，你们硬是要干，我也没办法。"

我父亲告诉我，雷高升率红一团举兵攻打石龙头桥。果不出我爷爷所料，通往壶镇的石龙头桥全被蒋云标保安五团破坏殆尽。一溪铺天盖地而来的黄滚滚的山洪，如上千头黄牛在狂奔，别说是打仗，连那条横着的大好溪，你都穿越不了。吴民冕见石龙头桥无法进攻，转令红一团转向壶镇西大桥向壶镇进攻。柳志连、周振国坚决不同意。

周振国说："现在浙保安五团团长是蒋云标，此人是蒋东岙人，英勇善战，不是等闲之辈。必有伏兵，岂可瞪着两眼将我们战士的生命往老虎嘴里送？"

吴民冕生气地冲撞周振国与柳志连说："红十三军到底是集体领导，还是个人领导？"

柳志连说："当然是集体领导。"

吴民冕说："既然是集体领导，票决通过，你有不同意见，保留好了。"

我父亲告诉我，我爷爷非常不理解红十三军怎么会有样的规矩。我爷爷说，兔子率着一群狮子，狮子也就变成兔子；狮子率着一群兔子，兔子也就变成狮子。任何一支军队，是好是坏，是张是弱，关键看主官。主官强，则部队强，主官正，部队必正。千口之家一人做主，怎么可以事事民主？家国同构，一支军队就与一个大家庭一样，千口之家一人做主。一个各自为政的家庭，岂可谈得上家和万事兴？家有家规，国有国法，没有规矩何成方圆？一个大家庭当家人，说了话不算，那个家不就成了一地碎片？一支没有主心骨的军队，怎么能打胜仗？

我父亲告诉我说，柳志连没有正面答复，柳志连还能说什么呢？教育人的不是一大套接一大套的理论，且是刚性的现实。说服人的不是一个又一个观念，且是汗血的天空。那就打吧。就这一打，红十三军一头扎进蒋云标早就设计好了的大口袋里。

2018年，我亲眼看到一份材料中载：红十三军失败的命运，就在这天不可逃避地浮出水面：红十三军红一团、红二团，前后发动三次突围，均出不得半步。尤其是蒋云标早就从潜伏在红十三军内部特工情报中得知金永洪率天仙游击队前来增援，已令浙保安四团在半路设伏，结果金永洪所率的红一团天仙游击队刚开至鹃子岭，遂遭浙保安四团的大伏击。两军一对决，浙保安四团的子弹密集如雨。金永洪亲率的天仙游击队寸步难行。恰在这个节骨眼儿上，国民党正规军一〇七师，顶着雨从永康赶到，分南北两处夹击，红十三军红一团、红二团背腹受敌，不少红军战士如稻草般掉入洪水中，活活让那汹涌的大洪水给冲走。

我父亲对我说，好在我爷爷对此地地形极为熟悉，遂率红十三军红一团、红二团部分官兵从另一条蒋云标不熟知的大峡谷突围。我爷爷使出鹞子功，率先攀上山顶，再将绳子从悬崖上垂掉下来，让撤出的官兵沿着那绳攀登至顶，勉强在浙保安五团包围圈的缝隙中逃出。尽管此战尘埃落定后，红十三军没有被全歼，但红十三军元气大伤。据后来相关材料统计：牺牲人数达三百三十四人。战士们身上流出来的血几将好溪的溪流染红。唯一保存完物只有没有参加战斗的章梦九领导的红三团。

我父亲告诉我，局势刹那间如绷紧了的一根弓弦。原本红十三军军部决定我爷爷去永嘉芙蓉镇红一团去搞培训的，不得不取消。副总队长周振国来坞根向柳志连下达总部命令，红二团必须立刻送徐教官与他的儿子归半山。那时，去往富山乡的鸟道蚕路，全让蒋云标的浙保安五团封锁死了，柳志连决定将我爷爷与我父亲从海上送走。

我父亲告诉我，那天，红一团团长柳志连不得不让地下党员船老大刘永德从海上将我爷爷送往海门，再由我爷爷从海门归富山。临上船那天，林保寿来了犟脾气，一把将我爷爷抱住，说什么也不让我父亲与我爷爷走，他一脸孩子气地说："我与他结拜成兄弟，我的年龄比他大，他得管我叫哥，我当哥的不同意，他就走不了。"

周振国急了，急将林保寿拉至一边，咬着林保寿耳朵将红十三军的打算告诉林保寿。

我父亲说，他一直没听清他们二人说什么，他只听林保寿说："原来如此，你们怎么瞒着我？"

周振国说："我们一直怀疑我们身边有国民党特工，不就为了保护徐征南吗。"

我父亲告诉我，我爷爷带着我父亲终于坐上刘永德那条木帆船。船离岸时，林保寿将一块中间打有一个子弹洞的大洋，塞进我父亲怀里说："我的好侄儿，这可是一块救过我命的银圆，现在给你做个念想。万一你伯伯那天牺牲了，你可别忘了清明时，给你伯伯上碗浆水。"

我父亲不敢接。

我爷爷搪了一下我父亲，我父亲心里明白，也就接了。直至今天，那块中间打有一个子弹洞的银圆，至今还在我家的箱底里压着，成为我家永久性的纪念。

我父亲告诉我，我爷爷就这样，带着一肚子的不理解，从红十三军归半山村。从那天起，我爷爷一直待在半山村，与我爷爷一直保持联络的即是周振国的未婚妻子梅子婴。关于红十三军的全部消息全是梅子婴告诉我爷爷。我爷爷也时常装扮成生意人给他们送信。一因我爷爷曾拜梅子婴父亲梅永武为师，他们二人当是师兄师妹，梅子婴天天来找我爷爷，我爷爷时常单独出门，我奶奶不知就里，误以为我爷爷与梅子婴关系暧昧，肚子缸里酿的不是醇酒而是酸醋。我奶奶非要我父亲每次外出带着我父亲不可。我爷爷急了，第一次黑着脸直呼我奶奶名字："许凤英，你想干什么？"

我奶奶怕我爷爷。面对我爷爷那箭镞样的目光，我奶奶内心深处刹那间长出一大堆白醭，心中有话，却如一根鱼刺哽在喉咙里，咽又咽不下去，说又说不出来。

我奶奶忙辩解说："你不是怕我宠坏儿子吗？你去红十三军当教官时带着儿子，现在你怎么不带儿子了？"

我爷爷吼着说："现在不是过去，现在我有大事要事。"

我奶奶问："什么大事要事？"

我爷爷说："女人家家的，别管男人那么多事好不好？"

直至三天过后，浙东南特委书记曹珍带着一帮子人来我家开会。恰巧曹珍要出门，遂与我奶奶相遇。我奶奶问曹珍："我丈夫天天与梅子婴纠葛在一起，是不是——"

曹珍一下子从我奶奶眼中读出我奶奶的疑问号。曹珍笑着说："弟妹，你将你的心放入肚子里吧。你知道梅子婴是什么人的妻子？"

我奶奶问："什么人的？"

曹珍答："周振国的妻子。"

我奶奶问："周振国不是大名鼎鼎的红十三军副军长兼政委吗？她与我丈夫一起做事，难道我丈夫也成你们的人了？"

曹珍笑而不答。

我父亲告诉我，那天夜，我爷爷从外面回来，刚要躺下睡觉，我奶奶问我爷爷："你是共产党那边人了？"

我爷爷答："不是。"

我奶奶问："不是？你怎么与他们纠在一起？"

我爷爷答："我只是他们一个特别党员。"

我奶奶问："什么叫特别党员？"

我爷爷答："我也说不清，你是个妇道人家，别问那么多事好不好？"

我奶奶说："国民党恨共产党，当心他们砍你脑壳。"

我爷爷答："砍我脑壳？你知道我绰号是什么？岩头鹁。砍我岩头鹁脑壳的人，还没有生出来。"

1931 年 9 月，我爷爷为红十三军进攻乌岩一事，与吴民冕、戴元谱发生激烈争吵。那夜的会议，原本定在半岭堂开。因半岭堂让浙保安五团一营盯上梢，吴民冕怕出意外放在我家开。那夜，吴民冕根据上级精神，夺取小城镇，建立属于自己的根据居地。吴民冕将目标锁定乌岩镇。

乌岩镇是去往宁溪山区的一大重镇。别看现在整个乌岩镇全沉在 1958 年建造的长潭水库里。退回去一百年前，乌岩却是去往宁溪路上的一大重镇。我爷爷奶奶去世后，我半山村的家，只剩下我父亲、我母亲、章梦九的儿子章德琅三人。那时我父亲、我母亲、章德琅还是个孩子，正想去我父亲的外公许楠生家时，一个女人出现在我父亲、我母亲与章德琅面前。那个女人，不是别人，即是梅子婴。

梅子婴对我父亲说："走，孩子，跟着梅姑走。"

我父亲说："不，我得去我外公家。"

梅子婴说："不行。国民党浙保安司令下话了，如果半山村不交出岩头鹃的儿子，他们就要血洗半山村，我们不能让半山村人受牵连。走，跟我走。"

我父亲毕竟是在红十三军待过，况且带他们走的不是别人，且是我爷爷的师妹。我父亲、我母亲、章德琅就如三只小岩头鹃，跟着老岩头鹃走了。至仙居梅家，直至梅姑牺牲，我爷爷的师父梅永武在抗战时去世，党组织将我父亲与我母亲带归黄岩。之后我父亲参加中国人民解放军铁流支队。中华人民共和国成立后，我父亲参加抗美援朝，负伤后归地方任武装部长。1953 年 8 月，我父亲与我母亲结婚。1954 年，我姐姐出生。1956 年，我出生。1957 年，我父亲调县武装部任部长。每年三月清明，我父亲所做的第一件事，即是带我回半山村祭我爷爷奶奶。那时去半山村，只有一条路，那乌岩是必经之地。那乌岩镇在我的头脑里的图片实在太清晰了。

我忘不了，那条黄岩溪。黄岩溪是与宁溪山区人共命运共生死的大山溪。可以说宁溪山区的母亲溪，也可以说是宁溪山区人的生命溪。没有黄岩溪，即没有宁溪山头人。

我忘不了，那乌黑油亮的由黑色鹅卵石铺成的街道。那条街道沿着黄岩溪修筑。黄岩溪弯了，它跟着弯；黄岩溪直了，它跟着直。那古老的打铁店，那繁华的商铺，那悬有大牙齿图片的镶牙店，那白花花的盐房，那大大的药房，那摆满各色布匹的大布店。每每一逢市日，即人山人海。

我忘不了，那长潭湖中的鱼儿在游动，只要它一侧身子，那鱼身即会在阳光下闪闪发亮。那大水车轮子不停地转动着，清洌的山溪水一筒一筒地提上来，注入水渠中，供乌岩镇人日常用水。黄岩溪是一条流有一千多年的大山溪，那溪水很凶也很猛。溪水的意志非常坚定，它总不停地流啊，冲啊，刷啊。人世间最无情的是时间，世间意志最坚定的莫过于山溪水。一百年过去，两百年过去。

那山溪水，冲啊，刷啊，整整冲刷有上千年，终将那峻嶒的石头，刷成圆圆的鹅卵石。这条由半岭堂溪、五部溪组合而成的大山溪，显得何等的妖娆与美丽。那银色的溪水如一条滑溜溜的大白鳗，在大大小小的鹅卵石中间穿过。我忘不了，乌岩街后的那座蜈蚣山，高约七百米，全是悬崖峭壁。峭壁上不是长满墨绿色苔藓，就是蟒蛇样纠缠在一起的古藤。因此山样子如蜿蜒着的蜈蚣，故名蜈蚣山。

我忘不了，乌岩镇沿街的两个沌。沌与湖不一样，湖是在盆地中心有水的地方，那样子活似平放在地面上的一面镜子。而沌却是顺着那山溪水流修筑起来的溪中湖，山头人之所以将往下湍流的水筑上大坝，将快速下行的水沌一囤，以供人用，由是叫它为沌。在宁溪山区，最可怕的灾难即是洪灾与旱灾。洪灾是老天爷没完没了地下大雨造成的。宁溪山区的山，全是从海底拱上来的山。那山差不多全是铁一般坚硬的花岗岩。覆在山上的那一层土非常薄。暴雨下一天两天尚可，再下的话，那山就承不住雨水的分量，只得容它成洪水往下走。那洪水下来的样子非常可怕。洪水如一头夹着泥沙、面目狰狞，活似抖擞着鬣毛的巨狮，黄泥山样的推将过来，闪电似的将所有清水覆盖，然后用它的头撞着沿着村子用鹅卵石修成的大坝。别说是大坝，如上了年岁的老人浑身颤巍，就那足有一千多户的乌岩镇，也现出神经质的哆嗦。那黄岩溪水不再清冽，不再美丽，不再善良，不再如一条银色的鳗鱼，且是一条敢于吞噬一切的巨龙。

1931 年，黄岩天大旱，足足一百多天没有下雨，山上成片的竹子、树木全枯黄了。从不曾断过流的黄岩溪第一次断流。整条黄岩溪全演变成一条枯死的黄龙。溪道中巨石嶙峋与粗砂，在灼热的阳光下闪着刺人眼睛的光亮。全溪不见一滴水。人不可没水啊，乌岩镇一千多户人家全动了起来，他们遭了大罪了，他们不得背着个大水桶，入深山的水坑中找水，背水。就那年大旱，乌岩镇即有八人摔死在找水、背水的深山峭壁中。乌岩镇没有镇志，若是有镇志，乌岩镇如此灾难，从第一代老祖宗在此安家起，不知有多少起。灾难使人成熟，灾难也让人有生存经验。人毕竟是人，他不是动物，他有思维，他有改变或利用大自然为自己提供生存的可能性。于是筑沌为已所用的成功经验由是诞生。

筑沌的办法非常简明扼要。与都江堰的水利工程有着惊人相同：即利用溪水上游与下游的落差，利用鹅卵石筑成一横截于黄岩溪的坝体，让溪水在一定高度溢出往下流。那形成的蓄水区，就叫沌。金刚岩沌，位于乌岩镇上游。将此沌定名金刚岩沌的原因只有一条：那沌子边上，有一块突兀出来的金刚岩，那样子活似利牙龅齿的狗头虎（狼）正踞坐在沌边，警惕地窥视着四周。通往村子方向开有一条大水渠，沌坝高度与渠面半平。沌水升至一定高度，即顺着大闸门沿着水渠往村里流。多余的水，即漫过坝体往下游流。一处在下游，水以同样的方法往盆地里走。那水是专门用来灌溉。金刚岩沌是乌岩人的乐天，每每夏天一到，因四周群山环抱，盆地热得如蒸笼。吸上一口气，嗓子眼儿里都火辣辣的感觉。乌岩镇的孩子们，全将自己的衣服脱得光光的，跳到金刚岩沌去打蛙水（游泳）。小鱼吮着他们的裆部，将他们吮得咯咯大笑。金刚岩沌是西屏村鱼儿最多的地方，不光有数不清的小鱼，还是那稀珍的大白鳗。那水清澈见底，阳光下，水波盈动，躺在沌底的巨石，在阳光的变幻下，不断地发生变形，看起来就如至一处梦幻世界。响岩沌，位于乌岩镇下游，卢姓人家的房子全结集在这里。卢谢两姓人合力修筑的拦水坝即在此。此沌是乌岩镇最大一沌，面积远比金刚岩沌大出三倍。从山顶上往下看，那沌子活似倒在那儿的一面大镜子。乌岩镇有一块最大的风水宝地，即是响岩。我一直说不清是风的作用呢，还是水的作用，那响岩是名副其实的响岩，每次起风，那块高高矗立的岩石嗡嗡直响，响起来非常搞怪，若一群蜜蜂在围着你兜着圈子叫。如果风平浪静，你拿起一块石头，往那岩上撞一下，那岩即会发出振鼓似的嗡嗡回声。响岩沌是全乌岩镇风景最为出类拔萃之地，平日间，满沌子游着的是鸭与鹅。成群结队的是鸭子，傲得如公主如皇帝的则是鹅。那鸭子时常屁股一撅，即潜入水底搜寻食物，一旦高兴了，数十只鸭子，振着翅膀嘎嘎叫着，于是全村皆听到那鸭子欢快的叫声。而那鹅呢，没有鸭子那种聒噪，宁静得如闺中淑女，然而，你一看到它们在水中的样子，浮现在你脑海的必然是"碧水浮白毛，红掌拨清波"。响岩沌平常时节，映入你眼帘的，则是那清清的山溪水，从长满毛茸茸苔藓的石头上淌过。但一至傍晚，寂静且孤独的响岩沌，刹那间热闹起来。从山上下来的牛与人全进入响岩沌洗涤。牛一边入水中，任人打扫它身上沾着的泥垢，快活时发出哞哞叫。男人们却赤着他的上身在洗澡，女人们裸着她们的胳膊，在那儿洗汰衣服什么的。男人与女人之间，常说些无伤于大雅的荤笑话。于是，响岩沌绽出一沌子的笑声。那个画面既有俏趣，又好看，动人极了。

我忘不了，1958 年，黄岩县"两委"为解决黄岩千年难变的海水倒灌、淡水奇缺、无电而导致工业落后的关键问题，召开"三级干部"千人大会。全县干部经六个月的调研与实地考察，决定建造长潭水库，彻底改变黄岩面貌。县委书记代表县委、县政府提出"全党下决心，全民大动员，组织军事化，行动战斗化，生活集体化，思想共产主义化"的口号，要求全黄岩各地，要人有人，要物有物。就在这次千人大会上，县委书记正式宣布成立黄岩水库暨水电站修建委员会。任命我父亲为副指挥长。

我忘不了，那年，乌岩镇所有公社大队党员领导带头将老家迁出生活有八百年的老家乌岩镇。我父亲四处做思想工作，人们真心实意地拥护中国共产党，一心一意听党话，党叫干啥即干啥。只要县委、县政府一声令下，乌岩一镇百姓即付诸行动。我与表妹许山英给我爸爸送衣服时亲眼看到，乌岩镇居民隆重举行迁祖坟仪式：家家焚香摆宴，纷纷与住有几十代的老屋拜别。

我忘不了，那时老百姓最大的向往，即是：

> 高山低山万宝山，水利兴修满山湾；
> 梯田梯地满山脚，山山绿化成乐园。
> 牛羊成群猪满栏，鸡鸭鹅兔满家园。
> 五谷丰登堆满仓，丰衣足食喜洋洋。
> 工业生产机电化，工厂林立遍城乡。
> 海低盐田将花放，海水就把海带养。
> 公路成网社队连，海洋渔轮港口忙。

四害灭尽卫生讲，人面桃花放红光。

大中小学连成网，人人识字理论好。

社队都把戏院建，电灯电话喇叭响。

居民新村大改变，城乡之差变了样。

我忘不了1958年10月1日，中华人民共和国成立九周年。黄岩长潭水电站修建委员会正式发布开工命令。第一批一千三百六十多名建设者，扛着"开路先锋"的大红旗，背着背包，挑着工具沿着崎岖的山路，从黄岩县各地纷纷至老虎山脚下结集。那天，全黄岩号角齐鸣。那天，老虎山脚下几乎在一瞬之间建满了一座又一座帐篷。那天，所有前来修水库的民兵以连为单位开始埋锅造饭。那天，四周的高音喇叭一直播放着的革命歌曲《社会主义好》《共产党好》《祖国颂》一阵又一阵响彻云霄。县广播站的女播音员，不断用她甜美的声音播送着各地民工团队到来的消息与黄岩县委第一书记吴书福的动员报告录音。那天，长潭山与伏虎山山谷周边打满了"全民总动员，建好长潭水库，造福台州子孙"的红色大横幅标语。那天，时任总指挥的赵金岱与我父亲一个团队接一个团队地走过去，帮前来此地劳动的民工们铺床。那天，首批爆破手开始在工程师们指定的炮眼开始埋炮。

总指挥赵金岱走上主席台主持开工典礼，吴书福代表全黄岩县人民当众表决心。我父亲走上前去，将他手中的号令旗一挥，第一批二十九眼爆点同时起爆。长潭山与伏虎山在强烈的爆炸声中颤抖了一下，半座山瞬时被爆开，大块嶙峋巨石瀑布样地倾泻而下，平静的清澈如镜的长潭湖，激起一朵朵浪花。黄岩县各地调来的三十支民间锣鼓队同时震天动地的在山谷中敲响。

我忘不了，我与表妹许山英给我父亲送衣服时，那长潭沌水刚抽尽，那水底下全是鱼，它们全立在那里张着嘴巴子呼吸，最大的一条大鲫鱼重六斤，最大的一条白鳗盘起来一大浴桶，尤其是九斤半以上大鲇鱼竟捕有三百八十五条。我父亲高兴得不得了，下令将所有鱼全部捞上来，按连队分配。让全体民工们打牙祭。其中有一条金色大鲤鱼，全身如同金子铸样的闪闪发亮。管后勤的办公室主任想留给指挥部食堂让县领导尝一尝，我父亲坚决不同意。他严肃地对办公室主任说："干部当与老百姓共艰同苦，岂可特殊？"下令全部发放。

我忘不了我父亲跟我说，那全工地民工因下水作业，只可以酒活血，酒成为全体民工们必不可少的物品。我父亲坐着县政府唯一的那辆吉普车，拿着县委第一书记的手令去路桥镇一利酒厂调酒。当天，即从路桥一利酒厂调至一百坛黄酒。全体县委九十名干部分至各团营与所有民工一起就餐。那时任半山村民兵连长的不是别人，即大堂哥徐若山。

我忘不了，长潭水库从它正式建成的那天起，不仅成为社会主义建设成就的一大骄傲，还成为台州地区一道非常亮丽的风景线。那库区内的风景确是别具一格。水面一片浩瀚不说，那景致与气象美不胜收。往远里看，大山成岛屿，丛林点染，生机勃勃，浓妆浅裹，宛如琼林仙境；往近里看，鱼翔浅底，金鳞浮动，水呈倒影，天然一处梦幻世界。

> 短堤绿绕长堤满，波影拖蓝山影转。
>
> 隔湖春色螺屿浮，一湾春色收不住。

我父亲对我说，二十多年前，吴民冕决定在这里发动一次局部战斗，消灭民团，以得民心，同时借此收缴乌岩民团的三十八支枪及粮食，以充红十三军红一团用。红十三军队长吴民冕遂将时任红一团黄岩游击大队大队长的戴元谱叫至我家与我爷爷商量。我爷爷与戴元谱，是从小一起玩大的朋友，我爷爷对戴元谱生性了如指掌。

我爷爷说："最好别打乌岩。"

吴民冕问："为什么？"

我爷爷答："不好打。"

吴民冕问："怎么不好打？我们想在那儿建一块属于我们的根据地呢。"

我爷爷说："你不了解当地民风。乌岩卢氏人抱团儿。民团太强势，再加上回根据地决要村，只有大裂谷一条路，一旦暴露，浙保安五团在大裂谷设伏，将进退无门。"

吴民冕坚持要打，因为红一团又没有粮食了。戴元谱为人最大一特点，有勇无谋，脑瓜子时常好进水。叫他冲锋陷阵可以，叫他过脑子想计策、出谋略素面朝天，此路不通。戴元谱根本不曾静下心来，好好地动一动脑子，作一下分析研究：此战可打还是不可打。总队长一下令叫他打，他一不做作战方案，二不搞战略部署，遂如一只无头苍蝇一般地瞎闯。

我父亲告诉我，我爷爷一看他们两人根本不听他的话，再一想，自己又不是红十三军领导，他说的话，他们可听可不听，只可拉倒。第二天一大早，太阳刚吻着茏葱的望海岗山顶，宁溪山区大小山头灿若镶有金边。吴民冕与戴元谱二人率红一团黄岩游击大队一百三十余人走出决要村，攻打乌岩镇。初一战，得胜。乌岩民团中队长王东吓得汗出如泥，扔下手中短枪只身蹿走。所有民团团丁竹筒倒豆子般星散。戴元谱一声令下，红一团黄岩游击大队战士冲入乌岩乡政府与顾、林、卢三家大户人家，将此三大户人家的钱、粮、武器之类东西全部拿走以充军资。县长孙崇夏一得知消息，即向时浙保安五团团长蒋云标告急。

我父亲跟我说，蒋云标与我爷爷同年，黄埔军校二期毕业，打起仗来足智多谋不说，且敢下死手，后牺牲于"八·一三淞沪抗战"中。蒋云标得知消息后，即从长潭乡命令兵分两路，一路由他本人亲自带领，潜伏于去往决要村的路上，一路由他的副手率一营前来救乌岩。结果在乌岩镇口溪滩前与正打算撤退的红一团游击大队遭遇。

战斗正式打响。红一团游击大队，哪有蒋云标的浙保安五团的战斗力？当时随有八位红军战士中弹牺牲。吴民冕一看不好，令戴元谱撤退。一退，中午时分退至乌岩镇一顾姓大地主家。戴元谱凭着顾家的高墙与蒋云标的浙保安五团一营相拒。因蒋云标兵力是一个整编营，孙崇夏率黄岩民团前后夹攻，吴民冕深感楚歌四起，正要第二次下令撤退，就在这个关键时刻，令吴民冕怎么也没想到是：乌岩街这位顾姓地主家有一子名顾全英，手中有枪。那顾全英可不是一盏省油的灯，你不是抢了我们家的东西吗？我叫你抢！他躲在自家阁楼里，暗中朝吴民冕开有一枪。多亏吴民冕身子一闪，子弹没打中他的心坎处，却打中吴民冕左臂。吴民冕贴身警卫牟时林一看，将我们总队长打伤了，这还了得？跳出顾家院子，遂朝顾家大院点上一把火。这一把火啊，可不是一般的火，而是一发不可挡。一家连着一家，一家通着一家，沿着街烧。从中午时分烧起，一直烧至半夜子时，整个乌岩重镇成了神话传说中的"火焰山"。

乌岩镇民房一百三十八间被毁。

黄岩县长孙崇夏一看乌岩镇起火，那还了得。这可是有着八百年历史的老镇啊。立刻率人冲入乌岩镇，一边追剿，一边下令救火。

吴民冕带着他的红一团黄岩游击队往根据地决要村撤。从乌岩至决要，只有一条羊肠小道。那条羊肠小道所经处即是现在的大裂谷。小道右边是万丈悬崖峭壁，如若刀削般险峻，人称"大裂谷"。据后来党史办公室工作人员深入了解，仅此一战，红一团黄岩游击大队在大裂谷中牺牲约七十一人。此为后话。

1931年9月24日早，阳光极为明媚。路边小树上的水珠在阳光下闪闪发亮。峡谷下湍急的溪流撞着悬崖峭壁，发出雷鸣般的轰响。毫无知觉的红一团黄岩游击大队官兵们一边说着，一边笑着，一边唱着，开往永嘉。我爷爷正在山上，一看那情景，知道红十三军红一团黄岩游击大队将大难临头。他立刻施展岩头鹞功夫，想在第一时间潜至决要村去往永嘉五尺村的必经之路。哪知不等我爷爷到，战斗业已打响。红一团黄岩游击队刚攀上吉岙岭那条羊肠小道，潜伏在毛竹林子里的民团团长徐时用突然下令出击。一因红一团黄岩游击大队官兵们防不胜防，仓促应战；二因此地是华山独条路，黄岩游击大队一时进退失据；三因路下边是万丈深渊。别说是打了，忙乱中失足死者不知其数。一个小时过去，黄岩游击大队被打死与残杀人数急剧上升至七十多人。

面对着年轻的红军官兵生命在瞬间化为一抔泥土，我爷爷气得一脸森严壁垒。我爷爷束身连夜跑至决要村与吴民冕、戴元谱大吵一场。我爷爷生性暴烈，拳头落在桌子上，让桌子上的茶具全跳起来。

我爷爷骂："你长了个猪脑膏子！你不是在打仗，是拿战士们的小命玩过家家！"

吴民冕说："胜败是兵家常事！"

我爷爷吼："那是七十多个才十七八岁的后生呀，你当指挥官的如此不听逆耳忠言，你当什么指挥官？"

吴民冕说："要革命就得有牺牲——"

我爷爷吼："牺牲也得牺牲出个理来。乌岩根本不能打，你们不听非要打，一将无能累死千军。你当一个军长瞪着两眼不拿战士命当命，你还当什么军长？"

戴元谱一听火了，顶我爷爷说："徐征南，你只不过是我们的一个联络人，你还不是我们的领导，用不着你对我们红十三军指手画脚，吴军长可是留学苏联的领导，还不如你？"

我父亲告诉我，我爷爷是位土生土长的宁溪山区山头人。宁溪山区山头人，有他的短板与长板。说长板，一方水土养一方人，从大山里出来的人，那性格就与大山一样忠诚，言必信，行必果，只要他认准的人与朋友，至死不渝。说短板，硬头颈，滑头生意从来不会做，从来不知变通。我爷爷天生性格像爆竹样的刚烈，只是你一点那导火索，他非引爆不可。其实那个时候，只要吴民冕说上一两句软话，什么问题，都会迎刃而解。偏偏吴民冕端着个领导的架子不肯认错，而戴元谱又火上加油烹上这么一句，我爷爷原本只不过是绰号"岩头鹃"，这一下，可真成名副其实的"岩头鹃"了。我爷爷一拍桌子，瞪着眼珠子说："好，我确实不是你们领导，我也不是你们的党员，我看明白了，我只是你们的利用工具。好，既然你们听不得逆耳忠言，我不再参加你们那些事，行不行？"

我父亲告诉我，原本我爷爷说的只不过气话，然而令我爷爷没有想到的是他从小在一起长大的娃娃朋友戴元谱却恶声恶语地顶了我爷爷一句："死了张屠夫，还吃混毛猪了？你别以为我们红十三军离不开你！"

我爷爷说："好，好，就从今天起，你走你的阳关道，我走我的独木桥。"

我爷爷身子一甩，既要离开决要村，往富山半山家中走。吴军长知道戴元谱说的那句话伤了我爷爷。吴民冕冲上前，企图拉我爷爷。

吴民冕说："征南，我的好兄弟，你别在意好不好，我们也是听从上级命令——"

但我爷爷根本听不进去，一甩手走了。

我父亲告诉我说，我爷爷刚归至家中，我爷爷岳父许楠生跑至我家来了。别看我那么大的岁数了，也别看我一直在研究台州的地方历史，也别看我一直想将隐在地下的"矿藏"挖掘出来，让当下的台州人知道我们台州过去的山山水水曾发生过什么，那山那水那土地那人中隐藏着什么密码，可我一直没有搞清，我得管我爷爷的岳父叫什么。我只能称他为太外公。我爷爷刚坐在我家的那张长方桌子上拿起泥水壶，嘴对着嘴，咽咽地喝有一肚子的凉水，我太外公许楠生，穿着那时有钱人家穿的长袍马褂、迈着四方步走将进来。他进门后，即在铁塔般一动不动地我爷爷面前坐了下来。

我太外公问我爷爷："你是不是他们那边人？"

我爷爷梗着脖子反问："你说这话是什么意思？"

我太外公说："如果你是他们的人，我劝你别参加。"

我爷爷问："为什么？"

我太外公说："他们烧了乌岩一百多间房子，让七十一条年轻的生命白白死去。你那个朋友，名叫林保寿的，在玉环楚门又烧了一百多间房子。"

我爷爷瞪着他的鹘子眼说："胡说，他们是共产党军队，我亲耳听他们的政治部主任陈文杰说，他们爱民亲民怎么会与土匪一样？"

我太外公说："你不信是不是？"

我爷爷答："是。"

我太外公说："耳听为虚，眼见为实，你自己去大峡谷、去楚门看一下吧。"

我爷爷一身武人打扮来至大峡谷。我爷爷被从不曾见到过的景象惊呆了。七十一具尸体，有仰有俯地歪在峡谷底，有的头撞在石头上成了一只熟透了的红柿子，有的胸口中弹，那血早已凝结成黑块。有的五官摔得一片模糊，让你辨不出面相。有不少半岭堂村人与半山村人，一边号啕大哭，一边收尸。孩子，孩子，其中有不少奶毛未退的孩子啊。

我爷爷来到乌岩镇。在我爷爷眼中乌岩镇原本那古香古色的顾家三台九明堂变成一堆黑色废墟；原本那一排排民房，现在成了让猫吃掉肉的烤鱼刺，原本那吱吱嘎嘎作响的风车，现在变成黑色铁圈。尤其让我爷爷为之难受的是那些贫苦出身的人家，水火无情啊，原本他们的生存状态即薄如竹膜，哪经得起如此致命一击？富人家有钱，经得起折腾，穷人家不是雪上加霜又是什么？

我父亲对我说，我爷爷来至玉环楚门。我爷爷尽管第一次来至楚门，但我爷爷早在一位名叫李士兴写的诗中知道楚门的样子：

> 楚门山色散烟霞，人到江南识永嘉。
>
> 关砦石田多种麦，一冬园树尚开花。
>
> 海天日暖尚堪钓，潮浦船回酒可赊。
>
> 傍海人家无十室，九凭舟楫作生涯。

玉环赫赫有名的四大门，那就是漩门——石楹对峙，铁索横空，凫门天然，销阴瀛东；楚门——匪城翳堡，信国公造，金钿金汤、屏翰北道；林门——老岩城临沧，黄镇分疆，大小鹿峙，犄角西洋；坎门——坎应何在，离方作宰，中外截然，界画临海。可眼下这一切，全化成一堆砸碎了的瓷瓶开片。

我爷爷毕竟是我爷爷，他只不过是武术界的性情中人，他没有那种觉悟，知道革命伴随着的必定付出鲜血与生命的代价。别看我爷爷是个习武之人，但他的心，却软得如一块麻糍。我爷爷面对着大火之后的楚门，看到那么多无家可归的穷人立在自己家门前，一时泪流满面。

我爷爷上去问："谁干的？"

老太太答："还不是林保寿那个贫夭绝（台州骂人话，贫即指贫穷，夭即指早夭，绝即指绝后代）干的。"

我父亲告诉我，我爷爷的头脑刹那间结成一坨子冰。我爷爷做梦也没有想到，这一切会是真的。我爷爷一言不发地离开玉环楚门，掉过头，从楚门坐船去往坞根，楚门离坞根并不远，船刚接近坞根河口，温岭县张荣廷民团的一艘海警船驶了过来。

那海警船刚想拦截，一看船头威风凛凛站着一个人，即喝问："谁？"

船夫答："杨老五。"

团丁问："上哪？"

船夫答："坞根。"

团丁说："你不知上峰有命令任何船只不准入坞根，哪个狗杂种，胆大包天？"

我爷爷"飕"的一声从船舱内跳上船头一抱拳，答："我这个狗杂种，敢上坞根。"

团丁问："你是何人？"

我爷爷答："狗杂种，老子是岩头鹘。"

我爷爷这个名字一报出，对方的那张脸色刹那间染上靛蓝。新中国成立后，那位船老大的儿子，在他的回忆文章中写道，那人名叫张荣杰，是温岭大恶霸地主、民团团长张荣廷的五弟。张荣杰还想动手，边上那个民团团丁说："队长，你可别寻死，他本事高着呢，他那双手如岩头鹘一样厉害，一用力手能将整棵毛竹捏碎。"

张荣杰说："问题是上面有令，不准任何人进入坞根。"

民团团丁说："命令是死的，执行是活的，我们何必逮不着狐狸惹一身臊？他发起飙来，我们一船人，都别想活了。"

张荣杰说："我们手中有枪。"

民团团丁说："近距离格斗，根本没有用。你没见过他的本事，我可见过。只要他一飞过来，我们全完。"

张荣杰不得不涨红着他的那张脸，但口气和缓地问我爷爷："你去坞根做啥？"

我爷爷眼风都不往他身上瞟一下的回答："走个亲眷。"

张荣杰不得不让开水道，让我爷爷坐的那条船通过。

我爷爷一踏上坞根的土地，即交给船家一块沉甸甸的袁大头。我爷爷对他说："你就在码头上等我，我去去就来。"

我爷爷将衣服往肩膀上用力一甩，即直奔坞根洋呈村。路上遇着好多红军战士。他们一看是武术教官，知是自己人，纷纷上来给我爷爷敬礼，礼一敬过，再继续巡逻。

我爷爷刚至洋呈村红二支团部，即与我爷爷的磕头兄弟林保寿相遇。林保寿怎么也没有想到我爷爷会来坞根，他一看我爷爷脸色变成一块压咸菜的岩头，心里直打花鼓。

林保寿问："你怎么来了？"

我爷爷问："我与你是不是兄弟？"

林保寿答："是。"

我爷爷说："好。我问你什么，你必须老老实实回答我。"

林保寿答："好。"

我爷爷问："楚门那把火是你点的？"

林保寿答："是。"

我爷爷问："你为什么做绿壳行径？"

林保寿说："兄弟，你有所不知——"

林保寿即将起因前前后后说有一遍。林保寿的红二团第三游击大队，主要任务是打击玉环县土豪劣绅。林保寿队伍在芳杜拉起后，即引起温岭、玉环两县土豪劣绅们恐慌。时温岭民团团长张荣廷与时任玉环县民团团长董运铎，两人联袂在玉环芳杜组织一支地主武装，叫作茶头保卫队，与林保寿的红二团第三游击大队抗衡。

1930 年 7 月 8 日，一直固守坞根的红二团，因队伍发展急需武器与给养，遂决定率红二团两百多人，兵分三路包围玉环与温岭民团的总据点楚门镇。然而，那时入楚门镇的唯一通道被毁。林保寿一看，即令他手下人马，拆下戏台、祠堂木板，跳入河中架起一座人桥，再令红二团两百余人冲入楚门镇。战斗拉开帷幕，玉环、温岭民团即被林保寿率部打得落荒而逃。林保寿生性暴烈，头脑简单且任性。他恨楚门镇的地主与有钱大户敢组织人马与红军放对，一怒之下，点火烧了楚门地主与有钱大户人家的房子。哪知水火无情，看似烧的是六家有钱人，但那火龙扭着它的身子一卷，那还有个好？

我爷爷板着脸说："你知不知，你这把火，烧了多少房子？"

林保寿答："我不知道。"

我爷爷说："一百八十五间房子。你知道不知道他们骂你什么？"

林保寿说："我不知道。"

我爷爷说："他们骂你贫夭绝。"

林保寿答："任他骂。"

我爷爷说："你如此做法，与你们政治部陈主任说的天下为公、解放劳动大众唱反调。"

林保寿说："我怎么唱反调了？"

我爷爷说："你这是土匪行径，不是唱反调，又是什么？"

林保寿说："你这是替谁说话？"

我爷爷说："替烧了房子的老百姓说话，他们一路在哭。"

林保寿说："军长没有批评我，你凭什么如此恶毒的损我？"

我爷爷说："我是你的结义兄弟，犯贫夭绝的事情，我做兄弟的就得管。"

林保寿说："从今天起，我与你两清了，行不行？"

我爷爷说："好，林保寿，你给我记好了，你今天主动说出来与我两清了，我们从此一刀两断。"

我爷爷起身，将衣服往肩膀上一甩，头也不回地走了。我爷爷与林保寿的缘分就此告结，等到团长柳志连得知消息赶至坞根企图挽救我爷爷与林保寿的那段结拜情义时，一切为时过晚。我爷爷坐的那条船早已驶得不见踪影，帷见海蜇一只只若蘑菇样的在海面上浮起，应了王步霄写的那首诗：

> 美利东南甲玉川，贩夫坐贾各争先。
>
> 南商云集帆樯满，泊遍秋江海蜇船。

从此我爷爷再也不参与红十三军的事，连师妹梅子婴来了，我爷爷也爱理不理。

我父亲亲口告诉我，我爷爷内心深处一直爱着梅子婴。梅子婴说的话我爷爷无不是言听计从。而那次，我爷爷却当着我奶奶的面与梅子婴吵得一塌糊涂。我父亲说，他年事已高，记不清当时为什么事，只要我爷爷去一下就能摆平。我爷爷说得龙叫唤也不去。两个人即你一言我一语地争执起来。

梅子婴问我爷爷："你为什么一下子变脸？"

我爷爷答："你们言行不一。"

梅子婴说："人都有犯错的时候，你怎么抓住一点不放？"

我爷爷说："他们不改。"

梅子婴说："你怎么知道他们不改？"

我爷爷说："无论从你们军长还是团长，没有一个在我面前认错。"

梅子婴说："那你也不能一叶障目。"

我爷爷答："他们说我不是他们的人，我还掀被头讨屁吃？"

梅子婴说："你自尊心太强。"

我爷爷答："这是自尊心强的问题吗？这是一个人的良心底线与道德底线，他们二人全说我管不着，不是他们的人，我徐征南还管，我的脸是人脸，还是鞋底？"

我爷爷为人最大的缺点，即是个大杠头，只要他认准的事，八匹马也拉不回来。

我父亲对我说，面对我爷爷的倔强，我梅姑婆气得直骂我爷爷。而我奶奶呢，却在背地里对我爸爸说，"看样子，他们二人真没事。"

我爸爸说："娘，你别胡思乱想好不好，我爸爸与梅姑真的没事。"

第六章

1931 年 9 月 18 日，日本侵略者终于露出狰狞獠牙。日本驻在东北境内关东军，以武力袭取沈阳。

1931 年 10 月，国民党"温台剿匪指挥部成立"。原浙江浙保安司令俞济时调走，竺鸣涛正式出任浙江浙保安处处长兼浙江保安司令。竺鸣涛，字鸣道，浙江嵊县人，1896 年生。1927 年时，曾出任陆海空司令部卫士大队大队长。

国民党对中国工农红军的第三次大围剿以失败告终。红十三军领导人接二连三被害的消息，经梅子婴的递送，终于陆续传至我爷爷耳朵里。

政治部主任陈文杰被杀害。

我梅姑婆告诉我爷爷，陈文杰被杀害的全部经过：红一团团长雷高升率红一团开往温州红十三军根据地永嘉表山。红十三军政治部主任陈文杰不知得的是什么病：高烧突发。陈文杰脸红如喷血，体温高达四十度。发热四十度，对于一个孩子来说，尚且可忍，对于一个大人来说，可就真是要了命，当时陈文杰烧了个天昏地黑，人事不知。红一团去往温州表山，路途遥远不说，且是一路巍峨高山相对立，逶迤山岗盘山腰。时陈文杰浑身如燃烧一盆炭火，两腿如面条，连走平路均软得若墨鱼足，只可在水里浮着，何谈脚触石阶翻山越岭？红十三军总队长吴民冕一看，陈文杰走不了，遂令董祖光、陈如玉两个温州籍战士，临时砍下两棵毛竹，用山上藤条做了一副担架，将陈文杰抬至上董村养病。

董祖光与陈如玉二人将陈文杰抬至上董村后，即将陈文杰交与上董村的一位叫董贤存的村民。董祖光，上董人。董祖光在一个月前与本村姑娘结婚，因红军纪律严明，他必须如期归队，故夫妻二人中断了蜜月期。打从他正式成为红军战士后，跟着红十三军翻山越岭、东跑西颠。人之性一犯，如渴牛饮水，你想拉也拉不住，况且已经至家门口，岂可错过这个机会？放下陈文杰后，董祖光即想回家见见新婚不久妻子。董祖光与陈如玉二人快走至村口那棵大槐树下，董祖光忽脸红对陈如玉说："反正去表山的路我熟悉，你先去吧，我回家住一夜即走。"陈如玉想：既然你想在家宿一夜，你就宿吧，于是独自一人肩起步枪先走。就因这董祖光过于恋家，纪律观念欠缺，在家中宿有一夜，国民党一〇七师三个团，遂分头开进山里，封锁每一处红十三军曾出入过的山中交通要道。

梅姑婆对我爷爷说，第二天的大早起，太阳尚覆在海被中蒙头睡大觉，山间浓雾弥漫漫如长河，所有青葱的山头全成为一座座飘移的岛屿。翠竹叶子上露水，因承受不住重量，有节奏的"滴答滴答"往下掉。董祖光轻唱着小曲往表山方向走。刚走至三岔路口，恰与在浓雾中行军的国民党一〇七师撞了个正着。董祖光一看不好，想避，但没法避；想脱军装，来不及；想藏枪，没法藏；想钻毛竹林，为时已晚。国民党一〇七师第三团团长眼尖，一眼发现对面的浓雾中影绰着一个红军战士。他挥了一下手，一个班的国民党士兵前后一围，乌黑的枪口直戳董祖光胸口。

董祖光被逮捕。

浙保安司令竺鸣涛一看，大喜，当即利用附近一地主家大院子，对董祖光施行突击审问。初时，董祖光并没有交代出政治部主任陈文杰生病一事。温州保安大队将他的新婚妻子带到他面前，威胁董祖光说："如果你不说出你的真实情况，我即将她交给我手下的人轮奸。"此招一出，刹那间击中董祖光软肋，他不想自己心爱且娇美的妻子受此侮辱，当下遂倒菜籽落坛般地将他所知的情况全部坦白。

梅姑婆对我爷爷说，温岭县民团火速开进上董村，直扑董贤存家。时董贤存正在给陈文杰喂药。民团团长张荣廷冲上前去，一把抓起陈文杰，刚要下令捆绑。

董贤存说："他得的是一种莫名其妙病，传染力极强，传上你，你必死。"

温岭民团团长张荣廷听后骇了一跳，退后一步。

竺鸣涛上前问董贤存："他得的什么病？"

董贤存回答："先生刚给他瞧过，说是瘟病。"

竺鸣涛说："那好，他既然如此发瘟，我就让他带着瘟病走。"

竺鸣涛拔出手枪，对准陈文杰眉心。红十三军政治部主任陈文杰，便牺牲于叛徒的出卖中。

我爷爷想去收拾董祖光。

梅子婴带着一点调皮的样子向我爷爷眨了眨眼："你不生我们的气了？"

我爷爷答："人都会犯错，军队也是由人组成的，哪有不犯错之理？"

梅子婴说："那你就对了。你想想，我们急了眼时，做些出格事，你应当理解，关键是看他在为什么人。"

我爷爷答："正因他们图穷人有个好日子过，所以我还得学梁山好汉，该出手时就出手。"

梅子婴问："你认得董祖光？"

我爷爷答："不认得。"

梅子婴说："不认得，你怎么收拾？"

我爷爷答："只要他落地生根，就别想跑掉。"

梅子婴说："区区小叛徒，用不着劳你大驾。"

我爷爷问："你将他干掉了？"

梅子婴答："我不干掉他，要我这个特工部长做什么？"

我爷爷说："那些危险事，由我来做吧，你与周振国还没结婚呢。"

梅子婴说："哥，你放心，你师妹不是那种说杀就能被杀掉的人。"

政委金嘉真在战斗中牺牲。告诉我爷爷金嘉真牺牲了的不是别人，即是交通员陆汉贤。因我家是陆汉贤往来与红十三军之间唯一的中转站。

我父亲对我说，那天，陆汉贤从他进我家门的那一刻起，他的那张脸，即黑得如一根阴沉木。他对我爷爷说，红十三军政委金嘉真与周振国副政委去苔山传达中央指示，忽接通知，让他去温州表山开会，原本他与周振国一起回来，因红一团团长雷高升突然生病，周振国只得留下，让金嘉真带着警卫去。哪知一至苔山码头，即遭温岭民团伏击。金嘉真眼镜掉了下来，他潜意识地抬起头来寻找眼镜，结果民团一位狙击手瞄准金嘉真就是一枪，金嘉真当时牺牲在苔山码头。

我爷爷问："张荣廷是不是绰号叫白虎的那个？"

陆汉贤答："是。"

我爷爷有些激动："温岭这只白虎可不能让他活着。"

陆汉贤说："章参谋长要我告诉你，当下正是非常时期，让你别轻举妄动。"

我爷爷问："章参谋长管的红三团，情况也不好？"

陆汉贤答："不好，不好，逃兵多。"

我爷爷说："共产党的队伍怎么会出现逃兵？"

陆汉贤答："问题不就出在个别人身上吗？金嘉真、周振国、陈文杰几次要求学习红四军，将党支部建在连上，个别人就不同意。再加是总队长吴民冕本人不是共产党党员。"

我爷爷说："金政委不是老说，枪杆子必须掌握在共产党手里，你们的上层为什么不将那个不是党员的吴民冕调走？"

陆汉贤说："我只不过小兵杂子一个，我上哪知道？"

我爷爷问："我嫂子与我侄子安全不安全？"

陆汉贤答："你指的你嫂子是哪位？"

我爷爷答："戚家英。"

陆汉贤答："哦，我忘了，你与章参谋长同出师门。你放心吧，他们在总部安全着呢。"

柳志连被内奸杀害。告诉我爷爷的，不是别人，即是我爷爷师妹梅子婴。

梅子婴说，竺鸣涛率兵力极强的浙保安五团前后两次进剿坞根，周振国与柳志连二人，率红二团官兵两次打退竺鸣涛与李杰三的浙保安五团。竺鸣涛怎么也没有想到自己会败在根本不起眼的红二团手中。那时，坞根的红二团，业已成为国民党军心腹大患。竺鸣涛亲至温岭县找张荣廷。竺鸣涛曾在省长夏超手下工作过，张荣廷曾在夏超、徐时用手下任过副职。夏超被孙传芳斩首后，徐时用与张荣廷、陈季甫他们率旧部，曾护着夏超家属离开杭州至青田。徐时用因心灰意冷不愿再从政从军只想从商。时为徐时用左膀右臂的张荣廷与陈季甫二人不愿跟着北伐东征军，在家经营自己的地盘。正因有此种经历，张荣廷十分熟悉竺鸣涛。

梅子婴说，张荣廷成温岭县一霸后，因他长有一张青脸，为人多智，出手极狠，温岭人给张荣廷起有一外号叫"鬼见怕"。竺鸣涛至张荣廷家后，张荣廷尽心款待。两人酒足饭饱后，酡红着脸在张荣庭家的客房内坐下。张妻亲为竺鸣涛上茶。竺鸣涛轻呷了一口茶后，遂直奔主题。

竺鸣涛问张荣廷："柳志连此人究竟如何？"

张荣廷答："别看此人是个农民出身，识字不多，与周振国二人，却是红十三军中双璧。可惜一点的是，此二人之才之能，我张荣廷发现得太晚了，让共产党抢先一步，发展此二人加入共产党。若是此二人能入我们国民党，将是不可多得的将才。"

竺鸣涛说："我现在是走投无路了，你看有何法能除去此人？"

张荣廷答："强攻，怕不行。此二人对地方上环境极熟，况且久经沙场，早已百炼成钢。对付此二人，只有一法何行。"

竺鸣涛说："请兄弟明示。"

张荣廷说："碉堡最易从内部攻破，真正有杀伤力的，即是对你从不设防的好友。对周、柳二人，只可利用内奸，方可将他除之。"

竺鸣涛说："周振国我已动用全部力量了，此人软硬不吃，为人鬼精；周至柔与他是同宗兄弟；徐时用与周振国又是亲戚，我不敢轻为。三次暗杀，皆因他随身有周氏两兄弟护卫，不曾有一点成功。我一直渴望你出手。先除去周振国的左膀右臂。"

张荣廷说："问题是金永洪、杨敬燮、袁存生、周传帽，我不熟。"

竺鸣涛问："柳志连呢？"

张荣廷答："此人我了解。如何除他，我也想过多次，只有一缝隙可下手。"

竺鸣涛说："请兄弟明言。"

张荣廷遂向竺鸣涛介绍他所知道的柳志连的各种社会关系。张荣廷对竺鸣涛说，柳志连有一结拜兄弟名王德明。这个王德明最大特点：好色、好财，名与品完全相悖，无范且无德。若干年前，这个王德明曾在张家打长工。期间，曾与张家一已婚的女用发生性事，天天缠起来没有个够。时间一长，他们二人苟且之事，终被女用丈夫发觉。女用丈夫大怒，曾领同族十几条汉子，将王吊在一棵苦楝树上打得死去活来。初时，他们打算将王德明送至松门港沉海。恰逢那天，张荣廷从路桥徐时用处商量建公路事归，坐船从松门上岸，一见此况，遂拦住他们说：通奸无死罪，何可如是？最后由张出有一笔法币将王救赎。张说他完全可以利用这层恩怨关系将王动员起来暗杀柳志连。但当下问题的关键是：你竺鸣涛能否拿出一笔数目相当可观的钱来。

竺鸣涛问："要多少？"

张荣廷答："非得一万块法币不可。"

竺鸣涛问："何要这许多？"

张荣廷答："如果你信不过我，一切免谈。如果信得过我，将此一万块法币归我，但不可问我如何使用。"

竺鸣涛说："我并不是对兄长信不过。问题他是你手下一长工，你对他有恩，他岂能不听你言？"

张荣廷答："你有所不知了。我与他的关系说到底是主子与奴才关系，而他与柳志连却是兄弟关系。在我们温岭一带，如果兄弟加害于兄弟，他人遂可以乱棍将其当众活活打死，官府不得过问。有道是，'重赏之下必有勇夫'。若不是拿出可观的一笔钱来，让他有个归处，你想叫他下此死手，岂不是做梦吃绿豆芽？"

竺鸣涛问："你想让他上何处？"

张荣廷答："香港。"

竺鸣涛听后，深觉张荣廷所言极是。当着张荣廷面，签发一张支票，让他去温岭县的汇丰银行提取。张荣廷接过支票后，遂对竺鸣涛提出要求："不准你催，不准你过问这笔钱我如何花，你必须为我高度保密，红军耳目在省城中极多，一旦他们知道是我在背后设计杀了柳志连，后果不堪设想。"

竺鸣涛保证说："此事，你知，我知，天知，地知。"

竺鸣涛离开温岭。张荣廷派他家中的长工至坞根找柳志连结义兄弟王德明。张荣廷在温岭县温峤镇一家名叫"百乐城"大饭店里正式宴请王德明。张荣廷是温岭什么人哪？他可是温岭县的一只虎啊。时台州有这样一首民谣："台州西头一只虎，东头一只虎；西头虎黄，东头虎白。"西头黄虎，指的是路桥徐时用；东头白虎，指的就是张荣廷。徐时用与张荣廷二人，就是民谣中台州东头一跺脚西头乱颤的两只虎。张荣廷这只"东白虎"居然在如此华贵的大饭店里请王德明吃饭，王岂有不来之理？王德明心怀忐忑地来入宴，那屁股刚一沾座位，张荣廷挥了一下手，身着旗袍的女招待，盈着舞步，将大菜一一端上来。这是什么样的大菜啊？王德明长这么大从来不曾吃过：有鱼翅、有鲍鱼、有燕窝。王德明吓得启腔不敢落座，张荣廷按着他的肩膀让他坐下。

王德明问："老爷，是不是有什么事要奴才办？"

张荣廷说："先别说这个，喝酒，吃菜。"

王德明不得不提着屁股坐下。刚一坐定，张荣廷一招手，遂有两个长得花容月貌的女人婷婷上前，一边一个坐定为王德明布菜斟酒。王德明吓得胆战心惊，手颤得连那只小酒杯都拿不住。酒过三巡。张荣廷即令他手下的大账房拿过刚从银行取出的五千块法币银票放在桌上，然后指此两女与此五千块法币银票问王德明："这两个女人，好不好看？"

王德明抬了抬眼偷看一下，即哆嗦着说："好看。"

张荣廷说："这五千块法币银票，你要不要？"

王德明说："不敢，不敢。"

张荣廷说："别说敢与不敢。我是在问你，你是要还是不要？"

王德明说："要，我当然是想要了。问题是我无功不受禄啊。"

张荣廷说："是的，天下没有不花钱的饭局。钱与女人，我张荣廷当然是不能拱手白送你。"

王德明问："老爷要我做什么？"

张荣廷遂屏退众人，悄然将暗杀柳志连一事与王德明说。王德明一听，吓得脸色乌云密布，五官髭张，颤着声说："老爷，此事我王德明可是行不得，行不得啊。"

张荣廷脸白中泛青："你是敬酒不吃吃罚酒喽？来人哪。"

话音刚一落，遂有三位荷枪实弹的民团团丁出现在王德明面前。张荣廷不紧不慢地问那个民团副大队长："通共是什么罪？"

团副答："就地枪决。"

张荣廷说："他兄弟是红军二团团长，当如何处置？"

团副答："杀无赦。"

王德明一看这等架势，吓得几乎尿了裤子。忙叫："老爷，别这样，别这样，有话好说好商量。"

张荣廷一看有效果，再一挥手，让他手下人全部退下。丁团一退下，张荣廷这才柔下声音咬着王德明耳朵说："王德明，你这样做就对了。做人嘛，别敬酒不吃吃罚酒。"

王德明说："问题在这儿，我杀他容易。我杀了他后，他们要杀我，这叫我怎么办哪？"

张荣廷说："这一点，你大可放心。这银票与两个送给你的女人呢，先在我家待着。你一将柳志连杀死，告我，我即送这两女子加银票坐船去香港。你呢，遂可在香港那个自由世界里过你的大好日子。"

王德明答："若真如是，我干。"

张荣廷说：“我姓张的，曾几何时失信于人？”

1930 年 12 月 12 日，柳志连被王德明暗杀。

柳志连识字不多，放牛娃出身，却是个天才军事指挥家。柳志连在红二团天仙游击大队中，有着常人不可及的三个特点。亲和力：只要他一出现，所有散乱的人心，即能迅速地聚集在一起。直觉精准：往往对事情发展的凶吉判断不出差错。为人决断力极强。譬如 1930 年 5 月 7 日，浙东南红军游击总队主力部队在叶藤岭受挫。时红军主力第一次参加这样战斗，第一次面对着那么多战友牺牲，人心瞬时出现大浮动。农民嘛，本来就有着极强的好死不如赖活着的潜意识。这种潜意识一旦抬头，兵就难带了。再加上每个连，没有党支部，管理队伍全由大队长、中队长说了算，是党员的，还好说，不是党员的呢？问题就大了。那时，红十三军有百分之四十五的战士，出现与其在此担惊有受怕，莫不如回家守着老婆孩子苟延残喘的终极渴望。周振国与柳志连一看痫情潆绕，当时即赶至红二团召集全体战士。柳志连完全以现身说法的态度抛给战友们一个选择题。

柳志连说：“从我们入红军那天起，只有进路而无有退路。当下国民党恨我们眼中出血，我们一回家，遂成为一只空中飞着的孤雁，擎等着他们将我们一个个捕去杀掉。蜜蜂何为能打败偷蜜熊？蚂蚁何为能搬走一座山？就是因为它们齐心协力。我们现在是背水一战，进是死，不进也是个死，我与你们只有齐心协力，才有可能活下来的希望。”

柳志连讲完，下台。

周振国上台，再讲中国革命总形势。尽管山民们头脑从来直线通行，但深觉占理，与其跪着死，莫不如站着生。于是，红二团全部兵员得以重新结集。三天一过，战斗力全部恢复。

譬如蒋云标率浙保安五团攻打坞根时，时红十三军军长吴民冕下的命令居然是让红二团与浙保安五团硬拼，打出红军威风。几乎所有团领导全都云兴霞蔚地表示同意。只有他与周振国两人胸有垒块，坚决不同意硬打硬拼。吴民冕居然一点也不客气地给周振国扣了顶大帽子，说周振国贪生怕死，所出言论全是叛徒言论。那时，浙东南红军初创，但长官意识特别严重。吴民冕这顶大帽子往下一扣，所有人嘁嘁瘪子不敢再吭气，独有柳志连挺身而出为周振国打抱不平。柳志连说周政委不是这样的人，周政委的意见没有错。柳志连大着嗓门当众分析说，"我们武器不如浙保安五团；浙保安五团团长蒋云标是个打仗高手，我们这些指挥员根本与他不对等；我们红军刚组建，人心一盘散沙。打胜了，可以；一旦失利，人心即会出现泥石流。红旗能否在此地插住，不在是否占有多少城镇，且在于得民心民意。老百姓不买账，全省城镇全归你，你也坐不住。"最后，柳志连亮着嗓子说，古戏文上说，做人最怕的是盲人骑瞎马，夜半临池，随珠弹雀。周政委分兵袭击方法，十分合理。面对柳志连如此有理有节的分析，总队长吴民冕最终采纳了周振国的意见，结果一举吃掉浙保第五团两个连。

王德明空着两手来至坞根见柳志连，要求参加红二团。因柳志连与王德明是娃娃朋友：小时曾在一起放牛，一起入农田偷茭白，一起钓过野食，一起在田里挖过泥鳅。柳志连打心眼儿里对王德明没有一丝一毫怀疑："你来，好啊。我们红二团欢迎你。"王德明编入红二团一营二连二排。柳志连发给王德明一支崭新的木壳枪。

周振国曾对王德明产生过一丝怀疑，曾追问过柳志连："此人是你朋友？"

柳志连答："是。"

周振国问："他为什么过去不来，现在来？"

柳志连说："革命不分前后嘛。只要他参加革命，什么时候来都可以。"

周振国问："那他过去在何处做活？"

柳志连说："曾在张荣廷家当长工。"

周振国问："张荣廷？"

柳志连答："是。"

这个名字一出现，遂引起周振国的高度警惕。

周振国说："这个张荣廷，是不是有个绰号叫'鬼见怕'？"

柳志连答："是。"

一个团队，最怕的是内部有贼，周振国深知这个道理。周振国为人口紧，谨慎，他让交通员给曹珍、梅子婴两人带去一信，让曹珍、梅子婴两人想尽一切可想之法，将此人与张荣廷之间的关系搞清楚。然而，周振国还没有接到地下交通员陆汉贤带回来的那个准信呢，柳志连出事了。

那天，阳光明媚，坞根平原一派浮光耀金。看远山，起伏若海浪腾越，飞鸿列队；看近地含章檐下女试梅妆，牧童细吹竹笛。柳志连本人呢，也没有一丝不好的预感，与往常一样背一支木壳枪，顺坞根石板铺成小街，往红二团团部走。刚走至戏台处，王德明突从街巷中潜出，朝柳志连开三枪。其中一枪，正好击中柳志连心脏。中弹后的柳志连，一头栽倒在地。柳志连做梦也没想到：杀害他的正是他一生中最好的娃娃朋友。

王德明逃归温岭。王德明向张荣廷报告说，他杀死了柳志连。张荣廷立刻派有一特务潜入坞根打探。一天过去，特务归来。特务对张荣廷说，柳志连死了，红军正为红二团团长柳志连开追悼会。张荣廷听罢，既高兴，又胆怯。高兴的是杀了柳志连，胆怯的是怕消息走漏。尽管心有余悸，毕竟是杀死红军一员顶天立地大将，他怕那个神秘的特别行动队的黑衣人找上门来。张荣廷正式兑现他的诺言：让王德明去石塘上船去香港。王德明临走前，张荣廷明确告诉他，给他的两个女人，全在船上候他。王德明带着银票去石塘，果见有船醉汉似的摇着晃着停泊于石塘港口。王德明上船。至船舱内，一眼看见那两个风姿绝代、妖冶妩媚的女人正坐在船舱内侯他到来。船准时攒身出发。船刚一启动，张荣廷即向竺鸣涛报告两个字："事成。"

竺鸣涛问："杀了？"

张荣廷答："杀了。钱我用了五千块。还有五千块银票在他身上，你要否？"

竺鸣涛答："要。"

张荣廷说："那好，你通知海上保安团的陈季甫。"

竺鸣涛问："怎么辨认？"

张荣廷遂告知船的航向与船号。

竺鸣涛电令海上保安团队长陈季甫，陈季甫立刻率船出发。两个小时不到，即在玉环与温岭县交界处的海面上，陈季甫海上保安大队截住王德明所乘船只。不等王德明缓过神来，陈季甫手起枪响，一枪将王德明击倒在船舱里。陈季甫纵身上船，令他手下两兄弟将王德明身上所带的那张五千块银票搜出，然后将王德明的尸体抛入海中。王德明尸体一抛入海，陈季甫恶毒地啐了王德明一口说：如此"供牲"，留他何用？押两女人至他们巡海船后，遂驾船扬长而去。搞得那条渔船船长一脸赧兴，不知内中沆瀣一气交织着什么。

听到这里，我爷爷身子一纵，即想往外走。

梅子婴跳起来拦我爷爷："你干吗去？"

我爷爷没回答。

梅子婴伸手拦着我爷爷："你是不是想除掉张荣廷？"

我爷爷答："是。"

梅子婴说："要去我与你一起去。"

我爷爷说："不行，你和周振国还没结婚，万一失手，怎么办？"

梅子婴说："你一个人去，我更不放心。"

我爷爷不同意。

梅子婴说："我出事，只我一个人；你出事，还有老婆孩子。"

我爷爷一想，多个帮手，多个照应，总比单枪匹马好。

于是，我爷爷即与梅子婴一起往山下走。我爷爷与梅子婴一前一后地往山下走时，我奶奶望着他俩的背影，几行泪水流了下来。

我父亲说，"娘，我跟你说过，爸爸与梅姑不会有事的。"

我奶奶说："他们二人才是真正的一对，可天老爷，怎么就让我与你爸爸走在一起。"

我父亲对我说，就在那天，我爷爷与梅子婴一起来到温岭，找到张荣廷的家，但我爷爷与梅子婴企图杀张荣廷的想法没有实现。令我爷爷与梅子婴没有想到的是，张荣廷家却是位于温岭街面的三台九明堂。墙高有八尺，大台门钉有兽吞与奶头钉，两只石狮子威风凛凛地立在大门口。护着三台九明堂的是八座不同方位的炮楼。民团团丁，每班八人，来回巡逻。每处炮楼顶上架有一挺机枪。唯一的办法是火攻，但包兜着他们家四周的全是民房。如果火起，整条大街即成火焰街。红十三军在乌岩街犯下的错误，我爷爷怎可重犯？

我爷爷问梅子婴："妹子，怎么办？"

梅子婴答："算了吧，一旦火烧连营，整条温岭街全成焦炭，我们不能对不起温岭草根百姓。"

我爷爷说："如此恶人，不除之，心有不甘。"

梅子婴说："哥，你放心吧，人在做，天在看。恶有恶报，善有善报，不是不报，时候未到，我看他能张狂几天。"

三天过去。

我爷爷与他师妹一起从温岭归来。我奶奶问他们干什么去了？我爷爷不说。当天夜里，我爷爷让我奶奶做了八碗菜，然后朝着坞根方向摆好，放上筷子点上香，倒上三杯酒，然后对着坞根方向呼喊："我的志连兄弟，弟弟给你送行了，你一路走好。"

我奶奶问梅子婴："你和你师哥去温岭了？"

梅子婴答："是。"

我奶奶问："你们杀了那只白虎？"

梅子婴答："没有。"

我奶奶问："你们空手回来了？"

梅子婴答："是。我们打算烧他的三台九明堂，但不行。因为他家在街中心，一旦起火，殃及百姓，不合算。"

我奶奶说："你们这么干，可得当心了，他们手中有枪。"

梅子婴答："这只温岭白虎太歹毒。不除掉他，对红二团太不利了。"

1931年11月7日，中华苏维埃第一次全国代表大会在瑞金叶坪召开。

1931 年 11 月 20 日，中华苏维埃共和国临时中央政府成立。1931 年 11 月 25 日，中革军委成立。从此中国共产党最大的革命根据地中央革命根据地以特有的姿态出现在中华大地上。他如一颗闪闪发亮的启明星，出现在中国的地平线上。

苏区无产阶级政权正式成立的消息终于传至国民党上层耳朵。国民党上层被共产党的这种胆大妄为气得咆哮如雷，精神似要出现大崩溃，他们紧急召开军事会议，部署第四次"围剿"红军战事。

曹珍被竺鸣涛杀害。那天，浙南特委书记曹珍鼻梁上架有一副十分考究的金丝边眼镜，将自己化装成一教书先生的样子。若非亲朋好友，根本难知这位立于飞云渡口的学者，即是时任中国共产党浙南特委书记曹珍。曹珍在飞云渡口迎风而立，尽情地欣赏着渡口两岸的青山绿水时，侧面来有三个头戴学士帽的男人。一帽檐压于眼睫的高头大汉，缓步来至曹珍面前，轻咬着曹珍耳朵说："曹珍先生，你被逮捕了。"

曹珍说："我不是什么曹珍，你们认错人了。"

来人并不说什么人，只是将压在他头上的帽檐抬高了一点，令曹珍往茶棚方向看。曹珍回头只是一眼，即瞟见供往来行人喝茶的茶棚里坐着一个他非常熟悉的身影。曹珍的脑袋发出"嗡"的一声鸣响。曹珍什么都明白了：是这位一直被曹珍所信任的温岭县委书记陈方汀将他出卖了。

我父亲告诉我，陈方汀，温岭人，曹珍学生，曾为温岭一小学教师。因他平日为人老实厚道，沉默寡言，遂被曹珍看中，渐发展他为中共党员。初为浙南特委一般工作人员。曹珍任浙南特委书记后，因工作需要，亲将陈方汀提为温岭县委书记。平日间，他们二人影形不离。陈方汀受曹珍指派，去往永嘉与李少金接头，设法寻找红一团、红二团、红三团。然而，令曹珍怎么也没有想到的是：两人一分手，陈方汀遂被时潜入台州地壳深层的国民党特工朱汪泉（朱起用）发现，陈方汀刚一至黄岩路桥郑家渡口，遂被逮捕。一逮捕，上刑，陈方汀一见摆在他面前的刑具，吓得浑身如筛糠。二十分钟一过，陈方汀叛变了。

曹珍被捕后，时浮于曹珍脑海最多的是周振国所说的一句话："丛林中没有安全岛。"

竺鸣涛亲自审问曹珍。曹珍与竺鸣涛见面后，提出来的第一个要求是，你必须让我与陈方汀见上一面。初时，竺鸣涛不愿令他与陈方汀见面。

曹珍说："如果你不让我与陈方汀见面，一切免谈。"

竺鸣涛深知曹珍是何种角色，无有他法之下，只可让陈方汀与曹珍见面。陈方汀被军警带来。陈方汀浑身打着哆嗦地站在老师曹珍面前，是时的陈方汀，面色如灰，销形立骨，不敢抬头见曹珍。

竺鸣涛说："你们俩见面，还有什么话想背着我说吗？"

此言刚落，文质彬彬的曹珍突往地上一啐，破口大骂陈方汀："当初，我是怎么瞎了一双眼，发展你这种学生入党？猪狗不如。你的子孙后代将替你蒙羞！"

竺鸣涛将他的手指在桌面上敲得笃笃直响说："你别如此张狂好不好？我实话告诉你，共产党是兔子的尾巴长不了。"

曹珍说："天下归谁，还不知其数呢，你咋呼什么？"

竺鸣涛说："即便共产党今后胜利了，取得全国政权了，只是可惜你这个共产党的浙南特委书记没有这个命，你想看也看不到了。"

曹珍答："做人如积薪，后来者居上。我看不到了，我的后一代子孙却能看得到。"

竺鸣涛说："你知道我手中有多少刑具吗？"

曹珍答："怕你这个，我还叫共产党员？！"

竺鸣涛默然，下令秘密杀害曹珍。

我父亲对我说，曹珍临死前，曾书玉环一名叫陆鸣岐所写一诗以铭志：

> 女娲石将烂，人多忙国忧。
>
> 幸留一柱在，撑住东海头。

书毕。曹珍大笑着对竺鸣涛说："走，送我上路！"

竺鸣涛对曹珍所使用的手段极为残忍：他一声令下，将曹珍装入一只竹笼子，用船运至乐清湾，决定将曹珍沉入波涛汹涌的大海。被装入竹笼的曹珍，一脸平静。

国民党档案记载：1931 年 2 月 5 日，竺鸣涛下令将装有曹珍的竹笼子往海中推。就在装有曹珍的竹笼子往海中沉的时候，竺鸣涛亲耳听到曹珍高喊："中国共产党万岁！英特纳雄耐尔一定要实现！永别了我的亲人；永别了，我的战友；新世界永远属于我们！"

陈方汀被杀。杀陈方汀的，不是别人，即是梅子婴。

我父亲说，那天夜里，他与我爷爷还没有睡觉，梅子婴即从我家的院墙上跳进来，直奔我家中堂。梅子婴一进门，即让我奶奶给她拿吃的。我爷爷一看，她一身是血。

我爷爷大吃一惊："你杀人了？"

梅子婴答："是的。"

我爷爷问："谁？"

梅子婴答："叛徒。"

我爷爷说："你怎么不叫一下我？"

梅子婴答："就他那个软蛋，我一个人对付得了。"

我爷爷说："万一有个三长两短，我怎么对得起你爸，对得起振国？"

梅子婴答："就他那鬼样，我对付他，还不是像对付一只小鸡？"

我爷爷一脸凝重地说："下不为例，我得为我师父，为周振国负责。"

直至我爷爷"为我师父，为周振国负责"这句话出口，一直弥漫在我奶奶心头的那团乌云开始镶上金边。刹那间让我奶奶的心变得柔软起来。我奶奶动作迅速地将热好的饭菜端上来。我爷爷不让梅子婴吃饭，让我奶奶将她穿的衣服，拿一套来，让梅子婴先换衣服。

我爷爷说："你看你身上那血迹，不是不打自招了？"

梅子婴一看自己身上的血迹，也笑了。赶紧换下外衣坐下来吃饭。我爷爷将梅子婴的花衣服团成一团，一把塞进红红的灶坑里烧了。

雷高升率两百多人向瑞安山区转移时，沿途遭李杰三围截。温州民团将雷高升所率的红一团围困在人烟稀少且极度贫困的横坑一带山林。是时的雷高升身边，只有戴元谱等七十余人。

面对着红十三军的损兵折将，吴民冕不得不去上海求援，结果吴民冕一去，却再也没有回来。红十三军指战员一直不知吴民冕究竟是死还是活。但关于吴民冕的小道消息，却是满天飞。有说吴民冕在上海被捕，关入监狱。传得最多的是：吴民冕不得不去往时在中共上海中央局搬兵。结果吴民冕的决定一经作出，潜伏于红十三军内部的何红与何志定二人随将吴民冕动向，报告给浙保安处处长兼保安司令竺鸣涛。竺鸣涛得知这个消息后，立刻着手全方位布置。为保证百分之百得手，竺鸣涛不只在一处设伏，且在三处设伏。设伏后，朱汪泉开始实行全方位跟踪。何红怕吴民冕反复，决定亲自陪吴民冕去上海。一路上，从表面看，一切均顺风顺水。然而，他们一行人一经天台猫狸岭时，竺鸣涛一得知前来的这个山民打扮的人，不是别人，正是红十三军军长吴民冕后，竺鸣涛下令潜伏部队对吴民冕下手。正当吴民冕与十名警卫过一处竹林拐弯时，排枪响了。吴民冕还不明白是怎么回事，再一排枪齐射过来，随吴民冕而行的十名警卫，无有一人生还。军长吴民冕胸口连中两弹。那位身着国民党军军装的何红，一脸笑容可掬、婷婷袅袅地出现在吴民冕面前。直至此时，吴民冕这才知道一直在红十三军军部任职的何红，居然是一国民党卧底。他后悔自己没有听周振国、杨敬燮意见；后悔自己没有把好用人关；后悔自己只知扩编队伍，却在不知不觉中让国民党钻了空子，搭上自己的性命事小，让红军蒙受了巨大的损失。是时的吴民冕，只是对立于他面前的何红嘟哝上一句："看在我与你共事多年的情分上，你就别抓我去受折磨，成全我，给我留个好名声吧。"何红毫不客气地上前一步，对准吴民冕脑门开有一枪。吴民冕牺牲于猫狸岭的毛竹丛中。

红十三军军长一去不复返，对红十三军有着极大杀伤力。红十三军活着的干部们几经商量讨论，他们不能再如此被困死在这里，必须搬救兵。那时，在闽浙赣边区，力量最为强大的红军，即是红十军。杨敬燮、袁存生、金永洪、周传帽红十三军最后几位领导经研究讨论，决定让副政委、副军长周振国率四名战士前往红十军军部取得联系，渴望红十军能从开化根据地过来救红十三军一把。

章梦九一看不好，不得不率总队机关人员撤至永嘉、黄岩、仙居交界处的那座名叫金刚尖的大山。

1932年5月6日，雷高升与戴元谱同时被害。

我父亲告诉我：红十三军红一团最后七十多名红军战士，终于被迫切断与群众的全部联系：军与民之间是什么关系？鱼与水的关系，唇与齿的关系。无论你是什么样的政党与军队，若是你没有汪洋大海般的民众支持，一切皆成水中捞月。决定战争终极胜利的不是武装，而是民心民力。一支军队一旦失去了民心、民力，就如同步入泥沼一样寸步难行。人与人的关系同样如是：我为人人，人人为我。人只有在互帮互用中，才可得以生存。若是讲单打独斗，你充其量，只不过是空气中飘忽着的一颗微尘，说归零即归零。而那时红一团剩下的战士们，面对着楚歌四起，连出手相帮的人都没有，他们的生活还有什么漂移的空间可言？

熊式辉、竺鸣涛二人双双决定：将单纯的军事围剿，改成"剿抚兼施"。先从红一团下手，再达各个击破。竺鸣涛密令永嘉国民党政府，利用雷高升部大部分人员均是永嘉人恋家这个人性弱点，让他们设计诱捕，并对永嘉县国民政府作出两点保证：所有收买费用，全部由省政府实报实销，决不核实与过问。凡是你们答应了的收抚条件，一律兑现，包括官职。这个诱惑实在是太大了。国民党此举一出，带来的局面不是风吹流沙尽，即山体滑坡而崩塌。

永嘉一乡绅名雷高达与红一团团长雷高升是族亲，按着永嘉雷氏论，他们二人当是堂兄弟。此人非常了得，是一位能在蜘蛛网结成的关系网里爬来爬去的人物。他通过各种关系，向一直藏匿在密林深处的雷高升传话，说他要来看一下雷高升与他手下红一团官兵。来送信者那话说得多漂亮：当下红一团战士们生活极为困难，他雷高达完全是出于同乡情谊，给红一团官兵送来一点吃的。在吴民冕离开红十三军去往上海时，红十三军内部曾就红十三军的最后走向问题发生过强烈争论。时任副政委的周振国坚决放弃在浙东南地区斗争，他的意见是将好不容易发展起来的红十三军战士，向红十军革命根据地靠拢。周振国之所以如此，是因浙南地区是国民党的大后方，国民党决不会坐视不管，必定会派出精兵强将来对付我们；作为红十三军主要负责人，当审时度势，不能拿着一只鸡蛋硬往石头上碰。周振国说有三点原因：一是浙江一带做生意人多，富户多，辛亥革命后涌现出来的新贵多，在浙江一带实行土地革命非常困难，群众基础七角八翘。二是浙江省国民党军队，无论是从武器从人员素质，从将领皆比他们优秀精良。决定战争胜败的不光是人，关键还有手中武器。三是任何一支军队，如果想要在这个地方生存，必须有着天时、地利、人和三大条件为前提，我们不能盲目在浙东浙南、在敌人的屁股蛋上建立一块红色革命根据地，让他们心惊肉跳，日夜如坐针毡。周振国的意见并未被采纳，最后一次总部干部会结束后，周振国准备回他负责的红二团。周振国与吴民冕、雷高升分手前，周振国多少带着点凄怆地握着吴民冕与雷高升的手说："这一次，我与你们一别，怕是相见无期。"哪知一言成谶。

红一团红军战士们的生活，已困难至无法忍受的临界点。剩下的七十余人，为能在生命临界点的极端环境下生存下来，他们只能打些野兽与掘山上的草根度日。民以食为天，一个人若是没有饭吃，岂有不动摇军心之理？雷高升完全是出于亲属情面让雷高达入山。然而让雷高升万万没有想到的是，他的这位亲属却是李杰三花重金购买下来并精心安排好的说客。雷高达一与雷高升、戴元谱见面后，他当着红一团干部战士们的面说，他受浙保安五团团长李杰三的委托前来找他们。

雷高升问："什么事？"

雷高达说："让你们放下武器投降。"

雷高升说："投降？可以啊，什么条件？"

雷高达说："李杰三同意将你们部队改编为永嘉巡缉队。"

雷高升说："让我们离开我们的根据地？"

雷高达答："不，不，仍驻军于此地，不予分散。如果你同意，明天下山，他即给你官印。"

雷高升问："李杰三自己找你的？"

雷高达答："是。"

雷高升问："这些东西，全是他拿来的？"

雷高达答："若是他不下令，我何敢上山？"

雷高升问："是不是他们想借此骗我们下山，然后将我们一举歼灭啊？"

雷高达说："这怎么可能呢？我的儿子现在就在省里工作，官当得与他一样大。我可是当地一等一的大户啊。他如果如此骗我，怎么面对他人？况且中国人讲的是什么？仁、义、礼、智、信，温、良、恭、俭、让。一个当官的，出尔反尔，你叫他如何取信于民？"

初时，雷高升坚决拒绝，但戴元谱与他手下的七八位中层干部全甩手不干。他们之所以甩手不干，原因有三：一是强敌压境，国民党浙保安已将入山所有的通道全部封死，他们与老百姓见面极其困难，一粒粮食一粒盐都难送上山来，若是再如此坚持下去，即使不是被他们打死，也得活活饿死。二是当下他们所处的情况，越来越走进生死鬼门关，最后七十多名红军官兵早已粮尽弹绝，再不想法解决填饱肚子，即使铁打的汉子，也会自己分崩离析。三是病员越来越多，得浮肿病者占三分之二。与其如此耗死，莫不如来个顺手牵羊，就势跳出包围圈，再另图出路。雷高升怕其中有诈，但戴元谱却认为，兵者诡道，当以诈还诈。戴元谱说他久经考虑后的建议是：学一下孙悟空，翻他一个大跟斗，跳出三界外，再利用一切可以利用的机会，或是向江西瑞金，或是向开化红十军根据地靠拢。戴元谱意见一出口，即获得三位连长与八位排长鼎力支持，他们全说与其坐着等死在不如试一下水，也许能有一线希望。雷高升听后，扪心一想，是啊，是啊，为何不将计就计呢？有道是"留得青山在，不怕没柴烧"；若不趁着这个机会跳出包围圈，这七十多人，还不得在这深山冷岙里活活冻死饿死？姑且不论他们吃了那么多日子的野菜，就他们每人枪中只剩下了三发子弹，还能坚挺多久呢？红一团团长雷高升最后下定决心将计就计。

雷高达第二次入山。

雷高升遂对雷高达说："我们商量好了，同意接受改编。"

雷高达说："你们真同意了？"

雷高升答："真同意了。"

雷高达向李杰三一汇报，李杰三即同意谈判。有资料载：红一团与李杰三假模假式地谈判前后约三次，最后李杰三与雷高升共同敲定受编时间为 1932 年 5 月 1 日。

1932 年 5 月 1 日，很快来临。时值春五月，永嘉山上一片嫩绿。阳光将一山涂得十分娇娜。竹子是翠人的绿，山溪水逼人的银，漫山遍野风景如画屏。流金溢彩，怡人又怡心。红一团最后七十多名官兵下山接受改编。红一团团长雷高升情绪一片荒草芜蔓：一方面雷高升听着那银色的山溪水在叮咚作响，看着竹林里的竹叶片片鲜亮，说不清的小鸟在喊喊喳喳地鸣叫，深感生命的可贵与难得；一方面他看着自己住过的草棚，总归是他们的根据地，有些令人难以割舍；一方面他看自己的部下人人衣衫褴褛，面带菜色，于心实有不忍；一方面他渴望将此七十余人带出包围圈，如鱼般涌入大海，最后游至红十军；一方面他怀着难以言清的恐惧怕内中有诈，一方面他又渴望着自己亲属，决不会如此没天良地欺骗自己。雷高达带着赤手空拳的李杰三上山来迎他们下山。竺鸣涛与雷高升正式见面，见面时竺鸣涛显得出奇的热情。他摘下白手套，夺步上前紧握雷高升的手说，雷团长，你真是天才军事人才，现在你放下武器，归于党国，为我们党国添增你这么一个人才而高兴。一因雷高升见他确实一人来接，二因雷高升确实不曾察出竺鸣涛面部表情有什么不对劲，眼神还透出一片"真诚"，误以为此事为真，心中暗喜，遂令红一团七十多名官兵下山。

　　红一团七十多名官兵顺着蜿蜒山道走下山来。他们按协定来至永嘉岩头东宗祠堂集中。从表面上看，一切都显得如此真诚，其实，所有的一切只不过是个假象。竺鸣涛与李杰三二人早已在暗中将陷阱与机关全部布置完毕，只等着猎物自己钻进铁笼子，浙保安五团三营营长朱劫佑早率有一个武装营潜入岩头东宗祠堂内，雷高升他们一达目的地，李杰三借着在岩头东宗祠堂点验改编、授印、官兵分别摄影留念为由，趁机将红十三军干部与战士分开。竺鸣涛笑着先是将印赠予雷高升，然后对雷高升说，请排以上干部与我们一起至四房祠堂合影。十三名干部刚踏进四房祠堂，只听得一声大喝，朱劫佑忽从一处偏厦中跳出，将黑色的枪口对准他们："放下武器！"霎时，所有原本关闭着的窗户倏尔洞开。寒光闪闪的步枪、机枪枪口全部对准他们。副团长戴元谱一看，不好，遂持枪想劫持竺鸣涛，但一切为时过晚：机枪炒爆豆似的响起。子弹密集如织布，戴元谱中弹。雷高升与另外三名干部，遂被强悍扑上来的国民党官兵活活捆死。集中于另一处祠堂的红一团战士们听到枪响，知有变，遂四下奔突。朱劫佑下令开枪。这一令下，三挺机枪同时扫射，随雷高升下山的红十三军战士无有一人生还。

　　雷高升与七名干部被押至温州行刑。雷高升与竺鸣涛第二次见面，时雷高升与竺鸣涛的最后的一段对话，十分深刻且流传深广。

　　竺鸣涛问："你还有什么话要说的吗？"

　　雷高升冰着脸烹上一句："直到现在我才明白，老百姓为什么叫你们言而无信的鬼蜮政府。"

　　竺鸣涛说："我与你讲信用，你与我讲信用吗？我与你完全一样，半斤对八两。差别呢，只在一点，一个比另一个多一分精明而已。"

　　起来，饥寒交迫的奴隶，

　　起来，全世界受苦的人……

　　雄浑的歌声响彻云霄。

　　红一团全体将士壮烈牺牲。

　　我父亲告诉我，我爷爷初时一直不知道事件的全部真相。真正告诉我爷爷真相的，还是梅子婴。我爷爷与梅子婴二人初时决定，杀的是竺鸣涛，但还是没有成功。竺鸣涛的司令部设在永嘉县国民政府的衙门里。警卫一天三班倒。他们二人根本靠近不了。

　　我爷爷问梅子婴："妹子，怎么办？"

　　梅子婴说："走吧，走吧。"

　　我爷爷与梅子婴一起往家中走。也许是朱劫佑与雷高达命该绝，就在我爷爷与梅子婴往家中走时，朱劫佑与雷高达二人，肩并着肩，有说有笑地从一家酒店中走出。朱劫佑背着匣子枪，雷高达穿着长袍马褂。瞅他们二人的样子，有如刚刚赴宴归来。朱劫佑正用一根小牙签剔着嵌在牙齿缝里的异物，雷高达呢一脸油光水滑，活似一件擦亮的铜器。我爷爷不认识朱劫佑与雷高达。梅子婴却认识。

　　梅子婴咬着我爷爷的耳朵说："你看到没有，从酒店里走出来的两个人？"

　　我爷爷问："哪两个？"

　　梅子婴答："就那个穿国民党军装与穿长袍马褂的那两个。"

　　我爷爷问："这两个都是什么人？"

　　梅子婴答："那个穿军装的是朱劫佑，那个穿长袍马褂的叫雷高达。"

　　我爷爷问："是不是雷高升与戴元谱就死在他们手里？"

　　梅子婴答："是。"

　　我爷爷两眼立刻露出仇恨的眼光："妹子，我们联手做了他俩如何？"

　　梅子婴答："好。"

　　我爷爷与梅子婴立刻做出分工，由梅子婴对付朱劫佑，由我爷爷对付雷高达。他们二人开始蛇样的暗中跟踪他们。先动手的是我爷爷。雷高达与朱劫佑分手后，即往自己家中走。刚走至一处茂密的竹林前，一位蒙面的黑衣人，走了过来，问了一声："你是不是雷高达老爷啊？"

　　雷高达答："是，你是谁？"

黑衣人说："我是雷高升的朋友。"

雷高达似乎感觉到什么，想跑，但来不及了。那个黑衣人，只是伸往他的脖子上一捏，立刻将他的喉管捏断。

永嘉县县长得到消息之后，立刻向时在永嘉坐镇的竺鸣涛报告。竺鸣涛上前一看，吓得倒抽一口冷气。只是不知那蒙面人是什么人，使的是什么功，居然将雷高达的喉管，活活捏断。他不得不下令让雷家来人收尸。

朱劫佑呢，死得更是蹊跷。他因多喝了一点酒，一路踉跄。刚走近往他家去的胡同口，一个女人走了过来，将她的辫子用力一甩，那辫子甩成了一圆弧。边上有一位行人，亲眼看到那女人长长的黑辫子在朱劫佑的脖子上撩了一下，便旋风般的跑得没了个影。周边的行人们还没有缓过神来呢，即看到朱劫佑身子摇晃了一下，有若锯倒的一根大木头一样，轰然一声塌倒下来。一位行人上前一看朱劫佑倒地，即飞也似的跑去向李杰三报告。李杰三上前只一看脖子上那一道血痕，就知道是什么人干的了，但他对任何人也不说，只是挥了一下手，让手下人搞一口棺材来，将朱的尸体抬走。

熊式辉与竺鸣涛最后决定出重兵围剿浙东山区猖狂活动的红十三军。

永（嘉）缙（云）、仙（居）剿匪指挥部成立。

李杰三正式出任总指挥。

李杰三深虑他们在明处，红一团、红二团、红三团人马在暗处，按照以前的战术，必要吃大亏。几经深思后，李杰三作出四个灭绝性的大决定：一是并村，二是连保，三是封山。

红十三军连打三仗，仗仗失利，红十三军面临着灭顶之灾。

程忠昌牺牲。告诉我爷爷这个消息的不是别人，正是红十三军的秘密交通员陆汉贤。那天，陆汉贤从半山村过，因肚子饿得厉害，一走进我家的大院子，就冲我奶奶叫："小嫂子，快给我弄点吃的，我饿坏了。"我奶奶立刻给他拿吃的。那天，我家什么也没有，只有那"番薯老鼠"。所谓的"番薯老鼠"，即是用番薯粉和成面后，用手捏起来放在蒸笼里篜熟的食品。因那食品是用手捏起来的，蒸熟后，黄黄的番薯糕上留有女人的手印，两头尖尖，活似趴在那儿的老鼠，由是我老家的人们管它叫"番薯老鼠"。那天夜里，陆汉贤对我爷爷说，柳志连被杀后，程忠昌得知是王德明所为，恨不得亲手杀掉王德明全家。周振国得知此事，遂找程忠昌谈话。周振国说，我们是共产党部队，不是土匪，你想怎么干，就可怎么干。共产党从来讲一人做事一人当，九族连株不是共产党所为，而是封建残余。在红十三军中，程忠昌对什么人都不服，骂雷高升是个"毒寡妇"，骂吴民冕"胡乱朝纲"，骂戴元谱长了个"猪膏脑子""二百五"，什么也不是。他独佩服的，只有两人：柳志连与周振国。别看周振国只不过是红十三军副职，但在红十三军官兵中可谓一鸟入林，百鸟压音。周振国一说出他的意见，程忠昌当然罢手。后程忠昌一得知王德明死于陈季甫海上保安团手中，尸体也让陈季甫扔入海中，所得女人与五千块银票均被陈季甫的海警队掠走。程忠昌大喜说，害人者必害己，这就是叛徒的下场。我们红十三军当给竺鸣涛记上一大"功"。那天，程忠昌遂挥刀劈死一猪，烧熟，令全团（实质兵力不足一个营）官兵大吃一顿，庆贺王德明沉海而死。三天后，因红十三军严重缺粮，程忠昌奉命率红二师至陡门头一地主家抢粮。又是这位潜入红十三军红二团的国民党特务何志定递出情报，李杰三遂与张荣廷派兵设伏于陡门头。两军交锋极为激烈，红二团一战牺牲一百一十三人。面对着最后十八人，程忠昌作出的最后决定是突围。为掩护战友冲出重围，程忠昌身中八弹，壮烈牺牲。国民党浙保安五团团长李杰三，特佩服程忠昌，他不止一次在会上说，程忠昌此人是个不可多得的军事人才。当初敌人围剿江西中国工农红军时，竺鸣涛想割下程忠昌人头，悬城示众，李杰三坚决不同意。李杰三说，这种铁汉人头，岂可悬于城门？亲为程忠昌征得一具好木棺材，择地安葬。

我爷爷问："真的？"

陆汉贤答："真的。"

我爷爷说："我得好好谢谢那个李杰三。"

陆汉贤说："李杰三打死了你的好兄弟，你还要谢谢他？这是什么逻辑？"

我爷爷答："李杰三是国民党军人，我兄弟是共产党军人，两人各为其主。忠诚为军人的生命线，子弹不长眼，双方有生必有死，我兄弟死了，他能以礼敬我兄弟，我佩服。"

陆汉贤走了。

我爷爷也走了。

三天过后，李杰三收到一个大包裹。打开一看，里面有十五块大洋，信中只写有一句话，"谢谢你对我兄弟有敬重，今奉银圆十五块，以还棺材之资。忠对忠，人生不落空。我愿与你交个朋友。"下面有个署名"岩头鹘"。李杰三新来乍到，根本不知"岩头鹘"是何许人。

李杰三问张荣廷："岩头鹘是何人？"

张荣廷答："鹘子功高手，江湖上人。"

李杰三问："他与程忠昌是好友？"

张荣廷答："我只听说，他在红二团当过武术教官。"

李杰三答："大洋先收起来，我得会会他。"

第七章

1932 年 5 月 24 日，国民党高层策划第四次"围剿"中国工农红军。

任何一种性格均如银币的两面，有着双重性。我爷爷爱憎分明，是个名副其实的理想主义者，眼中容不得一粒砂子，但我爷爷过于刚愎自用，同样也毁了他自己。我爷爷一直在我老家半山村，他多年养成的生活方式，没有一毫走板，早上天刚有一点亮光，我爷爷即束紧腰带，踮着他的脚去村口那块长方形的大操场上练武。他或是踮脚，或是用拳头往樗栎树上击打，或是将石头用掌一块块劈碎。学武人的讲究就是拳不离手。练得太阳浮上山顶了，山腰的岚气若白带样的缠绕了，家家的屋顶冒出白烟来了，我爷爷即归家。吃过早饭后，我爷爷即带着我父亲与我母亲下地了。尽管我太外公许楠生家有钱，我爷爷不去就不去。我爷爷对我父亲说："做人有做人的底线。你外公家是你外公家的，我的就是我的。他家有钱让他家有钱，我们徐家得靠自己的劳动吃饭。"

那天夜半，我父亲与我母亲正沉入梦乡中，我奶奶忙着将豆子泡入缸中好做豆腐。就在我奶奶将那一畚箕的山豆倒入缸中注上水时，我家院子的那扇大门敲得山响。

我奶奶问："谁嘞？"

对方答："嫂子，请开门。"

一个地方有一个地方的规矩。在半山村，叫我奶奶为嫂子的，只有我爷爷的堂兄弟。我爷爷堂兄弟有一个算一个我奶奶全熟，别说是声音了，就他走路的脚步声，我奶奶都辨得出来是谁。而今天那个声音如此陌生。谁呢？我奶奶猜着只有我爷爷在外结拜的武术界兄弟。若是没有生命攸关的大事，决不会在半夜三更敲我家的门。

大门一打开，我奶奶看到在我家门外，立着三个黑脸矮壮，只有两只眼在闪闪发亮的汉子。他们身背着步枪，脚穿草鞋，不说是衣衫褴褛，也是鹑衣百结。若不是他们三人头顶上那顶灰色的八角帽上有着红军的五角星标记，我奶奶就会将他们三人当成叫花子。

我奶奶一脸疑云："你们？"

三人说："嫂子，快叫我大哥，我们全是红二团的。"

"红二团"几个字一蹦出口，我奶奶心头电击似的哆嗦一下。我奶奶不敢怠慢，立刻将他们迎进屋里。我奶奶快步上楼喊我爷爷。我爷爷顺着楼梯走下来，他们全扑上去向我爷爷敬礼："教官，红十三军垮了，红十三军全打垮了。"言毕，号啕大哭。有道是男儿有泪不轻弹。面对着他们如此哭法，我爷爷刹那间什么都明白了。

我爷爷说："你们先别哭，有事慢慢来。你们是不是逃到这儿的？"

三人答："是。"

我爷爷问："你们是不是没吃饭？"

三人答："是。三天了。"

我爷爷说："先吃饭。"

我爷爷让我奶奶立刻将家里的全部剩饭拿出来，让他们吃饱肚子再说。好在那天，我奶奶煮有一大锅的番薯、茨菇与南瓜。我奶奶动作利索地从坛子里捞了三四块咸菜头，带着一点白醭端上桌来。他们三人实在是太饿了，一看到那饭菜即狼吞虎咽地吃起来，直至梗住，不得不直着脖子将番薯强咽下去。我爷爷只是不动声色地看着他们吃，直至他们将所有饭菜全部吃光时，我爷爷这才换了一根火篾照，一边看着他们那狼狈的三张脸，一边说话。他们说起了打缙云的失败，说起打龙头镇的失误，他们说起政治部主任陈文杰的牺牲，说起金政委去苔山时被暗算，说起柳志连被内奸杀害，说起曹珍因叛徒出卖，被国民党沉入海中的悲呛，说起红二团副团长程忠昌在作战中牺牲，说起国民党实行不准粒盐上山、不准片棉入林，说起总队长吴民冕去上海的影踪全无，不知是死是活，说起他们排挤副总队长、副政委周振国，让周振国带着周百振、周百银去瑞金，现在一直不知他们是死是活。

我爷爷问："当初与我结拜兄弟的是林保寿与十七兄弟，现在怎么就来你们三个？"

三人答："他们全死了。"

我爷爷问："他们怎么死的？"

那三人将林保寿等十五兄弟死的经过说有一遍。

他们告诉我爷爷，1932 年 10 月，国民党高层调集三十多个师，策划第四次"围剿"中国工农红军。他们告诉我爷爷，熊式辉、竺鸣涛遂共同签发三条命令：一是令李杰三率浙保安四团、五团与温州、台州两地民团约两千二百多人由徐时用率向仙居县结集。二是实施"两条腿"走路方针：第一条腿，以数百倍于红一团的兵力，将红二团围困在不到二十平方千米、人烟稀少、生活极度穷困的山区；第二条腿，封锁每一条出入口，粒粮不许入山，颗盐不可入山，凡红二团活动区边沿的全部民房一律拆除，所有沿山百姓一律迁至城区内，全面制造"无人区"，实行"坚壁清野"。三是从单纯军事围剿，改为剿抚兼施。对红二团施行"胡萝卜加大棒"，尤其是对那些意志不坚强者，许以高官，赠以美女，予以重财，利用人性中的弱点行拉拢收买，达到"分散瓦解，各个击破"。

他们告诉我爷爷，红二团终于进入发展史上的最低谷，摆在红二团面前存在的问题实在是太多了，干部队伍严重短缺，一切行动听其自择。原本十几位精明强干领导干部，死的死，叛变的叛变，逃的逃，只剩下金永洪、杨敬燮、袁存生等五位领导。食物严重短缺：最后坚持战斗的红军官兵实际上一直生存在半饥半饱中，有时实在饿得饥肠辘辘，只能吃一些树根、草根和野兽。无盐：盐是人生命中不可或缺的物质，人类生存中一旦缺盐，身体机能就会大崩溃。因为缺盐，红二团官兵中身现浮肿者，占总人数的 80%。缺衣：最后剩下的红军官兵，身上所穿衣服破碎得不成个样子。有不少官兵，不该露的东西全露在外面。眼下正值十二月，许多官兵还穿着夏天的单衣、草鞋。好在在山上有柴草，有火，不至于被活活冻死。但不能离开山洞，一旦离开山洞，那强力的西北风与铺天盖地的大雪，他们将会活活冻死。疾病：有十一人因骨头折断得不到救治，有十二人因生病无医生前来诊治。金永洪、袁存生、周传帽多次潜入时黄岩焦坑请章如奎来救治，章如奎前后去有三次，三次均被发觉，先是扣押，后是以通匪罪将章如奎关入监狱。好在章氏在焦坑一带颇有名望，一直以慈善为怀，以大爱为宗，不闻政治，只救人命。最终将章如奎放出，但浙江浙保安处下的决定是"取保候审"。他本人活动大受限制不说，还造成许多医生不敢进山。梅子婴被控制，出一步门，即有特务尾随其后。陆汉贤因叛徒出卖，不得潜往舟山一带。

他们告诉我爷爷，红十三军主力失败后，国民党浙保安及海警轮番至玉环，日夜搜捕红二团。时林保寿虽然仍举着那红十三军红二团旗帜，率着他的十八位兄弟，在苔山、海山、芦莆、沙湾一带出没，但终因他在楚门镇，一把大火烧了一百多户人家，失去了当地百姓对他的信任。林保寿与他的十七兄弟生存环境可谓站无立锥，室无悬罄。凡村民一见林保寿，随将他们当成土匪，紧闭大门，不予接纳。有一次，林保寿与他的十七兄弟饿得浑身无力走不动路，见一村民正在做饭，企图讨一口饭吃。

老太太问："你是林保寿部队的，还是柳志连部队的？"

林保寿答："我就是林保寿。"

那老太太当时将她的脸往阴里一敛，冰着话语说："就是你让楚门一镇一百多户人家没房住的？"

林保寿一时语堵。

老太太遂将她的身子在灶台前一横说："要命一条，要饭没有。都说共产党不是土匪，可你们做出来的事情与土匪有什么不一样？"

羞得林保寿一脸是蓬蓥（台州土语），不得不灰溜溜地退走。

流浪至 1932 年 6 月。

林保寿与十七兄弟，实在狼奔鼠突的挺不住了，他与他的十七位兄弟不得不出山去临近市井街铺上抢吃的。不知十八兄弟中的哪位得消息说，红十三军大部人马牺牲了，独金永洪与周永天领导的天仙游击大队尚且人欢马叫。林保寿闻之大喜，遂决定与十七兄弟去往仙居与天仙游击大队汇合。结果是刚离开海岛上岸，即被松门民团发觉，即向张荣廷报告。台州民团副团长张荣廷，恶虎生翼，率温岭营与浙保安五团二营在路桥洋屿一带设伏。林保寿率部一冒头，即遭两个营兵力的火力攻击。别看林保寿与他的十七兄弟个个武功高强，但他们毕竟是凡夫俗子，那肉体无法挡住子弹穿透力。林保寿亲率的十七兄弟一战即牺牲七人。林保寿一看，他根本不可与浙保安五团及民团两个营相对抗，不得不退至路桥洋屿山。时路桥洋屿山山顶，建有一处方国珍祠堂，祠堂背后是一处直立约有百米的悬崖峭壁，祠内住有三位无家可归的方林村村民。林保寿与他剩下的那最后几位兄弟，一冲入祠堂，即动手抢了这三家人的全部粗布被子，再将所抢的被子，撕成一条条，搓成一根大绳子。林保寿与他兄弟们沿布绳下了峭壁，这才算是突出重围。尽管林保寿突出重围，但摆在林保寿面前的生存状态可谓寸步难行。是时的红二团，已彻底让李杰三打得星散。国民党悬赏三千块大洋缉拿林保寿。林保寿无法可想，只可时海，时陆，时聚，时散，将自己变成一只孤独的"狼"四处躲藏。

他们告诉我爷爷，国民党浙保安司令部专门为林保寿制订出一整套捕剿方案。竺鸣涛亲自下达命令：令温、南、玉、乐及温州五县省保防军水陆并进四下搜索不说，且派出三个便衣，打扮成换糖客，担着货担摇着鼓，一边敲糖，一边暗中侦察打探。

他们告诉我爷爷，林保寿因无粮，再次作出一个错误的抉择：以为去温岭坞根能解决一点吃的问题，率最后几兄弟摇船想在石塘方向登陆。结果他们所乘的蚱蜢舟一驶出海岛，即被特务窥见。林保寿与他几兄弟所驾的那艘蚱蜢舟刚一驶至太平县杨柳坑扁屿洋面时，遂被蜂拥而来的国民党海上警卫队陈季甫弟弟陈季河部四面包围。林保寿率最后几兄弟，凭船与陈季河部激战。因弹尽粮绝，四人壮烈牺牲。林保寿身上中有八弹。只有他们三人逃出来。

我爷爷突然声色俱厉地问："那你们为什么不往我这儿来？"

三人答："保寿不敢来。"

我爷爷问："为什么？"

三人答："他说你不要他了。"

我爷爷的脸霎时变成一块腌菜头："他在什么地方死的？"

三人答："太平（即温岭原名）杨柳坑扁屿洋面。"

我爷爷问："什么人杀了他？"

三人答："国民党海上警卫队陈季河。"

我爷爷问："陈季河家在什么地方？"

三人答："听说是在路桥洋屿。"

我爷爷对他们三人说："从现在起，你们就住在我家里，一步也不准离去。"

他们三人答应。

我爷爷立起，往门外走。他们三人与我奶奶立刻上前横着身子阻拦："你干什么去？"

我爷爷牙根咬得"咧喇"响："债有头，货有主，我算账去。"

我奶奶说："危险！"

我爷爷喝："臭女人，你给我让开！"

我奶奶的目光与我爷爷的目光一放对，发现我爷爷的目光犹如锐利的刀锋，知道我爷爷决心已定，说什么也没有用，只可放行。我爷爷走了，义无反顾地走了。

我父亲对我说，三天一过，我爷爷从外面回来了。我父亲亲眼看到我爷爷回来时的样子，全身是血。走进院子的第一件事，即将身上带血的衣服全部脱下来，在院子正中堆成一堆，然后点烧成一堆灰。他们三人与我奶奶上去问我爷爷做了什么事？我爷爷一言不发。又过有五天，富山乡公所的民团，在半山村村口贴上一张大布告。我奶奶与我爷爷上去看了一下，那布告是台州剿匪司令部司令李杰三签发，上面盖有一个四四方方的大红印，一清二楚地写着：国民党浙江省海警队队长陈季河与十八位海警民团在洋屿饭店被一个会武功的蒙脸大汉所杀。那个人蒙着脸，只知他武术高强，个子矮小，手的力量比岩头鹘还厉害，居然将陈季河活活捏死。谁要是检举揭发奖大洋一万块。

我奶奶将我爷爷悄悄拉至一角问："孩子他爸，是不是你干的？"

我爷爷抿了下两扇磨盘似的嘴唇，一言不发。

我奶奶说，"保证是你。别人哪会你的鹘爪功？"

我爷爷还是一言不发。

我父亲对我说。1930年，是红十三军灾难性的一年。我爷爷认识的两位红军好友在同一年牺牲。

我父亲对我说，先牺牲的是杨敬燮。那时，杨敬燮不得不挑起红十三军的全部工作。杨敬燮个子长得并不高，面容清癯，两眼如点漆，看人时，熠熠发亮，为人心思缜密。但杨敬燮的精明，从不外露。平日间不声不响，谁也不知他那张平板脸的背后想的是什么。

1929年12月，红十三军第一次扩红时，杨敬燮第一个发现那位名叫何红的女学生有些蹊跷。前后三次向时任总队长的吴民冕提出建议，对这位长得乌发蝉鬓、蛾眉青黛、漂亮且可人的女子要当心。初时，杨敬燮快言直语地对吴民冕说，这个女人不寻常，你心中得多长个心眼儿。尽管杨敬燮与周振国二人，从这个名叫何红的人出现在红十三军那天起，一直如和尚敲木鱼一样提醒吴民冕，但吴民冕从来没将他们二人的话当一回事。

吴民冕说："她是杭州来的女学生，杭州地下党支部有文字证明，我们何可如此乱怀疑？"

杨敬燮说："当下人妖共存，神鬼共生，害人之心不可有，防人之心不可无。有道是人心两面刀，我们还是防一点好。"

吴民冕说："你们别老是疑神疑鬼，如此下去，我们红十三军别想有人了。"

一个总队长如是说，他杨敬燮又有什么办法？那时，红十三军在党支部是不是应当建在连上的原则性问题上，政委都说了不算。胳膊扭不过大腿啊！是时的红十三军屡战屡挫。红十三军几乎每次军事行动，全没有逃过国民党军队的掌控。红十三军打至哪里即挫至哪里。尤其是红十三军攻打永嘉失利后，杨敬燮正式怀疑红十三军内部出有窟窿。杨敬燮为人心思缜密。平日间，若一只假寐之鹰，不动声色地窥视军部每个人员行动。杨敬燮全面排摸一遍，最后他将目标正式锁定何志定与何红。假的就是假的，真的就是真的。天下没有不露破绽的伪装。别看何志定与何红二人，如深水大鲨鱼一样，微波不兴。但关键有三点破绽，引起杨敬燮的高度怀疑：一是何志定与何红以兄妹相称，可他们二人每次见面，从不曾有过兄妹相见后的那种亲昵表现。二是细端详何红，其一举一动怎么看，怎么是个历尽风尘之人，何有刚出校门大学生的那种单纯？三是何红的才华，实在是太笑傲江湖了。写得一手好字不说，还打得一手好枪。若是没有经过专门训练，何可至此？无论什么人，关键一点，看她所作所为是否符合常情。一旦超越常情，那背后定有不可告人目的。尽管杨敬燮发现的这三点破绽十分有力，但怀疑终归是怀疑。作为红十三军主管特工与情报的杨敬燮，确实看到过梅子婴转过来的杭州地下党支部提供的材料，说这个何志定与何红是亲兄妹，二人同期加入共产党，大可不必怀疑。假的就是假的，任何伪装总得剥去。杨敬燮与梅子婴密商，决定对何志定实行全方位考察。连续发生的两起事终于令何志定的身份得以彻底暴露。

红十三军军部开会。那时周振国还没有离开红十三军。周振国猛地喊有一声"何志定"，而此时，这个何志定不知想什么去了，居然没反应，直到喊第二遍时，何志定忽地起立脱口一句"卑职到"，这可是国民党政府工作人员用语。

红十三军红二团召开军事行动会议。因何志定是团部文书，自然在会议上做记录。周振国与杨敬燮几乎同时发现，每次会议后，何志定必要去军部驻地东边的树林子一趟。那天，杨敬燮因心烦，随便入树林子里走一走。转有一圈后，刚从树林子出来，遂与何志定碰个正着。

杨敬燮问："你去树林子里干什么？"

何志定答："我馋了，想采一点山毛楂吃。"

那时正是二月，哪来的山毛榉？分明是撒谎。这两起事情发生后，杨敬燮随将他的怀疑向吴民冕提出：将何志定抓起来审问甄别一下。然而出乎杨敬燮意料的是，总队长吴民冕居然没同意。吴民冕为什么不同意？吴民冕说何志定曾在国民党政府里当过一般文秘人员，"卑职到"已成为他口头禅，不可少见多怪。叫他的名字，他半天没有应，也许他一时走神；他去树林子，说是捡毛榉，也许是撒谎，但不能以此而定真假好坏。我的意见是：我们不能冤枉一个好人，还是观察他一段时间再说。尽管如是，杨敬燮与梅子婴的两眼，死死锁定何志定。

周振国去红十军搬救兵，红一团出事后，杨敬燮决定将原红二团天仙游击队正式更名红二团，团长金永洪，副团长袁存生、周传帽，特务大队队长周传忠。他们决定接受红一团雷高升教训，誓死不再相信国民党当局，与国民党血战到底。

杨敬燮、金永洪、袁存生、周传帽不得不召开一次会议，商量何去何从。摆在红十三军红二团面前最为要命的是三大问题：粮食，弹药，及将散落在外的红军战士重新往一个地方结集。出于这三方面考虑，杨敬燮与金永洪、袁存生、周传帽四人决定，无论如何也得与附近集镇上的国民党军队打一仗。

红二团攻打大荆，夺取给养。就在会议开过后的那天夜里，杨敬燮仿佛将自己"变成"一只猫伏至暗处。正当那月亮升上天空，杨敬燮发现何志定趁着蒙蒙山雾往树林里走。杨敬燮即尾随何志定至树林子里。这一尾随不要紧，杨敬燮亲眼看到他极不愿意看到的一幕：何志定来至林子深处一棵大苦楝树下，先是用刀挑开一块树皮，后是将一张折叠好的纸放在树洞里。杨敬燮终于明白：他的判断没有错，何志定是国民党的特工。杨敬燮夺步上前举枪顶住何志定脑袋："何志定，你到底是什么人？"何志定一看是杨敬燮，奋起搏击，杨敬燮开枪，因枪走偏，击中何志定一臂。何志定拔腿往树林深处跑。时月亮正起，夜雾渐清。就在这时，一个黑影突然飙将过来，只是一刀，将何志定毙命。杨敬燮上去一看，杀何志定的不是别人，且是梅子婴。

杨敬燮埋怨说："你动作太快了。"

梅子婴答："我怕他开枪伤了你。"

杨敬燮说："我想搞清内幕，但人已死，有什么办法？"

梅子婴立刻搜查何志定的全身。梅子婴很快搜出一张条子交给杨敬燮。杨敬燮将此条打开一看，只见上面写有一行字，"红十三军共计一百三十人，因无粮，定于某日某时攻打大荆。"

尽管这个潜入的特务被消灭，但是，已太晚了，红十三军因由他带来的损失几近绝灭。

杨敬燮、袁存生、金永洪、周传帽决定攻下龙潭镇以壮军威。红二团战士散开来化装成烧炭人模样，挑着炭篓子潜入龙潭镇。一潜至龙潭镇十字街头后，放下炭篓，遂从中取枪开打。一刹那间，打得时驻龙潭镇的仙居民团猝不及防，当场打死仙居民团十九人。他们夺得大批军需物资后，返身潜归根据地。

红二团在金永洪率领下，第二次袭击三溪村民团武装。在神不知鬼不觉、不折一兵一卒的前提下，突然发力，一举缴获轻机枪一挺。

红二团在永嘉与丽水两县交界的山林急行军。金永洪突然下令让这条红色游蛇调头，突张大嘴狠咬丽水一口。因红二团最后那一百多名红军官兵全是由周传帽、周传忠部下与周永广老部下及当地部分猎人组成，名狙击手居有大半。那些在山林里长大的狙击手们，那身手确实不同于一般，枪法极为精准。一击中的。吓得浙保安四团官兵不敢现身。

红二团决定偷袭缙云。金永洪、袁存生、周传帽、周传忠四人各率二十名狙击手潜于一山垭地。缙云民团在明处，红二团在暗处。金永洪率有三名红军战士采取打一枪换个地方的战术。瞄准了打，一枪一个，全中脑门心，想救都救不了。吓得缙云民团不敢再往前进一步。红二团金永洪在淡定中指挥的五次交战，打得相当出彩，不仅让红二团名声远播，也同时被浙保安五团和当地民团称之为"鬼见怕"神枪队。尤其是在红二团撤退后，李杰三亲上战场点验被击毙士兵，骇得倒吸冷气，天哪，这些山猫野兽的枪法实在太准了，所有子弹全击中正额心。如此精准的枪法，令李杰三怀疑红军中是不是有黄埔军校毕业的同学？若不如是，何以枪枪命中？直到三连连长告诉李杰三说："这个红二团，根本没什么黄埔军校学生，只有几十个一直在山中打猎为生的猎人。"

李杰三咬着牙说："这团伍不除，我们的兵不让他们零打碎敲地给活活敲光？"

李杰三向熊式辉如实作汇报。

熊式辉听后，愕得几乎说不出话来："什么？他们全是天台、仙居人？"

李杰三答："是。"

熊式辉问："仙居、天台人，怎么如此会打仗？"

1931年10月19日，红二团决定攻打仙居。那天，天下着大雪，仙居县所有山林尽白，河流尽黑。杨敬燮、金永洪、周传帽、周传忠率红军两地的游击大队攻打台州仙居县城。然而，令杨敬燮怎么也没有想到的是：一直潜于红一团内部的朱汪泉，还是个特工。他们此决定刚一作出，那朱汪泉随躲过所有人的目光，悄悄然将情报送至浙江浙保安处。竺鸣涛一得知此消息，立刻打电话告知时镇守台州的李杰三。李杰三一听，亲率第五团三营，在下沙渡途中设伏击。结果红二团刚一至此，遂与第五团三营来了个面对面的大对决。杨敬燮与金永洪、袁存生所率的游击大队，哪里是蒋云标的第五团的对手？一因肚中无食，二因弹药短缺，血战只有半个多小时，红军官兵牺牲八十一人。正当一颗迫击炮弹朝金永洪飞来时，杨敬燮为救金永洪，跳起将金永洪压倒在地。那颗炮弹正好"轰隆"一声在杨敬燮身边爆炸，三枚锐利的弹片，一下击中杨敬燮身上三处要害。金永洪一看不好，即与战友们将杨敬燮背出火线。最后用了一副担架将杨敬燮抬至根据地。至根据地后，杨敬燮整整昏迷三天三夜。直至第四天，杨敬燮突然醒来，对围着他的金永洪说："我要回家，我要回家。"金永洪一看杨敬燮这种样子，遂将杨敬燮抬至东乡西岙洋村杨氏老家。入家门后，杨敬燮与妻子儿子见有一面，说有一句：可惜，可惜，我见不到胜利的好日子了。遂光荣牺牲，年仅三十有一。

我父亲跟我说，后牺牲的是金永洪。竺鸣涛与李杰三下令浙保安二团、三团、五团与三个民团（即台州、宁波、温州三大民团）至仙居结集。竺鸣涛已将红二团天仙游击大队最后那一点活动地新罗乡围了个水泄不通。竺鸣涛的想法只有一个：我竺鸣涛将整个新罗乡围了个密不透风，我不打你，也将你活活困死。然而，令台温剿匪总指挥李杰三怎么也没想到的是，金永洪居然率着一连人马顺着悬崖峭壁下山，夜袭仙居县皤滩镇。

皤滩，距仙居县城约一百二十余里的一座小镇，是一条起时于唐朝、立于明朝、兴于宋朝的老街。翻开台州历史看，徐偃王武装力量曾在此地入台州立国。别看此镇虽小，但此镇地理位置极其独特：一是位于台州仙居中部唯一的河谷平原；二是有万竹溪、朱姆溪、黄榆杭、九都港、永安溪五溪之交汇点。正因有此五条大溪在河谷平原中交汇，遂令此镇成为时台州内陆航运最早的发源地。远在南宋时期，这处小镇即建有金华埠、永康埠、东阳埠、缙云埠、云和埠、丽水埠、成泉埠，后渐成浙东南地区的物资交流中心。无论是茶叶、药材、棉花、盐、布及路桥步头塘所产的瓷器皆进出于此。皤滩是台州有史以来比路桥更早有八百年的商业集镇，至明朝，皤滩步入极盛期：光银铺有四十三家，茶店十四家，青楼与饭店三十多处。直至现在，皤滩这一条小街还留着古代的当铺、铁匠铺、饭铺，与各种样式极为古老的商店旧貌。

皤滩这处千年老镇，守有浙保安五团一个加强连。令李杰三为之伤心的是：如此一个加强连，与金永洪所率的红军一交手，却得以全歼。待李杰三闻讯率兵来救援时，周传帽、周传忠趁机率红二团天仙游击大队如刺猬般从岩缝中钻出，一个跟斗纵身跳出包围圈。红二团天仙游击大队此举一出，令竺鸣涛与李杰三变得更加梼杌穷奇，他打了这么多年的仗，也没有遇到如此强劲且难缠的对手。

竺鸣涛与李杰三二人向熊式辉汇报。熊式辉咬着牙齿，批下十一个字：尺地寸兵，看他们走往何处？

李杰三开始在仙居新罗山一带着手制造无人区。李杰三确实是名副其实的魑魅魍魉。十四座村落全部被拆，三千多村民全部强迁县城。凡不从者，皆以通敌罪而遭无情枪决。金永洪见红二团天仙游击大队将被活活困死，遂率红二团天仙游击大队剩下的全体战士，企图冲出无人区，但因李杰三所布置的火力实在太凶、太猛，只是一战，遂有三十名红军官兵壮烈牺牲。

金永洪决定召开最后一次"诸葛"会，商讨红二团天仙游击大队最后的五十余名将士如何突围的问题。金永洪想请梅子婴与赵子琳二人来，但因四面全被封锁成铜墙铁壁，想进的，进不来，想出的也出不去。金永洪与地方党组织完全切断联系，他只能自己决定道路走向。

红二团活着的官兵均来至在洞中，松明发出来的黄光，遂将每张脸映成紫铜色。

红二团团长金永洪面对着五十多双眼睛说："当下四周几围成一只大铁桶。若是硬打硬冲，我们红二团最后这么一点人，非全部死光不可。我经多次考虑，只有一条路可走。"

袁存生问："什么路？"

金永洪答："他们不认得你，却认得我；此山那一边有一条小路，可通永嘉。这一边是金坑山，金坑山上有个大山洞。他们主要抓的是我。我呢，先带着十位神枪手，装成向金坑山方向突围；你呢，趁机将全体战士分成两队，往永嘉方向突围。我与他们决一死战，必然会减少对你们的压力。"

袁存生当场表态不同意。

袁存生说："我们是患难兄弟，生当一块生，死当一起死。"

金永洪说："现在不是感情用事的时候，平常时节，你若是这样说，我感激你。现在这个时节，你这样说，我不感激你。你想，我们红十三军从成立那天起的这么多人，现在只剩下了五十余人，我们作为红二团主官，若是不将这最后五十余条生命带出去，那将是严重的失职。我的意思是能救一人即救一人，能活下一人即活他一人。"

袁存生听后默然无语。

红二团最后突围的部署终于一致通过：由团长金永洪率十名神枪手与敌决

战，借以吸引敌人；由副团长袁存生率剩下红军战士，打扮成老百姓模样，从永嘉岭突出重围。

红二团最后决战拉开帷幕。红二团倾出所有的粮食与弹药。全体官兵最后一次饱餐后，月上西山，红二团最后人马悄然出动。那天夜，四周的山林是那样的深幽，只有那湍湍着的山溪水一往故我地哗啦作响。红二团部分官兵踏着银色的月光，向永嘉方向突围。团长金永洪则率着十名神枪手，向新罗村国民党军团部发动进攻。时国民党台温"剿匪"副总指挥是陈式正，一听机枪声如此稠密，误以为金永洪率全团人马前来攻打浙保安五团团部，急令浙保安二团、浙保安三团前来救援。就在陈式正他们移军救援时，袁存生、周传帽率最后四十多位红军官兵潜出新罗山朝永嘉岭进发。其时，金永洪亲率的十位仙居、天台神枪手已牺牲七位。团长金永洪毙敌、伤敌各一名后，遂被漫山遍野涌上来的敌兵围住。

是时，摆在金永洪与最后三位红军战士面前的现实是：他们四人已无路可逃。只可打一枪，退一步，最后不得不退至石力岭的坑山洞。

此洞至今还在，只是四处杂草丛生，树木与藤萝早已将洞口遮蔽。1990年下半年，新罗乡山区有个孩子上山采野果，偶尔间至此洞，发现草丛中有许多子弹壳，拿起其中一个来当口哨吹，被仙居县武装部长发现，即问孩子，你是从何处捡得此弹壳？孩子答：在某某山洞里，那里可多了，还有一大堆呢。那位部长说，你能不能带我去看一下？孩子答：可以。于是，这个孩子遂领着这位部长去那个山洞。至此山洞后，这位武装部长这才知道，此洞即是当年金永洪率最后三名神枪手与陈式正一个连士兵进行对决时，金永洪与负伤的三位神枪手的牺牲处。

陈式正对洞中的红二团团长金永洪喊话，叫金永洪投降。

陈式正说："你是我一生中遇到最有本事、也是最坚硬、最能指挥战斗的军人。你上我这边来吧，我陈式正保证你在我们的部队里当上一名将军，让你一生荣华富贵。"

　　金永洪只在洞内纵深地答了陈式正一句："你们知我们台州人脾气，从来一臣不事二主，你有胆的就进洞来，我金永洪与你单挑。"

　　陈式正还想劝。

　　台州第七特别行政区专员罗时实说："陈总指挥，我知道台州民风，他可不是历史上的那个方国珍，脚踩两只船，反复多变，你还是下手吧。"

　　陈式正不得不下达最后命令：采用集束手榴弹，令一工兵匍匐前往。那位工兵拉燃了导火索后，即就坡滚下。他刚一落地，只听得"轰隆"一声巨响，整座山都强烈地哆嗦了一下，成块碎石在轰鸣中接二连三塌倒。最后三位台州仙居神枪手被石头砸死，金永洪因位置稍靠后，手骨全被砸断，直挺挺地倒在地上动弹不得。陈式正令一个排的工兵一齐动手，搬开那些塌倒下来的石头，抬出重伤的金永洪与三位红军战士尸体。

　　陈式正并没有对他们进行侮辱，不仅下令让当地乡亲们就地掩埋了三位红军的遗体，且对全身负有重伤的金永洪充满着敬意。陈式正企图劝金永洪投降，但遭金永洪坚决拒绝。金永洪并不曾如后来人所描写的那样：他从被抬上担架的那刻起，即在那里扯着嗓子喊："共产党万岁！"真实的情况是：金永洪所表现出来的情绪，活似咸菜缸里捞出来的一块石头：沉默，冷静。李杰三问什么他都拒绝回答。最后，金永洪只说有一句：我们金氏一门忠烈，从不出贰臣贼子，请枪毙我，以成我志。打这话出口后，金永洪再也不出一言。时有人让李杰三对他用刑。李杰三回答：此人如此强犟，何可以财、色、名、利、刑轻撼其志也？于是在蟠滩镇临溪的一棵大樟椤树下，将金永洪枪决。

　　金永洪牺牲于 1930 年 3 月 27 日下午 3 时。浙保安五团团长陈式正，第一次以军人的身份向他强劲对手敬有一个军礼。然后感叹说：我们军若此人者，实在太少了。

　　我父亲对我说，就在金永洪牺牲后不久，我爷爷的铁哥们儿章梦九突然来我家里。那天，我爷爷正与三位红十三军战士一起在我家中堂吃晚饭。一听到章梦九来了，所有人都放下筷子迎了上去。昏黄的火篾照下罩着的那个人，令我爷爷将目光变成一根弓弦。在我爷爷面前站着的章梦九，还是与他过去一起跟着仙居梅永武学鹋拳的章梦九吗？不，不，他太瘦了，瘦得只剩下一把骨头，看上去快弯成一根竹竿了。他那嘴，若鸡喙样的突凸出来。身上的衣服，没有一处是好的，若不是他头上戴着五角星帽子，与腰间系着一条黄皮带，黄皮带下悬着的一把小手枪，又有什么人会相信他是红十三军参谋长。我爷爷一看，即知道师兄弟的遭遇与红二团的遭遇没什么不同。尤其令我爷爷深感不安的是，背上绑着个衣衫褴褛的孩子。章梦九动了动嘴想说什么。我爷爷一摆手制止，"先把德琅放下来。"

章梦九说："我累坏了，我不这样绑着，根本下不来。"

我爷爷立刻上前动手，解开绑在德琅身上的绳子。

我爷爷问："我弟妹呢？"

章梦九答："她在山上。"

我爷爷说："你怎么不将她带下来？"

章梦九答："红十三军医生护士等十几人，全藏在山洞里。她是总队党委委员，又是院长。原本我不想带德琅，战友们不让。战友们说，我们大人可以死，孩子是新中国的未来，得活着，我想把他交给我嫂子带。"

我爷爷说："你这倒是做对了。"

我爷爷将解下来的章德琅，交给我奶奶，让她先给德琅洗洗身子；若是他醒了，立刻熬点米粥给他喝。我奶奶抱着德琅走进房间。章梦九动动干裂的嘴唇想说什么。

我爷爷摆摆手说："你饿坏了吧？"

章梦九答："是。"

我爷爷说："先吃饭。"

我爷爷立刻将章梦九带至厨房，将夜饭吃剩的饭菜一股脑儿地搬将出来。章梦九一屁股坐在我家那张四方的饭桌子边，不管天塌地陷地大吃起来。我爷爷被章梦九那"贪婪"的样子吓坏了，动着湿润的嘴唇说："阿哥，慢慢吃，别噎着。”

章梦九得知在我家住的那三位是红二团仅存的三个人，情绪也平复许多，他立刻将红十三军所处的情况与我爷爷说。

章梦九告诉我爷爷，周振国是死是活全不知道；红十三军队长吴民冕去上海求援兵，怕是在路上牺牲了。

章梦九告诉我爷爷说，现在除了红一团天仙游击大队在金永洪率领下，在仙居皤滩一带活动外，兵力最强的红三团，只剩下妻子戚家英和红军医院的三位女兵，与他带着三十人了。他说他现在说什么也要将他手下的三十三人带出来，然后想尽一切可想之法，去与粟裕部队会合。他说他们那三十三人，现在全藏匿在金岗尖那处幽深的山洞里。但竺鸣涛与李杰三带着的浙保安五团与浙保安四团，及黄岩、永嘉、仙居、乐清组合民团，将金岗尖围得铁桶一般，所有联络路线全被活活切断。他们现在面临着的最大问题是缺衣少食及药品。

章梦九对我爷爷说，他是偷着下得山来，绕过决要村、富山村，抄近路来找我爷爷的，他希望我爷爷能伸出手来帮红十三军一把，他说他实在是走投无路了。

金刚尖山，高约一千多米，离决要村二十多里，是一处样子如佛门的大金刚，一身巍峨的挺立在永嘉县境内。那山四面全是如刀削般直立的石壁，那悬崖峭壁上蟒蛇似的缠着古树老藤。山上建有一座古庙，那古庙里供有怒睹狰狞的四大金刚。

我父亲曾对我说，我爷爷至死都记得的一件事，那时我爷爷家在富山，穷得前穿后亮，他们父子二人不得不在金刚尖种药材为生。那时，我爷爷在金刚山搭有一间小茅厂，一家人全住在那矮趴趴的茅厂里。在离我爷爷家茅厂的背后，即是悬崖峭壁。每逢农历八月十六月圆时，那银盘似的大月亮，高高地挂在那峡谷上，蝙蝠振着翅膀飞来飞去，山区的夜景显得深幽且恐怖。我爷爷家茅厂屋背后的石壁上孤零零地长有一棵弧腰的铁子松。有一对岩头鹘夫妻即在那弧弯的铁子松树上筑窝。这对岩头鹘夫妻，时常在我爷爷的头顶上飞来飞去。

不久，岩头鹘生下两只蛋，孵出两只毛茸茸的小岩头鹘。刚出生的小岩头鹘头大身小，两只眼睛黑黑的，嘴丫子黄黄的。不久，浙东沿海刮起大台风。那次的大台风，刮得凶险且可怕。整座金岗尖山，全在强悍的台风中晃动。那长在悬崖峭壁上的铁子松哪经得了台风如此的恶意摧杀？别看岩头鹘是山间名列第一的猛禽，它那爪子可以力透手掌，一把即可抓起比它体重三四倍的猎物，再将它所得猎物搁在铁子松上啄食得一干二净。尽管那对岩头鹘夫妻在海浪般起伏的宁溪山区称雄称霸，但在大自然面前，它们所有能量均显得渺小与无奈。正当那台风将那棵铁子松刮得灯火样的乱摇乱晃时，面对着子女的危险，它们却是眼睁睁地瞅着精心构筑的那个小巢，被台风活活掀翻。那两只小岩头鹘，刹那间从鹘巢里掉将下来，不偏不斜正好掉在我爷爷茅厂屋后面。那时，我爷爷、我太公与我太婆，全在那摇摇晃晃的茅厂屋里躲避风雨。我太公徐邦国听得头顶的岩头鹘叫得凄厉，似乎对他有所求，即让我爷爷出去看一下。那时，我爷爷才七岁，他提了一把蓟刀，将身子从低处一拱，顶着风钻将出去。我爷爷钻至茅厂屋后一看，两只鹘雏正可怜兮兮地在暴风骤雨中挣扎。尤其令我爷爷为之心惊胆战的是：一条大蟒蛇，已看到那两只掉地的小岩头鹘。鹘与蟒是大山里的一对天敌，蛇吃鹘半年，鹘吃蛇半年。岩头鹘小时弱不禁风，蟒蛇即会趁着鹘公鹘母出去捕食，缘着那树而上后即张开大嘴，将无有一点挣扎能力的小岩头鹘一口吞掉。正因如是，我老家岩头鹘的成活率极低。一百只鹘里能侥幸活下来的，只有四五只。我爷爷一看那条与竹杠一样粗的蟒蛇蜿蜒着游过来，没有半点犹豫，即挥起手中的那把大蓟刀，带着一道炫目的弧光砍了下去。狰狞的蛇临死前还张开长有两颗獠牙的嘴，哆嗦着朝我爷爷扑来。我爷爷闪过，再下一刀，那条蟒蛇这才失去攻击能力。我爷爷小心翼翼地捧起那两只小岩头鹘，将它们带归自己家的茅厂房。

我父亲曾亲口对我说，我爷爷想养这两只小鹘，但我太公没同意。我太公说，鹘是山中最讲信义，最凶猛的野禽。你对它好，他还你好，你对他恶，他还你恶。你还是好好喂他。俟明天，大台风过境，你还给鹘夫妻吧。是不是鹘也知道我太公是心地善良之人呢？我爷爷不得知。反正我爷爷将那对小岩头鹃捧进茅厂后，这对鹃夫妻不再在我太公与我爷爷的茅厂屋顶上锐声厉叫。我爷爷将刚砍死的蟒蛇肉，一小块接一小块的剔下来，喂那两只小鹃。这一喂，不是一天两天，且是九天；直至那条大蟒蛇的肉全部喂光，那两只鹃夫妻收了飞翔着的翅膀在茅厂房顶停将下来。我爷爷一看，那两对黑中带黄的眼睛紧盯着我爷爷不放。我爷爷即知这对鹃夫妻要我爷爷归还它们的孩子。我爷爷做个手势，意思让岩头鹃进我爷爷住的茅厂棚，岩头鹃歪着乌油油的两只圆眼睛不肯进。我太公徐邦国说，傻孩子，鹃不信任你呢，你快去将那两只鹃雏带出来，让它们带走吧。我爷爷立刻钻进茅厂棚，将那两只小鹃捧了出来。那两只小鹃一看到它们的父母亲，居然快活得直扑簌着翅膀。那两只鹃夫妻即叼起两只小鹃，飞至山顶上那棵筑在铁子松上的老巢里去了。

金刚尖山，是永嘉县名山，因山顶上修有一座庙叫金刚庙，故称此山为金刚尖。

我爷爷在那儿生活有八年，所有灾难与成就全在金刚尖。他对金刚尖熟得就与自己的手纹一样。红三团三十多名官兵藏身之洞即是我爷爷与我太公徐邦国待过的金刚洞。想当年，我爷爷徐征南跟着他的师父梅永武——梅子婴父亲——学鹃子功，即在那儿。我爷爷完全可以将他们所必需的物资与粮食运上去，但当下有两件大事必须解决。一是粮食与棉衣问题，我爷爷家没有那么多。二是人工问题，就眼下爷爷将我父亲一起算上，能上金刚山的只有五个人。红十三军在台州山区打游击，有长板，必有短板。长板——他们藏在大山的褶皱里，国民党重兵包围使不上劲，他们想上山剿，一夫当关，万夫莫开。但短板是出入路只有一条，一旦重兵四面围困，不给你粮食、棉衣、弹药、盐，不用他们打，饥饿、寒冷与缺盐，也会将你自我拆解成一堆碎片。我爷爷一筹莫展，陷入思考的泥淖中。我奶奶刚给德琅洗完澡喝了粥，让德琅睡下。她从楼上下来。一走进厨房，听到了我爷爷与章梦九的对话。

我奶奶发话了："征南，你为什么不向我父亲开口？"

我爷爷说："我张不开嘴。"

我奶奶说："你不是为自己，你为的是梦九兄弟，有什么张不开口的？"

我爷爷说："一人做事一人当，我不想连累我岳父一家。"

我奶奶说："你别门缝里看人，将我父亲看扁了，我父亲若是那样的人，能看中你这个穷小子，将我嫁给你？你做春梦吧。"

章梦九说："你还是求一下你岳父，让你岳父帮一下忙吧。"

我爷爷一鼓勇气说："好。"

那天夜里，我爷爷与章梦九一起至我太外公许楠生家。许楠生是半山村一等一的大户人家，不仅有着古香古色的三台九明堂，院子四周还修有防土匪的炮楼。他在半山村人缘关系极好，凡半山人全称他为老祖宗。我太外公一直在外面做白炭、茶叶生意，他将山里烧好的白炭与摘下来的茶叶收购来，然后通过朱文劼办的轮船公司，将白炭运往上海。我太外公那货一至上海，那么多的饭店、茶馆与家庭，哪家不要？一要，好，我太外公家发了大财，成为时宁溪山区十三位富家之一。我太外公是一位三言两句无法说清、集矛盾于一身的人物。他性格上相矛盾的主要有三个方面：一是大度与抠门相对立。说大度，半山所有的农田，全是他出钱开的，但凡在半山村住的人，没有田的，他即给田；田租你愿意交多少，你即可交多少，一切随你便。说抠门，他对家里人小气得要命。那时，他在半山村开有一家造纸厂，造有两种纸，一种是用毛竹捣烂造的，叫阡张，专门用来点香拜佛，清明节上坟；一种叫藤梨纸，是用山中野藤梨藤捣烂造的，专门用来作画，写书法。家中那么多纸，他却不准家人拿纸去擦屁股。他说，一个用于供佛、供祖先的阡张，一个用于写字作画的纸，怎么可以用来擦屁股呢。他全家人大便时，全用打造纸张过后，剩下来的竹白片开腔。用竹片开腔得小心，弄不好，即会将肛门口划出血来。为此，我奶奶与我太外公吵过几次嘴，我太外公不依就是不依，他说，成家犹如针挑土，败家好似水推沙；讲学不尚躬行；立业不思种德如眼前花；一段不为的气节，是撑天立地之柱石，一点不忍念头，是生民育物之根芽。噎得我奶奶说不出半句话来。二是敬。我太外公对什么都敬。敬山敬水敬竹敬树敬天地万物。半山炭窑开窑，他摆上八碗敬山神；出海运货，他敬海龙王；地藏王节，他敬地藏王；农历八月十六，他敬月亮；兄弟节，他敬关公。每每一过年，他即将千张福寿纸之类的东西，一一抖开，分别挂在墙上与器皿上。他对家里人说，它们为我服务了一整年，人过年，我也得让它们过过年。尤其敬的是字纸。凡有写过字的纸扔在地上，他必须一一捡起，集成一堆，点把火将字纸烧掉。他的儿子（表妹许山英的父亲）许时庸八岁那年一时内逼，拉完大便后，见边上有一张字纸，拿起来就开腔，这个行为在我太外公眼里，许时庸犯了天条了。我太外公一见儿子居然用字纸开腔，勃然大怒，揪着许时庸的耳朵，逼着他在孔子像面前跪有整整两个小时，跪完后，还指着许时庸大骂，你知不知仓颉造字，鬼神夜哭？直至摆上八大碗谢罪于天地，我太外公这才拉倒。那天夜里，太外公许楠生一脸慨然地对我爷爷与章梦九说：“物资一切由我来操办。人，我可以动员半山村可靠的人来送。只是那路，我不知道。”

我父亲说：“他们所在地就在我小时候跟着我父亲母亲上山采药那地方。由我带他们去。”

那天夜里，章梦九开出了一个长长的单子，我太外公立刻派他手下的人去宁溪、黄岩等地采办。

一天过去。所有必需的东西全部办结。接下来，即是运送。许楠生将半山村与其最为靠谱的三十多人，全部动员起来跟着我爷爷走。

我父亲不止一次地跟我说，我奶奶不让我父亲去。我奶奶说：“让他待在这里，陪陪德琅。”

我爷爷不同意。我爷爷说：“让九芬陪着德琅好了。一个男孩子，不跟着吃苦，他长大后，如何扛事？”

我奶奶一听，遂不再言。由是，只有十岁的我父亲，也就跟着这支临时“运输大队”走了。临走前，我爷爷牵着我父亲的手，对我奶奶说：“好好管着德琅。”

我奶奶答：“放心好了，我是女人，一个女人若是管不了一个孩子，要我们女人当家做什么？"

太阳落山了。圆圆的大月亮，升上天了。那夜，星星如一枚枚闪闪发亮的银钉。我爷爷、章梦九带着我父亲，还有许家的三十几人出发了。所有入山之人身上绑着的全是我太外公采购来的东西。有药，有粮食，有弹药，有食盐，有童车牌火柴。为了躲开国民党浙保安五团与台州民团的封锁，我爷爷与章梦九挑了一条最难走、且又无人知晓的小路。他们一个个跟猴子似的，顺着那直立着的山崖，攀将过去。说实话，台州山水如果是个盆景，那是妙不可言，何处不是风景点，俯拾皆是；若是徒步而行，则是难于上青天。那一座山岭，都若倒竖着的一把把刀枪剑戟。我爷爷果然是名不虚传的"岩头鹤"，什么样的山势全不怕。遇山过山，逢水过水。从地图量，从半山村至永嘉金刚尖只有几厘米距离，然而一旦走起路来，那可真是要了小命了。我父亲身上背的只有两样的东西，一是药，一是盐，加起来只有十斤的样子，可将我父亲累得喉落气喘，还得挨我爷爷骂："混球子，你还是不是我岩头鹤的儿子？"走了很久，我父亲跟着我爷爷终于到达金刚尖的那个山洞里。一进了那山洞，所有的红三团的官兵全雀跃起来。

若干年后，我父亲回忆说，他怎么也没有想到，那山洞是那样的深幽与阴冷，那渗出来的泉水一滴滴地掉将下来，发出十分清脆的声音。所有红军官兵全抱着枪缩在那儿，外面是一片冰天雪地，他们身上全穿着单衣，有不少人的脚上蹬的还是草鞋。他们每张脸犹如长有苔藓的一块块石头。有两个负伤的战士，大腿上伤口全化脓，看起来白花花一堆。有三四个女红军挤在一起，脸上没有血色。

戚家英一看到我父亲，用尽力气将自己撑起，一把将我父亲搂进怀里。我父亲的头紧靠在戚家英的胸口。

戚家英亲吻了一下我父亲的额头："秉德，你弟弟，好？"

我父亲答："好。"

戚家英问："夜里跟你一起睡？"

我父亲答："嗯。"

戚家英说："如果哪天我走了，你会对待自己亲弟弟一样吗？"

我父亲答："放心，伯母，我娘说了，哪怕她死，也得让我弟弟好好的活下来。"

戚家英问："你娘真这么说了？"

我父亲答："伯母，真的。"

戚家英说："我知道，你们家的人从来一诺千金。我放心了，我放心了。"

戚家英紧紧地搂着我的父亲，如搂着自己的亲生儿子。我父亲也将他的头靠在她的胸部，让他感受到身为母亲从胸膛深处发出来的能量。

半山村"运输队"齐崭崭地排在红三团的官兵面前。第一个解开身上衣服的是我爷爷。我爷爷身上绑着的全是麦鼓头。我父亲怎么也没想到，我爷爷居然绑有一百多张。我爷爷将那些麦鼓头递到他们手里时，他们那一张张瘦弱的脸上无不是泪水流成一张水帘子。他们捧着那麦鼓头虎吃狼贪的哽着、噎着。随后，我爷爷让我父亲将身上的盐与药全拿出来，给负伤的官兵疗伤。其他人将身上背着的粮食与棉衣分发给大家。人是铁，饭是钢，一顿不吃饿得慌。人一旦穿暖吃饱，顿时精神起来。接下来的谈话内容自然是出路问题。我爷爷理所当然地成为他们的参谋，大家那一双双明亮且单纯的目光全牢牢地锁在我爷爷脸上，渴望我爷爷能带他们冲出去国民党铜墙铁壁般的包围圈。

我爷爷问："你们想去哪？"

他们答："找自己的部队。"

我爷爷问："你们的部队在哪？金永洪困在蟠滩，不知是生是死。红二团打散只剩下三人。"

一战士说："现在我们就跟着你往山下走。"

章梦九说："别忘了，我们是从悬崖峭壁上来的，你好手好脚的下得去，伤员怎么办？"

我爷爷说："想要跟我回去，也不是办不到，问题是那些伤员，根本下不去。"

一位红军战士说："那我们不就活活的被困死了吗？"

我爷爷答："路是死的，人是活的，别急。"

又一位红军战士说："不是我们急，而是国民党困得我们厉害。你看到没有？那就是他们看烟的岗楼。我们一旦举火，他们就来人。"

我爷爷说："他们不知你们底细。金刚尖我不是不知道，一夫当关万夫莫开。只要有一个人活着，有枪，有子弹，守住唯一通道，他们一个也别想上来。"

楼政委说："问题是，你现在给我们送的路线一旦被发现，他们若是将你打死，我们还是过不了这个冬天。"

是的，是的，在台州，西部山区与平原地带完全不一样，夏天比平原地带凉，冬天比平原地带冷。红三团一个连，由副连长带着，因天太冷，嘴冻青了不说，有不少人腿也冻得走不了道。红三团一连的人，央求连长点把火让他们取暖，哪知火一点，即让驻在缙云的国民党民团发觉，即派出一个营的兵力前来围剿。因衣衫单薄，饥饿过度，缺少弹药，结果六十九人，无一人生还。面对着洞口挂下来的一根根圆锥形的冰柱，回答我爷爷的即是可怕的沉默。

岩壁上滴下来的水越来越响，震动着我爷爷的耳膜。我爷爷朝外望了一下，那冰柱子越结越大。金刚尖山海拔一千三百米。别看它比半山村高出只有七百多米。就这七百多米，即让金刚尖金刚洞变成水晶宫，变成一座大冰窖。洞内架着的火堆，火苗开始发萎。楼政委小心翼翼地往火堆里扔下一根枯树枝。

楼政委说："枯树枝也差不多捡不到了。如果不想个法子出去，最后还是得死。"

三个女伤员说："章参谋长，楼政委，让身体好的战士全跟着徐教官走吧，我们愿意死在这儿，别因我们而连累别的战友。"

章梦九喝道："此事别再议了，我们是共产党军队，要死一起死，要活一起活，我们岂有抛下自己战友不管的道理？"章梦九停顿了一下，将两只眼转向我爷爷说："征南，你下山后，是不是找一下梅子婴？"

我爷爷答："问题是浙东南特委让叛徒出卖，特委书记曹珍让竺鸣涛沉海了不说，整个台州特委全转入地下，我根本不知他们在哪里。"

章梦九说："征南，你是不是去一下仙居梅家村，找一下师父，兴许他能帮我们走出困境？"

我爷爷答："我试试，但必须有个条件，你们老老实实在金刚洞里待着。我让我儿子做你们联络员。"

章梦九说："他还是个孩子。"

我爷爷答："别看他是个孩子，却是一只小岩头鹃，攀那么高的悬崖峭壁，他居然没落下。"

楼政委说："眼下也没有别的法子。我们只有守住金刚洞，等着你的消息。"

天不早了，他们必须回去了。我爷爷即带着我太外公家的人与我父亲从金刚洞的后山那处极为隐蔽的洞口中一个接一个地挤出，然后攀着一根根古老的纠缠在一起的老藤滑下山来。

若干年后，我父亲临去世前，还回忆那件事，他曾对我亲口说过，他最最受不了的是在临别时，那三十多双明亮的大眼睛。那眼神是他从来没有见到过的眼神：充满着对我爷爷的信任、对活着的渴望、对改变命运的期待。

天终于亮了。半山村的大公鸡发出高亢的鸣叫。所有人如一条条蛇，悄悄地蜿蜒着归半山村了。在凛冽的寒风中，我爷爷对几十个许氏兄弟说："此事你知我知，天知地知，我岳父知。你们中间哪一位敢漏出一点口风，后果将不堪设想。"

大家异口同声地回答："放心吧，我们半山许氏不出不忠不孝不仁不义之人。"

他们分开后，一个接一个的如一条条小鱼潜归各人的家中。我爷爷潜意识地伸出他的那双粗粝且有力的手，摸了一下我父亲的头，看了一眼那两间在晨烟中笼罩着的石头房子。

我爷爷说："儿子，不知你爸能不能救出他们。"

我父亲问："爸，你什么时候去找我梅姑？"

我爷爷答："吃过饭就走。"

吃过饭了。我爷爷将他的那件衣服往肩膀上一搭，头也不回地沿着那九曲十八弯的山路走了。

我奶奶望着我爷爷的背影问我父亲："你爸又上哪？"

我父亲答："找梅姑。"

我奶奶说："我担心。"

我父亲说："娘，你担心什么？我爸爸与梅姑不会有事的。"

我奶奶说："他们之间的事，我知道。"

我奶奶知道我爷爷个子长得又矮又小，却结实如炮弹。我奶奶知道我爷爷为复仇而拜仙居梅永武为师。我奶奶知道梅永武不仅是台州散打的名师，还是鹘子功的大师。我奶奶知道台州散打最大特点，即是开架低，发力猛，拳头可让寸板粉碎。而仙居梅派的鹘子功最大特点，他那双手与鹘子爪一样有力，能将一棵青毛竹抓裂。我奶奶知道仙居梅永武共收有一百多位徒弟，有五人是号称一流高手。五人中，名列第一的是我爷爷徐征南，名列第二的是新郑村的郑继英，名列第三的是北洋章梦九，名列第四的即是半山村陈树人，名列第五的是五部村郑休白。女性中只有一位，即是梅永武的亲生女儿梅子婴。五人中年龄最小的是我爷爷。我父亲管他们四人叫大伯、二伯、三伯、四伯。我奶奶知道我爷爷不光是人长得英俊潇洒，且有武德，为人信义。梅永武很想将自己的女儿梅子婴许配给我爷爷做妻子。我爷爷也一直暗中恋着那梅子婴。哪知梅子婴在临海读女子学校时，即与白水洋周振国相爱。梅永武不愿在婚姻问题上违背女儿意志，只可拉倒，但梅永武收我爷爷为干儿子。我家与梅家的感情，超出常人范围，一旦梅家有事，我爷爷就会为梅家兑命。我奶奶知道我爷爷、郑继英、章梦九、陈树人、郑休白五人全是梅永武得意门生，我们家是他们常来切磋武功的地方。我家那石头铺成的道地里，一个接一个陷进去的圆坑，即是他们成年累月跺脚时活活跺成的。我家门口的那几棵歪不扭扭的樗椤树，凡正对人的胸脯处，总有着一个大窪坑，那大窪坑，全是我爷爷与他们师兄弟练拳时练成的。我家墙角那一大堆碎成各种形状的石头，全是他们在我家练掌功时劈碎的。我奶奶知道我爷爷与陈树人、章梦九、郑继英、郑休白五人曾对着关公庙起誓，决心学刘关张，结成亲兄弟，有难同当，有苦同吃。不愿同年同月同日生，但愿同年同月同日死。他们的情宜将与天地共辉。

我奶奶知道，想当年，他们全向往去黄埔军校。别看人与人长的全一样，有眼有鼻子，可天下没有一个家庭的版本一个样。家家都有难唱曲。郑休白、章梦九、陈树人是下决心去黄埔军校，闯出一片属于他们的天地。在商量是不是去黄埔军校的那天夜里，我爷爷与新郑的郑继英没法子走人。于是郑休白、章梦九、陈树人他们三人去了。我奶奶知道这一去不要紧，政治的宝剑霎时将他们五人劈成四大豆腐块。陈树人从国民党的一个的连副，快速升至浙保安三团团长。郑休白是死还是活我奶奶全不知。章梦九坚定意志跟着共产党，奉党组织之命，回宁溪山区成立红十三军，并当上红十三军的副参谋长。郑继英因病走人了，我爷爷不得不去新郑，将我奶奶接归家中。一切的一切，全如梦一样的在我奶奶面前演了一遍又一遍。

我奶奶爱我爷爷，但我奶奶知道她根本挡不住爷爷的脚步，她最大的担心，即是我爷爷的生与死。在我奶奶的意识里，我爷爷一直在刀锋上跳舞，一旦有个差池，我爷爷即会在刀锋中身首分家。我奶奶知道我爷爷本事再强，拳头再硬，只可用于近身格斗，根本对付不了射程达百米、一路旋转且呼啸着的子弹……

第八章

我爷爷肩膀上搭着一件衣服，脚穿六耳麻鞋，虎虎生风地来到仙居。

仙居，台州名县。万山叠翠，百川流韵，古老神秀。东晋永和三年（347）立县，名东安；吴越宝正五年（930）改永安。北宋景德四年（1007）宋真宗因其"润天名山，屏蔽周卫，且多仙人之宅"下诏更名仙居。

我爷爷不至仙居不知道，一至仙居吓一跳。竺鸣涛与李杰三的军事围剿行动远比黄岩更残酷，不说是重兵四布，也是碉楼林立，把天仙游击队压迫在一个面积不大的新罗乡。别说是两条腿支个肚子的人了，就是一只真鹞子，飞过仙居也不容易。整个新罗乡山居，三步一岗，四步一哨，没有路条，你压根儿别想通过。

我爷爷至仙居一看，即知他根本进不了梅家。国民党浙保安司令部即设在我爷爷师父梅永武家里。我爷爷巡逡了一圈，好不容易碰见师母，师母只是对我爷爷使了个眼色，意思是让我爷爷迅速离开梅家，一旦让国民党特务盯上梢，他们在暗中朝你放枪，你必死无疑。

我爷爷不得不掉头至临海找陆汉贤。陆汉贤对外的职业是换糖客，虽然多次来过我家，但来无踪，去无影，我爷爷根本不知他的家住在哪里。我爷爷四处打听，终于在文庆路，那条暗黑、长满苔藓的胡同里，找到陆汉贤家。然而，"回答"我爷爷的，却是一把又黑又亮的大铁锁。问一下陆汉贤的邻居，没有一个知道他去哪了，只知道他天天在外收鸡毛、鸭毛、旧书换麦芽糖。

我爷爷又听说梅子婴有个联系人名叫金戎女。我爷爷不知那金戎女是个什么角色，我爷爷只知道她是个读过大书，与梅子婴是闺蜜。我爷爷似乎知道她是在临海女子中学教书，即去临海女子中学找她。那女子中学校长名叫周圣婴，是位饱读诗书的女学者，在京师大学堂当过女先生，在台州当地很有名气，我爷爷却不知金戎女即是她一生中唯一的女儿。那天，她用一种鹰瞵鹗视的眼光将我爷爷全身上下剔有一遍，然后淡淡地对我爷爷说："对不起，金戎女去南京她丈夫那儿了。"

我爷爷一下子全懵了。

我爷爷根本不知道中国当下政局形势如刀锋一样锐利。我爷爷根本不知道，国民党发动了第五次大围剿。我爷爷根本不知道，国民党真正怕的不是军阀们，而是那些有理想、有政纲，深得民心的共产党。我爷爷根本不知道，是时的国民党抓紧一切可以抓紧的机会，将江西这股红色政权消灭于萌芽中。我爷爷根本不知道何应钦与林蔚为消灭中国工农红军，几乎绞尽脑汁。我爷爷根本不知道国民党在众幕僚的精心策划下，召集七省政府主席联席治安会议，统一部署，统一行动，统一意志，统一方案。我爷爷根本不知道，国民党制定第五次围剿"共匪"的战略部署："长城计划"或叫"铁桶计划"。我爷爷根本不知那种打法叫作"介入治疗"：步步为营，向红色根据地实行蚕食，最后直到围死、打死为止。我爷爷根本不知道国民党任命一批英勇善战、足智多谋的将领，一大批台州军人手握重权：宁海刘膺古，任西路军第二纵队司令；临海柳蔚文，任第六路军参谋长；天台陈克非，任第九师副师长；路桥於达，任晋、陕、甘、宁四省"剿共"参谋长；路桥陈安宝，任第二十九军第七十九师师长；黄岩林显杨，任镇江要塞司令；沙埠许康，任江阴要塞司令；林蔚任国民军事委员会办公厅副主任兼铨叙厅厅长；周至柔任第五军副军长；台州老将王纶任参谋本部第一厅副厅长；原浙保安五团团长蒋云标，调第一军第一师任师长；陈树人从浙保安三团调任浙保安五团团长。我爷爷根本不知道国民党军队凭着手中的铁甲车与坦克在轰鸣着的飞机的掩护下，同时同刻向江西、福建、湖南、广东、广西，向共产党的红色革命根据地发动前所未有的疯狂进攻。那时国民党军队每前进一公里，即出动工兵大量修筑工事。仅江西一省光碉堡修有两千九百座。我爷爷根本不知道，这一仗打得举世少有的艰难与残酷。在飞机大炮的狂轰滥炸下，中国工农红军损失将近十万人。我爷爷根本不知道，国民党成立还乡团、暗杀团、铲共团，疯狂地残杀无辜百姓。我爷爷根本不知道，那些穷凶极恶的还乡团，杀起人来根本不眨眼：先是以人的尸体计数，后是以人的耳朵计数。国民党独立旅长黄振中杀人上万；国民党江西保安三团团长欧阳江，在武阳一夜杀平民五百人，在瑞金菱角山一夜活埋三百多人；在南门一次杀有五百多人；在竹马岗一次杀有一千三百人。可谓惨绝人寰。

我爷爷面对着一座接一座的岗楼，面对着那每一道山口修筑着碉堡与架在那儿的机枪，从来不曾有过绝望的我爷爷，终于绝望了。我爷爷活似天上那只翔着的、找不着食物的岩头鹃，不得不收了他的翅膀，回归家中。我奶奶一看我爷爷犹如长满苔藓的那张脸，即明白他没见着梅家人。

我奶奶问："没进去？"

我爷爷答："进不去。"

我奶奶问："你师妹呢？"

我爷爷答："出不来。"

我奶奶问："你怎么办？"

我爷爷将他粗粝的那双手一摊说："我也不知道。"

从来没有难住过的我爷爷，终于遇着大难题了。

从来没有背着手在我家院子里踱步的我爷爷，第一次背着他的两只手，在我家的院子里踱步了。从来没有过唉声叹气的我爷爷，开始唉声叹气了。就在我爷爷如涸辙之鲋，困笼之兽时。一位身着国民党军服，腰佩短枪与中正剑的人，来到我家里了。此人不是别人，即是半山村第二十七代子孙陈树人。

陈树人，黄埔军校毕业生。陈树人与浙江浙保安司令俞济时是打不散的铁杆哥们儿。原浙江浙保安司令调苏联任大使馆武官后，俞济时接任浙江浙保安司令，原温台剿匪司令兼浙保安五团团长的蒋云标，因他本人英勇善战，奉命调往苏区，参加第五次大围剿，接替温台剿匪司令的是李杰三。副司令兼第五团团长出缺。那时，全浙江最大的红军部队有两支，一支是红十军，一支是红十三军。红十军军长方志敏为减轻苏区压力，分兵与敌对抗，最后被逮捕杀害，留下一本红色绝唱《可爱的中国》。红十三军呢，也被国民党军队打得一地星散。国民党上层下令将浙保安三团与浙保安五团合二为一，负责温（州）台（州）宁（波）防务，将早已凋零了的红十三军最后的散兵游勇彻底打扫干净。

那天，刚上任的陈树人，是那样的玉树临风，潇洒地来至我家。他脚下穿的那双长筒马靴，在结实的石头路上，踩得"嘎吱嘎吱"地直响。陈树人至我家门口后，摘下他手中的白手套，捉起门环，撞击有三四下，院子里却传出我奶奶的声音。我奶奶正抡着那竹拍子打山豆。

我奶奶问了一声："谁嘞？"

陈树人答："我。"

我奶奶一听那声音熟得如一锅的糊糟羹，一边擦着脸上垂挂下来的闪闪发亮的汗珠，一边打开关着的院门，迎将出来，立在我奶奶面前的不是别人，即是我爷爷的师兄弟之一陈树人。

我爷爷与陈树人是难分难解的好朋友。

陈树人一共有两个女人。

打从陈树人黄埔军校毕业，一年一个台阶地当上团长后，就半山村那个微不足道的小山村来说，可是开天辟地的大事情了。半山村陈氏子孙或是上山烧炭，或是下河放簰，说得好听一点是吃力气饭的，说得不好听一点无不是种田泥龟，如今出了一个陈树人，他们何以不快乐与高兴呢？

乡亲们告诉我，那天，陈树人闯荡世界赢得成功，荣归故里时，陈树人父亲陈洛功有意在半山村大显摆，他用他的实际行动告诉半山村人，别看我们陈家穷，可我陈家也出个人物了。你们看看，你们睁开眼好好看看，我儿了陈树人当上团长了。为图扩大影响力，以壮我半山村陈家的家威，陈洛功动静很大。他将存在家中的钱全部倾尽，购下好多贴的红纸的纸包头，凡陈氏同宗兄弟人家，一家送一包。或因陈树人荣归故里，或因陈洛功上了年岁，需要人照顾，陈树人的婚事闪电般的提上议事日程。

出现在陈树人面前的第一个女人名叫王克香，宁溪坦头人。关于陈树人第一个妻子，如何与陈树人结婚的，一直有着两种说法，尽管我是半山村人，我一直无法说清，那种说法是符合历史，原因只有一条，因每一个人的记忆均有自己的塑造机制。人最大的本事，即是在记忆选择中加入他本人一直渴望得到的元素。

第一种说法是陈树人父亲陈洛功看中的，陈老爷子看中后，即央人给陈树人去了一封信，让陈树人某年某月必须归家，有要紧事，陈树人时驻军在宁波，不知就里，就赶紧归家。至家后，发现是让陈树人与他父亲相中的这个来自坦头姑娘成亲，那时的陈树人根本不容他有过多的准备，那边的坦头人即吹吹打打地用一顶花轿将这位坦头姑娘抬进家门。初时，陈树人以为这位来自坦头的姑娘一定长得很漂亮，不说是花容月貌，起码一点，也得如山里的一朵野花一样，有着它特有的芬芳。结果，揭开那红盖头后，陈树人两道目光扯成两道弓弦了：送上门的那个坦头姑娘，不光相貌平板，还带着点龅牙。陈树人是时是什么人呢？他可是驻宁波的保安团的团长。是个数得着的头面人物，怎么可以娶这样的姑娘呢？

陈树人说："不行，我不要。"

陈洛功问："为什么？"

陈树人答："不好看。我娶的妻子怎么也得上得了台面，见得了同僚。"

陈老爷子说："世啊，你怎么就不知道近地丑妻家中宝？家花没有野花香，野花没有家花长。女人长好看了，会给你带来大麻烦的。"

陈树人不听。不要，就是不要。陈树人当时即闹场。此事若是放在现在，闹场也就闹场了，这叫作牛不喝水，不可强按头。婚姻自由嘛。那时候可不行。原因有三：一是当时的中国社会，男方与女方的婚事，全由父母说了算。做儿子的，如果他不听父母的话，那就是不孝。二是用花轿抬进门新娘，如果遭退，那姑娘除非是她的人品有问题，闹不好，男女双方会出现大械斗。三是陈树人是他父亲陈洛功一手拉扯大的，现在，陈老爷子一天天地见老，你陈树人又奔个人的前程去了，根本没有工夫照看陈老爷子。最后，考虑这三种原因，双方作出妥协，允许陈树人再娶一房小的，这才将这个婚结了。

第二种说法，说这位名叫王克香的姑娘，的确是陈老爷子先相中。考虑陈老爷子是听看相人郑卿之说这个姑娘相貌虽是丑了一点，但她却命中有两子。要知道半山村陈家，不知是为什么，从他太爷那一代起，一直单传。那时，山头人十分重儿子。一户人家在一个地方上，能否说话腰板硬，看你们家生的儿子有多少。就拿半山村许氏宗族来说吧，每一年宗族祠堂总要举行一次大祭祖。一祭祖，必从公资中出钱杀大猪，杀了大猪后，所有的肉专门奖给那些能生儿子的女人。陈老爷子一听看相人说这个来自坦头的王克香能给陈家生下两个儿子来，他遂拍板定下，陈老爷子与坦头王家定下王克香。尽管是媒妁之言，婚姻毕竟是男女双方的问题，鞋子是不是夹脚，只有男女双方知道。与她成婚的是陈树人不是别人。陈树人早就有话在先，他的女人必须经他本人看中同意后算，由是陈树人必须去相一次亲。

陈家老爷子陈洛功怕出意外，即与坦头王家人串通一气，在陈树人正式去相亲那天，坦头王家人，即从王氏家族中选出一位长得貌如天仙的女人来个李代桃僵，替王克香与陈树人相亲。陈树人一看对方要人有人，要貌有貌，要容有容，远比林蔚妻子还有魅力，大喜过望，一口答应下来。结果是，成亲那天，抬进半山陈家的却是另外一个女人。陈树人拍案大怒。最后，双方不得不相互作出一个妥协：允许陈树人在外再娶一房不说，看哪个女人先生儿子，先生儿子的为妻。若是王克香第一个生的是个女儿，她甘愿为小。是不是真的如此，过去的事情即是过去，任何复述都不能完全还原。

陈树人第二个女人，名叫姜秀琳。姜秀琳父亲名姜八郎，后因其父亲出海做生意，遭遇台风，姜父及一船货物全部沉没，由此欠钱无数。前来讨债人，如大雁般列阵于姜家村姜家门外。姜八郎为此大窘，对他的妻子说，无别的办法了，我只有逃走了。妻子难与他相携同行。由是假写一份休书，对自己妻子说，你先归娘家，我投往我朋友家中，你千万别愁，我休了你，官家不会再找你麻烦，我万一死了，你也不必为我守寡，如果我挣了钱了，必定回来，带你回家。临逃的那天夜，他进一座天地庙，对天地起誓说，欠人家钱而逃，负人实太多，但我父亲之死，并非他本人作恶，仍是天灾。如果上天开眼，让我去信州朋友家，能挣回来钱，我欠人一千两，还人两千两，特此明誓，请天地为我心作证。即在当天半夜，偷着从家中逃走。那时路上没有旅店，若要住宿只可住人家。时在姜八郎所去的路上，即有一户人家。老太婆夜梦有一群羊十分富有，有人欲将羊驱走。一人喝说，此姜八郎的羊啊，休得驱走。即恍然而醒。第二天夜，姜八郎恰至她家求宿。老太婆即问他的姓，答，"姜。""你是姜家第几人？""第八子。""何名？""姜八郎。"老太婆大吃一惊，即将姜八郎引入她家，待姜八郎十分仁厚，姜八郎即帮她家做活。时间一久，老太婆即对姜八郎说，我有儿早死，有儿媳妇怜我上了年岁，不嫁，留在我家中侍我。我十分爱怜，一直想给她找个丈夫，终没有理想之人。我看你相貌非常，终非是那种福薄之人，想认你做我义子，娶她为妻可否？姜八郎说家中有妻，不可。但老太婆坚决不同意。后因姜八郎路困于此，出于无奈，只得同意。于是，姜八郎做了那位老太婆的儿子，并与那女人成婚，姜八郎由此挑起他家的全部生活。一年过后，姜八郎妻子在山上采撷野菜时，发现一只白野兔，即追。她停，兔即停，她追，兔即走，似在引她至某处。女人随兔至入一山穴。女人探入穴中，兔失所在，却有一块石头，闪闪发亮。妻出于好奇将此石头带归家中，交给姜八郎看，姜八郎一看，是银矿。于是立刻着手开采冶炼。之后，即以冶银而大富。由是姜八郎携妻与义母归宁波姜家村，迎故妻归家，如誓所有欠债者一一以双倍钱归还。

姜秀琳即是姜八郎小妾生的女儿。

姜秀琳长得如花似玉，还是个才女，棋琴书画样样精通。我手头有她写给陈树人的一首小诗：

鸿雁束束风雪深，南天愁思正难禁。

冰霜摇落芙蓉国，虎豹迟回薇蕨心。

秋水美人长在梦，霞方落日昼常阴。

桃花流水黄岩近，怅望渔郎未赏音。

陈树人之所以娶她为妾，还有段动人故事。那年，陈树人奉俞济时之命，前往宁波北仑去剿匪。见北仑镇桥头跪着个上下一身邋遢的女孩子，她那一头乱发有如草岗，头上插着一根草标，正在那里向行人自我叫卖。陈树人说不清自己怎么一见到这种样子，心里便现出不忍。于是，陈树人移步向前，俯身叫她抬起头来，让他好好的观一观。对方并不言语，只是平静地抬起头来让他"观"。（做买卖嘛——百货中百客，你总得让别人看中算。）这一"观"，让陈树人观出点名堂。陈树人做梦也没想到，跪在桥头自我叫卖的姑娘，会长得如此漂亮。尤其她那对乌黑的大眼睛，明得如两粒熟透了的葡萄，几可当嘴巴子说话，那条辫子亮得晃人眼不说，那腰身也软如河岸边的垂杨柳。正当陈树人的目光与她目光开始形成焊接时，陈树人又发现她眼中透着女人身上从不曾有过的那种仇恨与歹毒。

陈树人问："你今年多大了？"

姑娘答："十八。"

陈树人问："你家出了什么事？怎么自己插起草标卖？"

姑娘答："我家里人全让仇人给杀了。"

陈树人问："谁杀了你们家的人？"

姑娘答："黄金发。"

陈树人大吃一惊。陈树人是个军人，日日在这条线上走，他何不知黄金发这个大土匪？那姑娘说，他杀了我家十三口人，就我一人不在家，没让他们杀掉。现在我卖了我自己，就想买十三口棺材埋葬他们。

陈树人问："你父亲过去是干什么的？"

姑娘答："做生意的。"

陈树人问："跑哪条线？"

姑娘答："不知道。我只听说他跑台州，跑温州。"

陈树人问："你父亲为谁？"

姑娘答："姜八郎。"

陈树人听后浑身一震："你家是不是姜家有名的大族长？"

姑娘答："是。"

陈树人问："他怎么与黄金发结上仇？"

姑娘答："那是八年前，山大王黄金发要抢姜家村的粮食，我父亲为了保姜家村民的生死，与他对打起来，由于人多，黄金发被我父亲打败。我父亲一下子杀死了黄手下的十八名兄弟。三天过后，黄金发为了报此仇带了一百三十人，夜袭姜家村，不仅杀死了我父亲，而且把我家另外十二口人全部杀死。黄金发杀了我全家后，并扬言，哪个人敢帮我们家，他黄金发即带着他的一山兄弟灭人全家。有道是明枪好躲，暗箭难防，吓得村子里所有姜姓的人四下逃走，没有一个敢还手。"

陈树人问："这么说，你家就剩下你一个人了？"

姑娘答："是。"

陈树人问："你叫什么名字？"

姑娘答："姜秀琳。"

陈树人说："你家那十三口人一直没埋，还躺在那里？"

姑娘答："是。"

陈树人说："好。你带着我上你家看看。"

姜秀琳问："军爷，你认识我父亲？"

陈树人答："我只知道你父亲这个名，见过一面。"

陈树人此话刚一出口，那姑娘即跪在陈树人面前号啕大哭，她对陈树人说："我没别的要求，只要能叫我们家里那十三口人有个下葬之地，让我口饭吃，我就是替他做牛做马，我也心甘情愿。"

陈树人说："你放心，一切有我。"

陈树人上前一步，把她头顶上插着的草标拔了，转身对跟着他的警卫说：

"你先领她去团部。"

警卫问："你呢？"

陈树人答："我去姜家村姜家看看。"

当天，陈树人即率一个连的人来到姜家村。到姜家一看，不由得令陈树人倒吸了一口冷气，一户好好的人家，让黄金发这些绿壳土匪糟蹋得不成样子。那进原本豪华的三台九明堂，被大火烧成一片残垣断壁，到处是横陈的尸体。陈树人掏出一笔钱，让他手下的士兵，去一趟城里的棺材店——不管是白皮的，还是红皮的，买了十三口大棺材。棺材一抬到后，即将那些被杀的姜家人尸体，全都抬到离此地约八里的姜家祖坟山给下葬了。那天，前来送葬的姜氏子孙个个无不是心惊胆战。其中有一位姜氏子孙上前说："长官，你这么做，好是好，万一黄金发要杀我们怎么办？"

陈树人说："我是浙保安二团团长，我会带兵剿他们，你们让黄金发来找我。"

人也埋了，事也了了。陈树人动手了。

陈树人带着浙保安一个团的兵力，打得黄金发抱头鼠窜。

是不是真的？我无法说清，我老家的老人们也无从知晓。如今一切都是时过境迁，渐渐变得云山雾罩，历史的真实也渐渐地在传说中被荒谬所掩盖。但有一点却永远是真实的，唯一活下来的姜家遗孤，却从此无恙，在姜氏宗亲的共同努力下，重新将姜家大院里收拾得成个样子并开始有滋有润的生活。约过有半年，陈树人再率兵来北仑，见姜家一切恢复原状，即去见姜秀琳。姜秀琳与陈树人见面后，陈树人问："你不是没钱了的吗，怎么会将房子修成这样？"

姜秀琳脸一红，答："长官，我父亲怕土匪抢我家的财产，曾将一万多块银圆埋在地下，那地方，只有我一人知道。当初，我之所以如此，就渴望你来帮我。"

陈树人说："这么说来，你是额意演给我看的？"

姜秀琳莞尔甜甜一笑。姜秀琳即敦请陈树人将他的团部设在姜家大院。是不是英雄难过美人关？是不是男人确实存着好德不如好色的真实？是不是每个人的内心总藏着一个贪婪的魔鬼？是不是陈树人确实是个好色之徒，看中那个名叫姜秀琳的女子？不知道，我不知道。但我唯一知道的是，那个姑娘确实让陈树人痴迷与倾心。一是她那两只眼睛水灵灵的，如熟透的两粒葡萄；二是她的那个嘴唇，长得俏趣非常，一笑两边有两个深深的大酒靥。个子虽然长得矮了一点，但脸相极为妖冶且迷人。三是双乳高挺不说，腰肌丰软。四是那女人的心机不是一般女子所能做到。就在陈树人对她心有爱意，但略有犹豫时，姜家来了长辈，即动员陈树人娶她为妾。陈树人还是有犹豫，总觉得这个女人心机太重，怕不是善茬子，一直没有正式答应。三天过去。陈树人接到俞济时命令，让他率兵去嘉兴。就在陈树人率兵去往嘉兴的前夜，在姜秀琳的指挥下，姜家大院里二十多人紧张有序地忙碌起来。他们买菜的买菜，烧火的烧火，洗碗的洗碗，抬桌的抬桌，布让的布让，杀猪的杀猪；厨房里煎的煎，炸的炸，炒的炒，烫酒的烫酒，一片呜呼呐喊。说是要给陈树人与他的全团士兵吃一餐告别饭。陈树人原本不想同意，可挡不住一团官兵那贪婪的目光。陈树人不得不同意。一同意，好家伙，"围猎"陈树人的行动全面铺开。八大碗十六盆好菜一旦摆好，姜秀琳即站在大门口，对前来的每位客人一一行礼表示谢意。人们落座后，北仑镇镇长与陈树人说："平时，你这个大团长可以不喝，但今天夜里，你不喝可不行。明天部队即开往嘉兴与黄金发余部作战，生死即在瞬间。也许你今天活着，明天就两眼一闭走人了。须杯对杯，碗对碗。少一分不敬，多一分不受。"

这一敬一受，让陈树人打了个全局。陈树人喝得个酩酊大醉。一直到夜间的十点左右，官兵们陆续走散。陈树人这才昏头昏脑地往他自己原本住着的房间里走。也许那天，陈树人那酒确实喝得实在太多了，也许冥冥中确有一位看不见的神灵在背地里作怪。陈树人走进房间后，一不点灯，二不招呼，将自己身上的衣服这么一脱，便"哼哼唧唧"地在姜秀琳身边躺下去。这一躺下，陈树人想逃也逃不了。姜秀琳呢，她早就盼着这天了。陈树人出于本能的一伸手，把躺在身边的姜秀琳当成了妻子。直到第二天天亮，陈树人这才发现自己身边睡着的是姜秀琳。

陈树人一脸狼狈地穿上衣服爬起："我怎么会睡在你这里？"

姜秀琳便将她的心思说有一遍。

陈树人问："全是你精心策划的？"

姜秀琳点点头。

陈树人牙痛似的叫唤起来："天哪，这叫我怎么办哪。"

姜秀琳倒是显得十分镇静。捋了一下散乱的头发说："没有什么不好办的，生米做成了熟饭。我与你结婚就是了。"

陈树人说："我家中有妻子，你只能做妾。"

姜秀琳答："我不想要什么名分。我只想给你生儿子。"

陈树人说："这就是你的报恩？"

姜秀琳点点头答："是。"

陈树人说："我让你做妾，怎么对得起你死去的父亲？"

姜秀琳答："我本人愿意。别人管不着。"

陈树人说："你要知道，我此次上的是战场，是打仗。子弹不长眼，说死就得死。"

姜秀琳答："我不后悔。既然一切都是命里注定，那就走着看好了。"

十八天一过，陈树人即将姜秀琳带归半山村举行婚礼。他们二人举行婚礼时，我爷爷，郑休白伯爷，郑继英伯爷，章梦九伯爷四大兄弟全部参加。那天夜里，正当姜秀琳身着旗袍亭亭玉立出现在他们面前给几位兄弟敬酒时，第一个提出反对的不是别人，即是老大郑休白。郑休白不知从何处学过看女人相，他说那女人不是一块好饼。

我爷爷问："你怎么知道？"

郑休白答："你看那女人长得如花似朵，会弹，会唱，会画画，多才又多艺，却有一双三白眼。"

我爷爷问："三白眼有什么说道？"

郑休白答："大凡三白眼的女人，十人中有九人性必淫，手必毒。"

郑继英同样不赞成陈树人这桩婚事。郑继英一直主张"近地丑妻家中宝"，女人美貌的家庭，十有八九没有安全感。就连章梦九也说陈树人的这个女人娶错了，你娶下这样的女人，是自己找死。当时他们兄弟三人，就想将陈树人找来，让他别与那个女人举行婚礼。独我爷爷没同意。

我爷爷说："这是婚礼。你让他当着那么多客人将婚作废，那不是打人家高兴，给人落下话把吗？反正生米做成熟饭，莫不如今后有证据了之后再说。"

那三位铁杆兄弟一听有理，遂不再提，但每个人心里都深感不爽。陈树人的婚礼结束后，五兄弟再次分手，各奔东西。姜秀琳也成陈树人的随军夫人。陈树人的部队开到哪，姜秀琳即跟到哪。

我爷爷两次发现郑休白的话说得没有一点错，陈树人娶的那个女人，根本不是一块香酥可口的好月饼。我爷爷连续两次在意外中发现姜秀琳有婚外情。

第一次是在去往温州的船上。那时，我爷爷的主要工作，帮着我太外公许楠生经营生意。因那时，台州洋面上的海盗太多，太外公许楠生将他的生意从白炭做至棉布与纺绸。太外公许楠生每从温州购进一大批棉布，必须让我爷爷去押船。于是，我爷爷带着三个徒弟从海门坐船去往温州。

那天，我爷爷上船后，因坐的是下等舱，舱内海腥味夹着烟草味外加屁臭，令人浑身难受。我爷爷即纵身走上船甲板透透气。我爷爷上船甲板后，即背着他的两只手，在甲板上闲遛。

我爷爷天生长有一双鹊子眼，看东西不仅远且精准。我爷爷一眼瞭见陈树人的妻子姜秀琳与罗宝成（时任国民党军统黄岩站站长）出乎常情亲昵着走进头等舱。

罗宝成，原名罗得琪，字和祥，长相极为英俊。罗宝成曾是北京燕京大学学生，原本是学生革命运动的领袖人物之一，后来叛党。1928年，罗宝成入了军统，成为一名货真价实的国民党军统特务。

我爷爷一看，心中大惊。姜秀琳是何许人也？姜秀琳可是陈树人的妻子啊。罗宝成是何许人也？他可是反复多变根本不靠谱的无赖小人啊。他们两人是如何走在一起的？陈树人率兵在衢州，而他的妻子即在家里偷汉子，她还是不是个人了？我爷爷毕竟是岩头鹛，为图将这两人究竟有没有私情这个层面的事情搞清楚，遂对姜秀琳与罗宝成二人行程进行追踪。正当他们进入头等舱闭门约三十分钟后，我爷爷悄然潜至他们开的那间头等舱的舷下。见那一小窗的帘布不曾挂严，留有一道小缝，我爷爷即布上他的左眼往内里瞧。这一瞧啊，不要紧，让我爷爷瞧到了最不愿瞧的、一幅无法往下看的画面。

我爷爷气得牙根咬得格格直响，他真想跳进舱里，在那一对狗男女胸口扎上一刀子，让他们二人同时毙命。可一想自己终究是在船上，打死他们二人后，连个潜逃的地方也没有，反倒是将自己逼入死角，只得将除恶之心强迫收起。但我爷爷的头脑里，有如飞起一群乱苍蝇，发出翻江倒海般的隆隆作响。

我爷爷第二次发现姜秀琳有婚外情的地点，是在永嘉。那时，我爷爷帮着我太外公在永嘉收桐油。一天，我爷爷刚踏上永嘉县的街头，即遇见姜秀琳与另一位国民党军官斕在一起。初时，我爷爷以为是罗宝成，定睛一细看，骇了我爷爷一大跳：天哪，这个男人不是别人，且是陈树人的副官屠清山。

屠清山，屠敖三亲孙子。

我爷爷不看则已，一看，他的心刹那间冻成一块大冰坨。姜秀琳的情人，让我爷爷遇见的即有两人：一个是罗宝成，一个是屠清山。这个如此轻浮的女人，会不会还有别的男人？这证明了什么？这证明姜秀琳是个名副其实的荡妇。是时的我爷爷，心里只是不断地叫着"苦"。初时，我爷爷一直在自言自语：陈氏何出此一淫妇？我爷爷很想冲上去施一把鹛子功，将他们二人统统做掉。我爷爷的那只鹛子手都高高地举至空中了，但他还是忍住了。我爷爷想：罢了，罢了，一切皆罢了。好有好报，恶有恶报，不是不报，时候没到，让老天来报应她吧。我爷爷怎么也没有想到，后来致我爷爷与陈树人于死地的，恰恰是这个美貌且长有三白眼的女人。

……

我奶奶一看是陈树人，即让陈树人进我家与我爷爷见面。我爷爷一看他来了，两只眼立刻放出两道火辣辣的光焰来。我爷爷一边让我奶奶给他泡茶，一边点上一根新火篾照，让它高高地燃烧着。初时，我爷爷与他谈话内容一直在边缘上游走。真正切入主题的，全是由章梦九的那个儿子章德琅引起。陈树人一走进我的家，第一眼看到的不是别人，是正在读书写字的章德琅。

陈树人问："他是谁家的孩子？"

我奶奶反问："你说呢？"

陈树人说："我猜哪，一准是章梦九的。"

我奶奶答："是。"

陈树人问："他交给你带了？"

我奶奶答："是。"

陈树人并没有喊我爷爷的名字，而与过去一样喊我爷爷的绰号"岩头鹃"："岩头鹃，你是不是一直给梦九弟送粮，送盐？"

我爷爷问："你怎么知道？"

陈树人答："要想人不知，除非己莫为。"

我爷爷问："什么人告诉你的？"

陈树人答："你别问这个。若是将真实情况告诉你，就你那个性子，你那鹃子功一出手，即让他全家送命。但我可以告诉你，易涨易退山溪水，易反易覆小人心；画虎画皮难画骨，知人知面难知心。"

我爷爷说："那你打算怎么办？逮我去请功？"

陈树人答："你太将我瞧扁了，我是这样的人，师父还不将我早灭了？"

我爷爷问："那你是什么意思呢？"

陈树人答："我想利用我当下手中的权力，将梦九弟与他手下三十多名红军全部送走。"

我爷爷问："往哪送？"

陈树人答："唯一可送的地方，只有一处，那就是四明山。"

我爷爷说："四明山离我们台州如此遥远，怎么送？"

陈树人答："我想让他们扮成我的兵，我亲自送他们去四明山。"

我爷爷问："走山路，还是走水路？"

陈树人答："走山路，寸步难行，无论是过天台，过新昌，过奉化，全是李杰三天下，一关又一关，根本过不了；唯一可行的道路，即是让他们下山，从海门上船，由我一路护送至宁波，然后由宁波去往丁家畈。"

我爷爷说："他们人生地不熟，你怎么能保证他们的生命安全？"

陈树人答："你放心。一切由我来安排。"

是我爷爷头脑太简单了，还是残酷的斗争复杂？是世事太难料，还是人心太可怕？尽管陈树人说得句句是实，字字靠谱，我爷爷没有理由不相信。况且我爷爷深知从陆路去往四明山是关卡重重，确实只有走水路至四明山比较安全。

我爷爷说："我不是他们党内人，我只不过是给他们送吃送穿的，同意不同意你的方案，还让梦九与他们那个政委叫楼什么的——"

陈树人答："楼晓红。"

我爷爷说："对，对，他的名字你也知道？"

陈树人说："你太不拿我当回事了，你以为我是白吃干饭的？"

我爷爷自然相信。当夜我爷爷即与陈树人约定：明天，天一放亮，由我爷爷带陈树人去金刚尖金刚洞见章梦九与楼晓红。

第二天的大起早，天刚蒙蒙发亮。四周的大山，黑黝黝的呈着怪影，如壁立着的屏风。不知名的夜鸟在高一声、低一声、远一声、近一声的鸣叫。尤其是溪水的哗哗声，有若一把古琴在没完没了的大演奏。我爷爷刚将我奶奶做好的麦鼓头用一块白饭巾包好，陈树人即至我家。那天，陈树人一反常态，不再着一身国民党军官服，却将自己打扮成地道的山头人：身着一身粗布衣裳，脚上套着一双攀山用的草鞋。陈树人一出现我家里，我奶奶即笑着上前一步，说："树人这身打扮还是挺俏的。"

陈树人笑问："好了？"

我奶奶答："好了。"

陈树人说："走？"

我爷爷答："不，我得带我儿子走。"

陈树人问："带他做什么？"

我爷爷答："一是我得让他练练筋骨，二是这小子记性特好，无论什么路，只要我将他带一次，那小子就像条狗一样，什么地方都能找到。"

陈树人说："好。"

我爷爷喊我爸爸。我爸爸同样一身小山头人打扮，出现在陈树人面前。陈树人一看我父亲那样子，即笑着抚了一下我父亲的头说："种尚种，种个冬瓜像水桶。只可惜你那个嫂子，给我生的，却是个不成器的儿子。"

我爷爷即领着陈树人出发。我奶奶立在家门口看着他们三人走远。走第一个是我爷爷，走第二个的陈树人，走第三个的是我父亲。在我奶奶眼中，我父亲那时如一只小鹘，跟着两只大鹘的尾巴，飞走了。

我爷爷与陈树人，终于来至金刚尖。在面对去往金刚洞的悬崖峭壁，我爷爷忘了攀哪条路上，还是我父亲会记路。

我爷爷刚要上攀，我父亲叫了起来："爸，不是那条路。"

我爷爷问："怎么会不是那条路？"

我父亲说："那次你带我们去的那条路，壁上是长有一棵红树的，现在没有。"

我爷爷瞬时想起，那壁上确是长有一棵红树。于是，我爷爷又重新寻找红树。片时一过，我爷爷终于找到那棵红树，于是他们三人一起往上攀。别看攀山，却异常累人。手功，腿功，必须同时发力，差一点也不行。陈树人毕竟是国民党的军官，养尊处优惯了，一但要见真招儿，顿时累得上下喘成一团。我爷爷不得不在前面等着。好些次我父亲头顶着陈树人的屁股，推陈树人往上上。陈树人屁股蛋上的那把手枪，顶得我父亲的头生疼。一直攀有四个多小时，我爷爷，陈树人，我父亲终于到达金刚洞。洞子里待着的红三团官兵，一看我爷爷带着陈树人，全欢呼雀跃起来。

突出重围会议，就在那黑幽幽、冷飕飕的山洞里召开。陈树人说出他精心策划的打算。章梦九兴高采烈。但红三团政委楼晓红十分谨慎。

楼晓红问："你可是国民党的军官，你为什么还这么做？"

陈树人答："楼政委，你可能不知道，我们几人可是在关帝庙前起过誓，不愿同年同月同日生，但愿同年同月同日死。就因章梦九是我兄弟。"

楼晓红问："你打算如何送我们走？"

陈树人答："问题是你们能不能集体从我们那条上来的路往下下？"

楼晓红问："下面不全是你的兵吗，为什么不让他们为我们让开一条路？"

陈树人答："我不能这么做。我的顶头上司是李杰三。人不可保心，木不可保寸。一旦风声传出去，我死姑且不论，我弟弟徐征南家及你们章参谋长的儿子章德琅，没有一个跑得了。"

楼晓红说："下山没问题，那几个女兵的伤全好了。问题是下山之后，你又如何送我们到四明山？"

陈树人答："陆路被李杰三部与台州民团围得水泄不通。兵法不是讲出其不意，越是危险的地方越安全吗？我让你们先至半山村我家与我弟弟家住下。我再下山搞三十多套我们的军装来。扮成我手下的兵，由我送你们到目的地。"

楼晓红问："你自己送我？"

陈树人答："不。还有陆汉贤。"

楼晓红问："你打算安排什么船？"

陈树人答："半山村许楠生的货船。"

楼晓红问："你将我们送至宁波后，谁与我们接头？"

陈树人答："周振国的亲妹周振兰。"

这个名字一出口，楼晓红突然站起，一把握住陈树人的手，泪光闪闪地说："对不起了，树人先生，我对你怀疑了，我楼晓红叫蛇咬一口，怕草绳十年。"

我父亲告诉我，洞内一片欢声笑语。红三团的人，何人不知交通员陆汉贤，何人不知周振兰？大家立刻准备起来。当天，他们全沿着那条别人一直不知的山路往金刚尖山下走。那几个女战士胆小，我爷爷不得不用绳子捆住她们腰，再将绳子系在洞口处的那棵铁子松上，一步步地往山下放。上山走了约四个小时，下山足足走有六个多小时。下得山后，陈树人怕暴露，又在山下那片密不透风的竹林子里，吃饭喝水，他们才一个跟着一个，沿着一条偏僻小路，悄悄地摸进半山村。天快亮时，他们才蹑着手脚潜进只有山溪独自呻吟的半山村。进半山村后，三十三人一分为二，一半去我家，一半去陈树人家。静悄悄地来，静悄悄地住下。整个半山村，没人知道我家与陈家发生了什么。

他们在半山村一住即三天。第四天，陈树人与我爷爷带着三十多套国民党军服从宁溪归来。当天，夜，所有人都换上国民党军队服装。就在换好服装离开我家的节骨眼儿上，戚家英为带章德琅走的事情与我奶奶发生争执。戚家英想带章德琅走，我奶奶不同意。

戚家英说："多个孩子在你家，给你添麻烦。"

我奶奶答："一个也养，两个也养，不过是多添一双筷子的事，讲什么麻烦不麻烦？我不想他的那个小生命，跟着你们拿命赌输赢。"

戚家英还要带章德琅走。我爷爷、章梦九、陈树人三个男人一致表示，必须将章德琅留在半山。陈树人主张将章德琅放在半山村比较安全，他说了两点理由：一是四明山的情况，我们现在不是十二分了解。一路过关斩将，将一个六岁的孩子带在身边，麻烦太大。二是有我父亲与我母亲两个孩子做玩伴，不会有事。戚家英不得不点头同意。临出发前，我奶奶特意上楼将睡着了的章德琅喊醒，带他下来与他母亲戚家英告别。一身国民党家属打扮的戚家英一把搂着章德琅，在她儿子章德琅的额头亲了一下说："儿子，好好听婶婶话啊！"睡眼惺忪的章德琅点了点头。

队伍出发。我爷爷亲送至海门。打扮成陈树人副官的陆汉贤，一直在他们早就约定好的地方迎接。

陆汉贤，1911 年生，又名罗德生，化名王介生、罗桂夫、罗青山。因他个子矮小，样子如一块铁疙瘩，人们又给他起了个绰号叫"老黑"。临海城头东门外人。家贫。成年后,进城头美华鞋店当学徒。满师后,自设小鞋铺做鞋,后进奚清利鞋号做帮工,不久又自立营生。1928 年加入中国共产党。同年,陆汉贤任中共临海县委政治交通员,不久调三门任台州特委交通员。打从那天起,陆汉贤或是扮成货郎,或是扮成收破烂的,串村过巷,翻山越岭,联络交通,递送情报。又曾受命于三门海游与宁海之间的凉亭里摆设糖摊,密置联络站暗语接头,沟通党的信息,引见党的领导人。1943 年 3 月,浙东南地区三十多位主要领导人:宿士平、刘清扬、郑丹甫等地下党员全部转移完毕,陆汉贤奉命撤出尚田畈。1943 年 5 月,陆汉贤参加浙东区党员干部培训班,结束后,即任中共镇海县特派员,住高塘乡妙林村村民黄永梅家,以挑鞋担补鞋为掩护,发动群众,开展抗日斗争。1946 年下半年,活动于泰洁、亚浦、小山、大钎,秘密成立党组织。1948 年,陆汉贤在舟山成立武装工作队。同年 4 月,与舟山团合并,成立东海游击总队,陆汉贤任第五中队政治指导员。1948 年 8 月,国民党派桂永清率军至舟山围剿东海游击队,10 月中旬,袭击峙中岛,并挨家挨户大搜查。陆汉贤原寄居于岛上潘氏人家,陆汉贤怕连累群众,危急时转移,在水沟中隐蔽,不幸被捕,尽管在定海狱中受尽酷刑,但始终不屈,最后在定海西门白虎山嘴,从容就义。

陈树人问:"船准备好了?"

陆汉贤答:"准备好了。"

陈树人问:"哪个位置?"

陆汉贤答:"前所正对面。"

陈树人说:"这个地方我不熟,你带路。"

陆汉贤答:"你叫他们跟我来好了。"

陈树人一声令下:红三团三十三名官兵,立刻跟着陆汉贤走。

所有人全跟着陆汉贤至前所镇那家小渔村濒海的小码头。一艘装满货物大箱子的船停在码头边,如摇篮样的在轻轻地摇晃。船与码头间架着一条长长的木跳板。陆汉贤打了个信号,一个头戴大帽子的船老大走下船来。

陆汉贤问："有没有意外？"

对方答："没有。"

陆汉贤问："上船？"

对方答："国民党海警船刚开过，赶紧上。"

陆汉贤答："好。"

陆汉贤挥了挥手，所有隐在芦苇丛中的红军官兵全走出来，他们一个接一个地沿着跳板走上货船。一直殿后的我爷爷也要上。章梦九与楼晓红一摆手，不让我爷爷上。

章梦九说："你跟着我们走了，家中那几个孩子怎么办？"

我爷爷说："我怕有意外。"

陈树人答："有什么意外？全是自己人。"

章梦九说："你是岩头鹚，可不是海燕，一出海还不得吐死你？快回去。"

我爷爷服从了。我爷爷按着江湖上的老规矩，抱起拳头，与他们告别，还说了一句我爷爷常挂在口头上的一句话："后会有期。"

船拉起刀子样的风帆正式起航。我爷爷一直看着那条船离开海门港朝宁波方向开去，这才长松一口气，仿佛一块沉重的石头砰然落在地上。然而，天有不测之风云，人有旦夕之祸福，令我父亲做梦也没有想到事情终于发生了。就在船行驶至临海头门岛附近时，货船里的所有箱箱包包的货物，全部活动起来。陈树人的副官屠清山一脸狰狞地从伪装着的货物箱子里蹦出。一声令下，四挺机枪同时发声。就这一场没有想到的突然袭击，红三团三十三名将士及我家的悲剧，真正翻开灾难性的一页。

第一个中弹的不是别人，即是陈树人，中弹后的陈树人，慢慢回过头看了一眼，见举枪杀他的居然是他的副官，大为惊骇："你你，是你——"陈树人想举枪还击，但他身上的力气早已消失得无影无踪。陈树人一头栽倒在货船的甲板上。机枪炒爆豆似的咯咯一响，子弹如一把扇子似的展开，章梦九中有四颗子弹，其中一弹正中胸部。章梦九也一头栽倒在货船甲板上。第三个倒下去的是政委楼晓红。楼晓红中弹后，身子踉跄得如喝多酒的醉汉，一头扎进波涛滚滚的浪涛中。所有红军战士立刻反抗，但为时已晚，子弹密集，红三团三十三将士没有一个活下来，独陆汉贤一人正在后舱冲着大海撒尿，他一看大事不好，即纵身跃入水中，把着船舱不放。他看着戚家英带着三个女红军抱成一团跳入海中，汹涌的海水，立刻将她们吞没；他看着屠清山下令，将红军战士们的尸体一具又一具的抛入滔滔大海。

船立刻返航，船靠定头门港码头。

竺鸣涛、李杰三率着一帮子国民党军官与乡绅们立在码头上欢迎。屠清山耀武扬威地走下船来。竺鸣涛亲将一枚奖章挂在屠清山胸口，陆汉贤亲耳朵听到李杰三怪声怪气地说："子俊兄，确实有好本事，一箭双雕，赢得总司令嘉奖，还抱得美人归。"他们前呼后拥地走了。陆汉贤这才泅着水，游至一百多米外的海塘口上岸。

第九章

大山是宁静的，一旦大山发怒则天崩地裂，六亲不认，不说是战鼓雷鸣，也是雨剑风刀。

溪水是宁静的，一旦溪水发飙，即万马奔腾，摧毁一切敢于阻挡步伐的障碍物。

天上飞着的鹞是宁静的，它可以一动不动的钉在那蓝蓝的天穹中，活如放飞的一只纸鹞，一旦发怒，即以迅雷不及掩耳之态令猎物瞬时毙命。

章梦九，陈树人，楼晓红与红三团全体将士在头门岛洋面上被杀害的事情，我爷爷一无所知。我爷爷从海门归来后，特意让我奶奶炒了点花生米，炖了一只大猪肘子，购下一斤将军山糟烧，坐在家里，有滋有味地大喝特喝起来。章德琅过来看我爷爷喝酒，我爷爷还孩子气地捏着他的鼻子，逼章德琅喝一口，章德琅喝有一口，呛得直咳嗽。我爷爷一直认定自己做下一件天大的善事，终于让他的好兄弟章梦九与红三团政委楼晓红及众红军将士走出生死陷阱，去四明山与他们的大部队汇合在一起。他喝过小酒后，还得意扬扬地哼着一段小曲：

你为什么不点灯？

门外刮大风。

你为什么不梳头？

没有桂花油。

你为什么不洗脸？

无有胰子碱。

你为什么不戴花？

丈夫不在家。

你为什么不关门？

外面还有人。

我父亲与我母亲看得目瞪口呆。

我父亲问我奶奶："我阿爸怎么那么高兴？"

我奶奶答："你爸爸从金刚尖救了那么多人，他还能不高兴？"

我爷爷一上床就拉开大风箱了，睡得肚腩一起一伏的，活似大海涌起来一波波浪涛。我爷爷的鼾声也打得特别响，如雷滚般的从我爸爸与我母亲头上滚过。我爷爷一直睡至第二天太阳浮上山嘴，他这才醒来。于是我爷爷一往故我地做我爷爷常规动作：打拳，跺脚，劈石头，捏毛竹。

第一天，平安无事。

第二天，平安无事。

第三天，平安无事。

第四天，出事了。那天，我爷爷正打算替我太外公许楠生去温州押送布船。陆汉贤出现在我爷爷面前。那时的陆汉贤，完全没有人样。陆汉贤泅水上岸后，即从临海头门岛直奔半山村。我爷爷刚练得起劲，陆汉贤即如风似火的卷进我的家门。我爷爷以为陆汉贤是来报平安。

我爷爷问，"你怎么这么快就回来了？"

哪知我爷爷此话刚一出口，陆汉贤哭得却像个泪人。

我爷爷问："发生什么事了，将你伤心成这样？"

陆汉贤答："死了，死了，全死了。"

我爷爷两只眼刹那间绷成两道弓弦："怎么回事？"

陆汉贤将船上遭遇的事情一五一十地说有一遍。

我爷爷问："这么说，章梦九死了？"

陆汉贤答："是。"

我爷爷问："陈树人也死了？"

陆汉贤答："是。"

我爷爷问："楼政委也走了？"

陆汉贤答："是。"

我爷爷再问："戚家英与那几个女红军呢？"

陆汉贤答："全跳海自杀了。"

我爷爷再问："他们的尸体呢？"

陆汉贤答："全让他们扔进海里了。"

我爷爷最后问："那个杀害我两个兄弟与红三团人的凶手叫什么名？"

陆汉贤答："屠清山。"

我爷爷瞪大两只鹯眼说："你看清他上船时，竺鸣涛、李杰三在欢迎？"

陆汉贤答："是。我一直把着那船舵，什么事，我不是看得一清二楚？"

我爷爷说："好，我知道了，汉贤兄弟，你回去吧，我知道我该如何处理了。"

陆汉贤走了。我爷爷面不改色、心不跳地付诸行动了。我爷爷没有与我奶奶商量过任何事情。他不动声色地去我太外公许楠生家，对他说："爸，我朋友出了点麻烦。这趟押船，由树立（陈树人弟、我爷爷学徒）带班吧。"我太外公许楠生不知就里，一点头答应了。我爷爷走出我太外公家的大门后，即头也不回地直往院桥方向去了。

我爷爷来到院桥屠家大院。我爷爷实在是太熟悉屠家大院子了。想当年，我太婆与太公在金刚尖种药材时，屠清山的父亲名叫屠海龙，即是院桥的土匪头子。他们抢劫富人家的财产归为己有。那天，我太婆与我太公正在山上采药。屠海龙带着九名同族会武功的兄弟，去永嘉抢潘家的金银财宝过决要村，往院桥他家中走时，正好遇着我太婆与我太公卖了草药往金刚尖走。

我想起我小时候，跟着父亲去半山村祭祖。我问我父亲："爸爸，爷爷的牌位是金色的，我太公太婆的牌位怎么是白色啊？"那时，我爸爸回答我说，"儿子，你现在还小，待你长大之后，我再告诉你。"但我父亲一直没有将我太公太婆的情况告诉我。直至2018年，富山乡徐氏家族重新修谱，我是徐氏家谱的主修人之一，徐氏子孙送来一百年间大叠资料，其中有一篇回忆录即讲至我太婆与我太公死的前后经过。

我太公徐邦国原本是一位出名的山头好汉，但他在扛白炭下山时，不小心踩别一脚，摔了一跤，摔断他的一条腿，我太公徐邦国成了瘸子，家中由我太婆操持，我太婆徐牟氏是茅畲牟以南的女儿，是茅畲家名列第一的美女。那影子在决要岭那条狭长山路上一相遇时，那屠海龙的两只眼，立刻将我太婆徐牟氏锁定。屠海龙一看我太婆徐牟氏的样子，那心就狂跳了一下。这个女人长得好美啊。我们集体玩她一把如何？那些土匪们全说好。那时中国正乱得一塌糊涂，县政府只不过是个空头摆设，永嘉、黄岩、永嘉、缙云那片界山里往来的土匪多如牛毛。

屠海龙一挥手，那九人一哄而上，将我太婆徐牟氏一把背起，即往毛竹林子里进。我太公徐邦国一看不好，即拿起手中的那把蓟刀与屠海龙对决。我太公徐邦国是个瘸子，哪里是好手好脚的又会武功的屠海龙对手？两个人一照面，屠海龙手中的刀把子一下短了半截，我太公徐邦国的血即从胸口箭一般喷射而出，遂一头栽倒在地上。

屠海龙束身走进毛竹林子，他们齐着动手，将我太婆按倒在地。屠海龙首当其冲地将我太婆身上的衣服全部剥净，四人捺往我太婆徐牟氏的手脚……我太婆徐牟氏呼救，他们怕有人听见，居然用我太婆的衣服堵我太婆的嘴。我太婆徐牟氏一下被堵住气门，当场即被他们活活祸害死了。他们一看我太婆徐牟氏死了，将我太婆的尸体往毛竹林上一扔，起身即往院桥去。我太公太婆双双死在决要岭。

那时，一直守在金刚尖的我爷爷徐征南根本不知情况。就在这时，我爷爷救过两只鹛崽子的那对鹛夫妻，在我爷爷头顶上盘来旋去地叫着。那声音既凄厉又尖锐，我爷爷不知发生了什么事。那对鹛夫妻做出让我爷爷跟着它走的肢体语言。别看飞禽不会说人语，它可比人有感情。我爷爷长年与它们在一起，早知山中鸟音。我爷爷似乎感觉到了什么，立刻跟着对鹛夫妻走。那对鹛夫妻飞飞停停，停停飞飞，一直将我爷爷引至决要岭我太公太婆的出事地点。

我爷爷一走进那竹林，即发现了我太公与我太婆的尸体。我爷爷立刻归半山村。我太外公许楠生，带着全半山村人来决要岭。半山村人集体葬了我太公与我太婆后，即议论是何人干的。许楠生弟弟许楠昌，即在山上四外搜寻蛛丝马迹。结果在我太婆死的地方，发现一顶丢在那儿的箬帽，上面写有三个字，院桥屠。院桥屠姓，打从出有屠敖三后，屠家劫掠成性。不当土匪时，又是造庙又是四焚香，摆出一副大善人的模样，一旦黑夜来临，他们的人与心也跟着天一起黑。不是抢，就是劫，无恶不作。证据一确认，半山村人欲去院桥与屠家算血债。

我太外公许楠生去报官。时黄岩第七任县长名方敦素，贵州普定县人，他根本没这个能力，嘴上说查查，背里却纹丝不动。别看我爷爷那时小，却强悍，生死不怕，他为报杀父辱母之仇，只身去了院桥。我爷爷一直找到院桥屠家大院。那时的屠家大院，是院桥镇的标志建筑。屠家管理森严，一个八岁的孩子根本进不去。我爷爷怀揣一把尖刀，即藏匿在屠家边上的那片稠密的竹林里，一直潜至太阳下山，屠海龙吃过夜饭出来散步，就在这当口，我爷爷从竹林子里冲了出来，挺着那把刀直冲屠海龙。结果当然没有悬念，一个只有八岁的孩子，一个有了八岁儿子的父亲，一个惯匪，一个是小牛犊。我爷爷根本不是他的对手不说，伴着屠海龙的还有如狼似虎的三个家丁。我爷爷那把锋利的刀尖只是在屠海龙的衣裾划了一下。那三个家丁齐着一扑上，我爷爷即让他们捆得如一只兔子。

他们将我爷爷带入他的大堂审问，我爷爷立在那儿不发一言。屠海龙说："我与你这个孩子无冤无仇，你干吗要杀我？"我爷爷紧闭嘴唇不吭声。也许是子从母的缘故吧，其中有个参与强奸我太婆的土匪，从我爷爷的脸上一下子看出了我太婆徐牟氏的影子，他立刻从我爷爷的目光里读出仇恨。

他对屠海龙说："屠爷，你就杀了他吧。"

屠海龙说："怎的？他还是个孩子。"

那土匪说："不，他就是那个女人的儿子。"

屠海龙问："你怎么知道？"

那土匪说："你看他那张脸与那个女人长得有多像。"

屠海龙不相信，举起美孚灯上前一看，傻了，屠海龙说："斩草必除根。此子目光如此歹毒，早晚要与我们屠家算总账。来人，将这个小子活埋了。"

屠海龙手下人问："埋哪？"

屠海龙答："后边的红树林子里。"

屠家土匪们答："好。"

三个屠家家丁立刻将我爷爷拉出去。也许我爷爷命中不该死，他们刚挖好坑想将我爷爷活埋时，一条黑影出现在他们面前。

那条黑影以不可抗拒的口气说，"将那孩子放了。"

屠家家丁问："你是谁？"

对方答："不管我是谁，叫你放就放。"

屠家家丁说："我们不放。"

那人一声不响地来至一棵青毛竹前，伸出手来，只是往那竹子上一捏，只听得"咧喇"一声大响，那毛竹立刻裂成四片。他只是用手搪一下，那毛竹即"哗啦"一声倒了下来。那三个家丁一看，遇着江湖上的高手了，扔下我爷爷即抱头鼠窜的跑了。那黑影解开捆在我爷爷身上的绳子，问我爷爷发生什么事。我爷爷一边说，一边号啕大哭。

那黑影说："你跟我走。"

我爷爷立刻跟着那条黑影走了。

那黑影不是别人，即是台州名列第一的武术大师梅永武。是台州散打中的辫子功与鹊子功的发明创造者。梅永武一是得知我爷爷是孤儿，二是他亲眼看到我爷爷小小年纪敢与强敌放对，敢雪父母之仇。"猫斑从小斑，到老花斑斑"，他认定我爷爷是个不可多得的好苗子，决定收我爷爷为徒。从此，我爷爷即与梅家两子，还有梅子婴天天在一起。爷爷跟着他们读书学武。梅家的辫子功是女子功，梅家的鹊子功是男子功。初到时，我爷爷根本不知什么叫鹊子功。有一天，我爷爷一头雾水，问师父："什么叫鹊子功？"

梅永武答："你不是与金刚尖的鹊子是好朋友吗？你没有看到鹊子是如何抓猎物的吗？"

梅永武如此一反问，让我爷爷脑洞大开，我爷爷想起他救了那两只小鹊雏之后，那天鹊夫妻图感谢他在危险中救了它们的孩子，居然抓了一条蛇来感谢我爷爷。那天，我爷爷与父亲母亲正在金刚尖的那茅厂棚前开地种黄精（本地称猢狲姜），我太公太婆与我爷爷同时听到头上有鹊在呼叫，一家三人，同时抬起来头看，一家三口，即被从不曾看到过的景象看呆了，在他们头上，共有三只岩头鹊在飞翔，在盘旋。那三只岩头鹊同时抬着一条竹杠般粗细的蟒蛇。一只抬头，一只抬尾，一只抬肚子，那条蛇还蚯蚓一样的扭动。他们一家三口，不解三只岩头鹊为什么抬一条蟒蛇。正当他们全在发呆时，三只岩头鹊已飞至头顶，同时将鹊爪一松，那条蟒蛇扭着身子掉了下来，正好掉在我爷爷面前，然后一振翅膀一鸣冲天而去。我爷爷我太公我太婆同时打量着脚下的那死条蟒，一家三口，全被鹊子爪的力量惊呆了。那鹊爪居然将蛇身全部穿透。

我爷爷刹那间恍然大悟，什么是梅派的鹊子功，即是将天上猛禽的功夫应用到人的身上来。仙居梅派辫子功是根据陀螺的旋转而来，仙居鹊子功是根据鹊子捕食的本事而来。鹊子功的最高标准有三，一是身轻如鹊子，能从这棵竹子上跳到另一棵竹子；二是利用竹子的反弹力将肉身弹至他想要弹到的目的地；三是手上力道必须过人，能一把将竹子抓裂。就从那天起，我爷爷成了梅家不可分割的一员。十八岁一过，我爷爷学成。考核时，我爷爷的样子活似在高空翔着的鹊子，学友们即给我爷爷起了个绰号叫"岩头鹊"，后来那绰号即取代我爷爷徐征南的名字。考核结束后，这批梅派弟子，必须独立闯荡世界。梅永武将他后收的几位梅氏高徒郑休白、郑继英、陈树人及女儿梅子婴叫至身边，让他们对着关公跪下，对关公起誓说，他们一辈子不做恶事，一辈子不滥用武功，一辈子共生共死，一辈子精诚团结，一辈子只为百姓除害，一辈子为国家效力。

那天，梅永武对他们说，"今天，你们出师了。自己的历史必须自己一笔一笔去书写，别人永远替代不了你，为师的只送你们三句话，一是社会千变万变，但人性没有变。人性中有恶也有善，师父只望你们心地善良。二是社会本质永远是大蛇吃小蛇，小蛇吃蛤蟆，只有强者才可胜出。三是做人汝惟不矜，天下莫与你争能；明不伤察，直不过矫；仁能善断，清能有容。不尽人之欢，不竭人之忠；不自是而露才，不轻试以幸功；受享不逾分外，修持不减分中；待人无半毫矫伪欺隐，遇事只一味镇定从容；肝肠煦若春风，虽囊乏一文，还怜茕独；气骨清如秋水，纵家徒四壁，终傲王公；为民除害不惧危难，为国争强不惜其雄；当死则坦然赴死，当雄则坦然称雄。"

我爷爷即与他的几兄弟各自归家。

梅永武极为看重的即是我爷爷。他一直想将他的女儿梅子婴许配于我爷爷，后因梅子婴在临海读书时与周振国相爱，梅永武也不得不保持沉默。再之后，我爷爷与我奶奶许凤鸣成婚。结婚后，我爷爷每年去仙居梅家看师父，每次与师父见面，必须汇报他做对什么，做错什么。

那天，我爷爷一至院桥屠家大院，辱母杀父之仇恨瞬时涌上心头，我爷爷将他的身子一纵，即跳进他非常熟悉的屠家大院。我爷爷一潜至屠清山所住的那间阁楼，那屠清山正光着身子与陈树人的妻子姜秀琳行欢作乐。我爷爷一眼看到茶几上搁着一支闪闪发亮的盒子枪，一把将枪拿到手，即前一伸手将屠清山的后背按住。屠清山与姜秀琳一看是我爷爷，吓得魂不附体。

我爷爷说："别怕。我只想搞清几件事。"

屠清山霜着脸说："你说，你说，大英雄。"

我爷爷问："陈树人、章梦九与红三团的人，是不是你杀的？"

屠清山答："不是。"

我爷爷问："到底是不是？"

屠清山答："是，是，大英雄，小的只是奉命行事。"

我爷爷问："奉什么人的命？"

屠清山答："竺鸣涛。"

我爷爷说:"送他们出海,只有我们几个人知道,你是如何知道的?"

屠清山结结巴巴地说:"是——是——"

我爷爷一伸手捏住屠清山的脖子,屠清山立刻感到要他性命的那股相当可怕的力量,刹那间即会置他于死地。

我爷爷喝:"是什么?快说。"

屠清山答:"是她告诉我的。"

我爷爷转向姜秀琳:"臭婊子,你给我说清楚,你是怎么知道的?"

姜秀琳浑身打战如筛糠,答:"陈树人吩咐船老大时,我手下女用偷着听到的。"

姜秀琳即将她所知的情况说有一遍。

我爷爷终于搞清楚了,陈树人发现姜秀琳有外遇,几次抓了个现场。陈树人几次动枪,姜秀琳一直怀恨在心。那天,陈树人叫来专门给许楠生送货的船老大,嘱咐那件事,恰被她身边的使女听见,那使女即将此事告诉姜秀琳。姜秀琳一心想与屠清山成婚,遂将此事直接上报竺鸣涛。竺鸣涛深知红十三军那位副参谋长章梦九是共产党人,深知陈树人通共,但一直没有证据。当屠清山一将他得到的陈树人救红三团的计划向熊式辉汇报,熊式辉让竺鸣涛设计将陈树人、章梦九、楼晓红、戚家英及红三团一起除掉。竺鸣涛绕过李杰三,直接与屠清山首先找到给许楠生运货的船夫,出重金将他收买,然后让屠清山带着人藏入许楠生装货物的箱子里,至临海头门岛洋面动手。

明白了,明白了,我爷爷终于什么都明白了。我爷爷先是伸手捏屠清山喉管,瞬时让屠清山毙命;后是伸手指往姜秀琳的胸前一碓,一股鲜血即从姜秀琳口中嘞出。我爷爷朝他们二人尸体狠狠再啐有一口,随后即拿过屠清山房中的笔与纸,挥笔写下一行字:

凡台州所发生有恶性事件,皆由徐征南所为,与他人无干,望你竺鸣涛做人为自己留条后路。如果,你竺鸣涛一定要抓我,请便,我于五月端午节中午午时在南征顶山顶等你。

下面书下三字"岩头鹘"。

台州各县即在同一时刻出现大破坏事件。

台州国民党军用码头大桥被炸。

台州国民党弹药库被炸。

台州浙保安五团团部被炸。

临海监狱被劫，所有关押共产党人全部逃走。

我爷爷写的那信，终于到了竺鸣涛手中。竺鸣涛下令停止一切正面军事行动，他必须在端午节那天，与李杰三一起去南征顶会会那个绰号"岩头鹘"的徐征南。

1933年5月28日，正是端午节。那天，竺鸣涛、李杰三率着一团人马开往南征顶会我爷爷。路过半山村时，时任国民党军统黄岩站站长的罗宝成提议将半山村的人全抓起来，逼徐征南向他们投降。

李杰三说："你这个好色之徒，你别给我出那种馊主意。你知不知半山村、半岭堂村、富山村，他们从来是抱团儿。你得罪了那些山头人，浙保安五团一个人也别想活下，你还是老老实实跟着我去南征顶会会那个岩头鹘吧。"

南金顶，高约一千一百多米，是全黄岩最高山之一，仅次于大崎基山。南金顶原名不叫望海岗，也不叫南金顶，且叫南征顶。元至正二十七年（1367）朱亮祖与徐达之子徐原振奉朱元璋之命，分兵入台州，平方国珍兵。朱亮祖从温州入黄岩，徐原振率兵从永嘉入。那天，我徐氏第一位始祖徐原振至望海岗，站那山顶往东一望，真是若望远必登高。黄岩全县山山水水尽收眼底，挺起胸膛往远看，可见大海拱起来的圆弧；低下头来俯身看，即可看到大小山脉蜿蜒如蛇，条条溪水有若银线在山麓中缠绕。尤其令人心怡的是那山那平原，怎么看怎么如人工精心制造的盆景。那种婀娜多姿，那种奇鹬崚嶒，见所未见。令徐原振心动的则是那山水，何处不是一幅幅天然的水墨画？瞬时浮上徐原振脑海的则是唐朝杜光庭写的一首诗：

　　　　宵然灵岫白云深，落翮标名振古今。

芝木迎风香馥馥，枟桎蔽日影森森。

从师只拟寻司马，访道终期谒奉林。

欲问空明奇胜处，地藏方石恰如金。

方国珍拒守失败后，我祖上徐原振奉命押方国珍部属两万四千人离开黄岩去安徽凤阳（那时叫濠州）。徐原振那颗心，刹那间被一种看不见的铁锤砸得粉碎了。徐原振深感政治斗争的斩钉截铁与残酷，遂种下南迁黄岩远离官场的种子。后朱棣兵逼建文，徐原振果带着他的子孙迁居富山。后徐氏子孙，即将祖上南征所达的第一座高山定名为"南征顶"。

竺鸣涛、李杰三率兵至南征顶。我爷爷果然是一言九鼎的立于南征顶的悬崖边上。

我爷爷笑着对竺鸣涛与李杰三说："我徐征南做事从来光明正大。一就是一，二就是二。言必信，行必果，骗人之事从不为。你的军用码头大桥是我炸的；你的弹药库是我炸的；你浙保安五团团部是我炸的；你手下那对奸人是我杀的。原本我想杀掉你那个军统站站长罗宝成，但他只有通奸罪，没有杀人罪，所以我到了军统站门口与他直面相遇，我没有杀他。竺鸣涛，你杀了我的两个兄弟，三十三名红军。我杀了你一对奸夫淫妇，炸了你那么多地方，我与你扯平了。我知道你是个男子汉，不是那种阴险狡诈小人。半山村与此事无关，你决不会做那见不得人的鬼蜮事。"

竺鸣涛说："岩头鹃，我竺鸣涛今天领教你了。我竺鸣涛不是那种龌龊之人，党国需要你这样的人才，你就归顺罢。"

我爷爷说："我感谢你，竺鸣涛兄弟，感谢你不对我半山村行大恶之事。让我与你们共事？你就别做梦娶媳妇尽想好事了。有道是，好汉一人做事一人当。今天，我与你一了百了。我岩头鹃，希望你遵守我与你今天在我祖上所达的地方与你的约定。我相信，人在做，天在看。"

我爷爷身子一纵，即跳下南征顶望海岗。我爷爷跳的样子美丽极了，活似一只在高空飞翔着的岩头鹃。随之出现一件所有人没有想到的怪事，足足有上千只岩头鹃从稠密的山林中飞出。它们叫着，翔着，企图用它们的爪子抓住我爷爷。我爷爷毕竟是人，沉甸甸的人，不是蛇，岩头鹃根本没这个力量挽救我爷爷徐征南的性命。当我爷爷徐征南的躯体摔至南征顶山脚那块平坦的石头上时，所有岩头鹃上下飞翔，那锐利的叫声，让李杰三与浙保安五团的官兵们黯然失色。没有一个人不相信，我爷爷是岩头鹃投生的。

我爷爷的死，震动整个台州国民党军队。尽管台州国民党军队四处行动，但他们知道半山村、半岭塘村、富山村人抱团儿，不敢轻举妄动。独那个名叫罗宝成的军统特务，受不了我爷爷临死前揭了他的老底，他明的不敢动手，却是暗中想做了我爷爷唯一留下的儿子我父亲，他一直潜在离我家不远的地方窥视着我奶奶与我父亲母亲。

那是一个太阳明媚的早晨，我奶奶穿一身白，要给我爷爷送行。他先带的章德琅。那天，章德琅穿着我父亲的衣服，躲在离我家不远毛竹林子里的罗宝成错将章德琅当成我父亲，瞄准后，即扣动扳机，一颗圆圆的子弹喷射而出，子弹头远没有我父亲手里的那根竹箭尖长，可我父亲一直搞不清那子弹怎么会有那么大的杀伤力。我奶奶潜意识地往前一步，那子弹没有射中章德琅，却正好击中我奶奶胸部。我奶奶如艾倒的一棵草一样，一头栽倒在地上。章德琅一声锐利的喊叫，我父亲与我母亲同时跑出家门。我父亲扶着我奶奶叫娘，可我奶奶软得如一根从锅里捞出来的面条，瘫倒在地。当我太外公许楠生闻讯从家中飞至我家时，我奶奶的表情活似冻住了似的，僵硬成一块木偶。我奶奶的嘴张了又张，还是说不出话来。我父亲哭着扑上去。我奶奶只是伸手指了一下我父亲，又指一下我母亲郑九芬与章德琅，对我太外公许楠生说："爸，他们仨交给你了，他爸活着时有话，让我儿子娶她为妻，我们徐家不出失信之人，你就帮着我办了吧。"

太外公许楠生点了点头。

我奶奶就这样走了。

我奶奶死的那天，金刚尖那四只鹃也在我们家上空尖锐的叫个不停。初时，半山村人全动了起来，要下山与国民党拼命，我太外公站在村口，不让半山村人往前一步。

我太外公许楠生说："你看看你们手里有什么？他们手里有什么？他们手里有机枪有步枪，你们手里拿的什么？竹杠铧锹。鸡蛋就是鸡蛋，一百只鸡蛋也砸不碎小石头。徐南征是我女婿，许凤鸣是我亲生女儿，我不心疼？但我不能让半山村人，白白地为我女儿女婿送命。"

愤怒得如洪水一样的半山村人，被我太外公那座强有力的拦洪大坝阻挡住了。那天原本只是我爷爷一个人的葬礼，最后成为两个人的葬礼。我太外公将我爷爷与我奶奶一起葬在半山的徐氏墓地里。每年三月清明，我们一家去半山村，看的就是我奶奶与我爷爷。我奶奶爷爷走后，我父亲与我母亲就入住在我太外公家里，但国民党的特工还是不想放过我父亲与章德琅。我太外公正愁得头发打结时，一个雷雨交加的夜晚，我父亲的师妹梅子婴与我父亲的师父梅永武从仙居赶来了。梅永武带来的不光是梅子婴，还有他的两个儿子梅超臣与梅超良。

梅永武与我太外公见面后，即直言相告："这三个孩子放在半山不安全。我必须带他们去仙居。"

我太外公同意了。

我父亲、章德琅、我母亲，又跟着梅永武一家至仙居。

就在我父亲与我母亲他们至仙居梅家不久，我爷爷一直深爱着的师妹梅子婴牺牲了。

梅子婴怎么牺牲的，我父亲一直不清楚。《仙居党史》中只写有一句话，梅子婴为送红十三军天仙游击队最后八名战士，过天公岭时与仙居民团发生遭遇战。梅子婴为掩护八名战士，在天公岭猫狸岭路廊与仙居民团对决。当她发现自己前后被包围时，与我爷爷一样，张天她的两臂，跳下悬崖峭壁。2016 年，中国共产党建党九十五周年，从来不为人知的浙东南特委特别行动部长梅子婴在临海读书时拍的一张照片被发现。收藏者不是别人，正是她的老师项士元。

梅子婴身着女式学生装，一身婀娜多姿，谁也无法将她手刃四个叛徒五个特务的武功高手联在一起。也就在那年，我爷爷的坟正式迁往台州烈士陵园，与梅子婴、周振国的坟墓并列在一起。党组织在我爷爷的墓碑上刻了一行字，"中共特别党员徐征南之墓"。

那年，朱汪泉突然遭枪杀。中弹后的朱汪泉，遂一头从长满雷公藤的石拱桥上栽倒于哗哗作响的溪水中。仙居一城百姓无不是人心大快，大家都说，恶有恶报，好有好报，不是不报，时候不到。仙居同时有个风声传出，说朱汪泉是李杰三下令让他手下之人将他干掉的。是不是如此，至今还是一个谜。

1945 年，日本侵略军过台州境时，梅永武为救学生牺牲。我父亲、章德琅、我母亲再一次无处栖身。就在那时，又有一位名叫金戎女的女人出现了，将我父亲与母亲带走。之后我父亲参加中国人民解放军，直至中国人民解放军第六十二师入台州，我父亲随大部队解放台州，我母亲这才重新归半山村。

自此，鹞子功在全台州盛行；自此，郑继英，郑休白，章梦九，陈树人，我爷爷徐征南，并称为"岩头鹞"。仙居梅永武被台州武术界称为鹞子功祖师爷。每次武术界一举行鹞子功比赛或大会，他们首先拜的即是梅永武，其次拜的即是郑继英、郑休白、章梦九、陈树人、徐征南。自此，"岩头鹞"成为宁溪山区的英雄象征。

第十章

五位岩头鹃牺牲后，第六位被称为岩头鹃的，即是我太外公许楠生。

1949年10月1日，中华人民共和国成立。

台州各县举行大集会，热烈庆祝新中国成立。成千上万的平民百姓打扮一新，手举红旗走上街头举行新中国正式成立的大游行。嘹亮的歌声响起来了，疯狂的大秧歌扭起来了，欢庆锣鼓震天动地的敲起来了，热烈的爆竹炸得硝烟四起。

我太外公许楠生原本没事，问题出在打击地主上。组织上决定我父亲出任富山武装工作队长，负责消灭土匪与打击地主。我父亲不同意出任。时任黄岩武装工作队总队长的是第一任县委书记王黎山。

王黎山问："为什么？"

我父亲答："我外公是地主人家，你要我大义灭亲我做不到。"

王黎山说："如要你做不到，你就得交党票不说，还得脱下你的军装。半山村只要有你老外公在，打击地主就行不下去，半山村有钱人家不是一家。"

那消息不知怎么的传至我太外公许楠生耳朵里，他是个见过世面的明白人。他知道，中国革命就如炸弹引爆，死好人，也死坏人。有钱人家有好人也有坏人。一个全新的大时代来临，总得有人作出牺牲。我太外公不愿成为共产党前进步履中的绊脚石，我太外公也不愿意让他在共产党那边当中国人民解放军连指导员的外孙为难，他打算是离开半山村。就在我太外公考虑不知往何处去时，有两只岩头鹃天天在我太外公家的上空盘着，叫着。村里人开玩笑说："这对岩头鹃是夫妻，那只雄的，是我爷爷变的，那只雌的，是我奶奶变的。"就这句玩笑话，若一道闪电，划破我太外公的脑海里的黑幕。我太外公立刻作出决定，独自一人去往我爷爷待过的金刚尖那间茅草棚里住下了。他自己开山种地，远离人世。由于我太外公许楠生的离开，我父亲在没有任何阻力的前提下，富山乡的打击地主与反动势力工作进行得很顺利。不久，我父亲知道我太外公在金刚尖。我父亲想接他归来。哪知我父亲的决定一经传出，我太外公许楠生知道他一旦回去，必然影响我父亲的政治前途。我太外公作出来的决定更加决绝。那天，正好有一条五步蛇潜入我太外公的茅草棚子吞食我太外公的鸡蛋，我太外公头上的两只岩头鹊锐利的啼叫声，引得山谷一片锐利的回响。我太外公一看，是条狰狞的五步蛇。我太外公一想，我何不如此结束自己？别看外太外公是个识字不多的山头人，山头人自有大山一样的性格，平时沉默以容，一旦地震，即天崩地裂，相当决彻。我太外公挥刀砍断蛇头，然后伸出自己的手指，在五步蛇蛇头处触碰一下。别看那五步蛇身首异处，但神经系统没死，张嘴狠咬了我太外公许楠生一口。片时一过，毒液四处霸凌，我太外公一头栽倒在峡谷里。

我太外公许楠生死于蛇毒。

我太外公许楠生一走人，那两只岩头鹊即拼着它们的命，飞在我父亲头顶大声嘶鸣。我父亲即预感我太外公出事了，待我父亲赶至我太外公藏匿在金刚尖的那处大峡谷时，我太外公许楠生的身子，早已变成一块烧焦了的木头。

我太外公许楠生死得早。我太外公死时，我还没有出生。后来，我出生了，懂事了，我父亲拿过三张照片放在三只黑色的相框里。我父亲对我说："那是你爷爷，那是你奶奶，那是你太外公。"那时，我只有八岁。在我的眼里，我奶奶年轻美丽，我爷爷英武威风，目光炯炯。我太外公与电影上演的地主完全不一样，不阴险，也不狡诈，且还十分和善，瘦，有点龅牙，嘴角边上有一颗痣，那痣上长有稀不楞登的几根毛。人相无法与他的果决行为连接在一起。唯一与电影上相同的，是他头上戴着一顶那时时兴的瓜皮帽子。我每次看他的时候，他的目光总是目不转睛地看着我，我走哪，他的目光跟到哪，就是不肯从墙上走下来与我说说话。

1950 年 10 月，朝鲜南北发生战争。中共中央几经斟酌与反复考虑，作出郑重抉择：派遣中国人民志愿军入朝参战。

那年，我父亲所在的部队奉命入朝参战。我老家半山村有十三人报名参加志愿军。

1953 年 7 月，朝鲜战争结束。我老家有八人，被半山人称为"岩头鹃"。

第一位是徐秉强。徐秉强与我父亲相论，当是我父亲堂兄弟。长得矮小健硕。能将一百多斤重的石担高高地举过头顶。小时候，他与我父亲好得跟一个人似的。天天围着我父亲转，我父亲上山，他跟着上山，我父亲下溪，他跟着下溪，他跟我父亲一样不喜读书，好弄枪舞棒。跟着我父亲参军时年十六，入朝前即是中国人民解放军某团三营一连一排机枪手。他是在朝鲜战场上被美国飞机活活炸死，死的时候，手抱机枪攀不下来，两只眼睁得如两只铜铃。

第二位是徐秉立。徐秉立是我父亲的堂兄弟，从小即在半山村长大。他与我父亲是玩伴，一起睡觉，一起做活，一起上山打野兽，是个天不怕地不怕的人物，小时候淘得厉害。有一次，他居然胆大包天的去掏鹃子窝，结果惹恼了鹃子。在鸟类中，鹃子与山里的狗头虎一样，有着很大抱团性。那鹃子一声啼叫，藏在林子里的鹃子全飞过来啄他，啄得一头是血，差不点啄瞎他的两只眼。党中央一决定入朝参战，他第一个跑至黄岩武装部报名。接受报名的工作同志问："你不怕死？"徐秉立答："我半山徐家历来出军人，军人还能贪生怕死吗？"对方说："好，我知道岩头鹃的家乡必出岩头鹃。"徐秉立即跟着我父亲前往朝鲜，分配至师部担任首长警卫员。那天，他送参谋长去军部开会。人还没有入洞口，即遭遇美国飞机在轰炸。他看至一颗炸弹呼啸着朝参谋长身边落下，扑上去救参谋长。参谋长救下了，而他自己中了三颗弹片，其中一片正中他头部，即牺牲于山洞洞口。

第三位是许云山。我在半山村的亲属实在是太多了，差不多一个村子的人，不是我姑姑即是我堂兄弟，不是我娘姨就是我娘舅。我一直搞不清我应当叫他什么，他有个绰号叫"小癞头"。有一次，我叫他"小癞头"，我母亲恶狠狠地打了我一巴掌，骂道："你怎么没家教？他是你舅舅！"这个舅舅是怎么个舅舅？我心里没一点谱。既然大人让我叫他舅舅，我只有叫他舅舅，但我总觉得八竿子打不着。既然要给文化大礼堂写人物传记，我只有对他直呼其名。

许云山与我父亲同年。他与我父亲可以说是穿开裆裤时的玩伴。许云山小时候特别淘。他八岁那年，我舅公柯友三，黄岩人，名柯震，实业家，与陈少白合伙开办的台州第一家内河轮船公司正式成立。台州第一艘内河小汽船，以黄岩县坝头镇为中心点，航行城关与路桥之间。一时间，那个不起眼的坝头小镇，翻身为内河交通中心点。一夜间坝头小镇开满饭店与特色产品店。陈少白与柯友三的内河航运公司一成立，遂将科学与先进生产技术，第一次引入内河航运。就此一引入，一下改变黄岩内河木船行走的历史。尤其是开航的第一天，因机器航船在那时属新生事物，不知引得横山头一带多少村民前来看热闹。有不少家中稍微有点钱的人，为找到一下坐机器航船的感觉，不惜花钱坐船到路桥，再从路桥坐船兜上一圈回来。许云山的外婆家即在横山头，他领着他外婆家的一帮孩子，见船在他外婆的家门口的河面上开过，非常好玩，他们争着跟船一边跑一边看。

有一天，他突然想出个鬼主意要让开船的师傅淋一下他们的尿。他是外婆家的孩子头，没有一个不听他的话。他将他的主意一说，没有一个孩子不说好。那天，正当那机器船过桥洞时，许云山领着八个孩子光着个屁股立定于桥中央。那机器船从桥下过时，许云山喊了一声"放"，结果这八九个小家伙捉起他们的"小牛子"争着往船上撒尿。聚精会神开船的师傅，压根儿没想到有这一出，结果是让那些淘气的孩子们淋了一脸的尿，气得师傅破口大骂。也因他光顾骂去了，瞬间打偏舵，船头一扭撞向另一艘木船，差一点将那艘小木船撞碎。柯友三与陈少白二人不得不赶至现场处理事故。事后，陈少白感慨说："真是天有不测之风云，人有旦夕之祸福，小孩一泡尿，让我出遏一百块大洋。"

许云山是背着父母自己去县武装部报的名。家里没有人知道，直至军属大红喜报送至他家了，他家里才知道。后来，许云山在长津湖伏击战中，被活活冻死。2000年，新千年到来之际，我父亲对牺牲于朝鲜战场的烈士举行遥祭。

我父亲流着眼泪对我说："许云山冻死的时候，身上全是黑的。手里握着的枪掰都掰不下来。"

第四位是罗秀德。罗家是从三门迁入我老家半山村。为什么不在三门，却至我老家半山村，我说不清。半山村说法有二：一说是罗家所在地让大海水潮冲得一干二净了，他们没地方走了，恰好遇着我太外公许楠生，许楠山说："若是你们不怕吃不着海鲜，就上我们半山村来吧。"他们就跟着我太外公许楠生来了。二说是许家某一房，只生一个女儿，怕绝后，经人介绍，三门罗家有一子弟愿意入赘，于是我半山村，原本只有两姓，后来加有第三姓，那姓就是罗姓。入迁半山村的罗家，因家道中落，他父亲不得不让他跟着陈家的陈树生学起屋手艺。三年师满，刚打算自立门户，正逢抗美援朝，全国总动员。他原本与我堂姐徐秉芳订婚，家里人全不同意他去朝鲜战场。罗秀德说："家难国难当头，我是岩头鹃的亲戚，岂可不做岩头鹃而做老母鸡？"许云山刚在报名册上签下他的名字，他跟着签第二个。因入朝前，即是熟练的起屋师傅。建筑上有一套，村里好多人家的石头房子全是他跟着师父陈树生一起造。入朝后，美国飞机炸的就是祖国通往朝鲜的运输线。因他是起屋师傅，有一技之长，军部即分配他至工兵一连。那天，在抢修川江大桥，美国飞机投下一颗燃烧弹，他中弹，那燃烧弹实在太可怕了，溅出来的油，一上身，你怎么对付，就灭不了。最后，他被活活烧死。人们最后看到他的样子，活似一块烤番薯。他牺牲后，我堂姐徐秉芳足足哭了三整天。

第五位是郑企霞。郑休白牺牲后，留下一子一女，子名郑企功，女名郑企霞。郑企霞长得十分美貌。不说她如三月盛开的桃花，也是天台上的一朵云锦杜鹃。她只有一张照片一直存在我父亲的那本相册里。我至今还深深记得，我母亲偶尔翻动我父亲的那本珍藏着的相册，轻轻叹息着说，真正爱你爸爸的不是我，而是她，如果，她不是在朝鲜战场上牺牲了，你叫妈的不是我，而是她了。那时，我小，我不明白，我母亲为何如此叹息，直至我长大了，我看了我父亲那本日记，我才知道，写在我爷爷身上的电视剧本，又在我父亲身上重新写有一遍。

郑企霞是郑休白的女儿，从小即跟着她堂姐郑企因学医，是郑企因的得意门生。我父亲任中国人民解放军六十二军五十六团一营三连指导员时，郑企霞即是中国人民解放军六十二军后勤医院医生。或许因她是郑休白的女儿，或许我们家与五部郑休白的那种关系，他们二人相互爱慕。我父亲因与我母亲是娃娃亲，不敢越线；郑企霞也因我父亲与我母亲从少有定义，同样不敢越线。两个人的情感就如一根在风中飘动的红丝线，一直没有被拢住，并打上一个结。

我父亲实在不愿意将爷爷身上演绎过的事情，重新在他身上演绎一遍。我父亲即找他的老团长石长青商量。石长青是山东人，他心眼厚道，说："小徐，你可是共产党员，见异思迁那事，你可得想清楚了。"我父亲心有犹疑。就在这时，朝鲜战争爆发了，中国人民志愿军入朝参战。那时，美国不说是兵强马壮，也是不可一世，让中国军人向他说"不"是付出了代价的。我父亲所在的那个师，是六十二军赫赫有名的山地师，在此师的军人，差不多全是山区人，特别能打仗。志愿军要的就是这个。六十二军全军入朝，我父亲去了，郑企霞同样随着医院去了。

郑企霞是在战场上救护伤员时，遭联合国军袭击，郑企霞为掩护伤员撤退，她带着六名护士，在引诱偷袭美军时，大腿上挨了一颗子弹后，被美军俘虏。美国大兵见郑企霞长得楚楚动人，心生歹念，商量着怎么欺负她。他们以为中国女志愿军全是农民，不可能听得懂他们的对话。他们根本不知郑企霞懂英语。别看郑企霞一脸的温婉，她毕竟是"岩头鹊"的后代子孙，她身上流有"岩头鹊"的血液，她略一歪头，一个主意涌上心头。当第一位美国军官走进帐篷时，郑企霞即用流利的英语，对他说，"你不就是想与我做爱吗？可以啊。何必让那么多人在外面站着看？你一个与我好好做爱，不是更好？"那美国军官一听，大吃一惊："你会英语？"郑企霞说："我到过你们国家，你们国家哪个男人与女人做爱时，让别的男人围着看？"那美国军官一听有理，将身上的衣服与武器往床上一放，即走出帐篷让别的大兵离开。就在这一刹那，郑企霞毫不犹豫地拿起美国军官的手枪，朝着他的心口窝开了一枪，中弹后的美国军官，一头栽倒在地上，郑企霞随后拿手枪自杀。直至今天，我老家的人，没有一人知道郑企霞的尸体埋在什么地方。

第六位是陈树杰。陈树杰与陈树人是堂兄弟。陈树杰是与许云山、罗秀德他们一起报名参加志愿军的。他原本是灵石中学初中三年级学生，与许云山、罗秀德相比，他是年龄最小的一个。他是将自己年龄从十七改成十八，才当上志愿军。临去前，他特意在黄岩照相馆照一张相。现在在我手里的那张相片，就是他临去朝鲜时照的。从照片上看他的样子，你无论如何，也不可能将他后来的壮烈行为联在一起。你看他的脸形，看他的眼睛，看他嘴上光光的样子，你怎么看，怎么如一个豆蔻年华的姑娘。他入朝后，即编入某部当连文书，在送炒面与水果去上甘岭时，被美国飞机扔下来的炸弹，活活炸死。

第七位是我父亲。我父亲去朝鲜战场是连指导员，去了朝鲜后，提为营教导员。师部之所以将我父亲调另一支部队任营教导员，是因用手雷炸毁英军两辆坦克，最后中弹倒地。尽管我父亲的命让志愿军的随军医生给救下了，但我父亲那条腿丢了。我父亲成了瘸子了，不得不转至地方。黄岩县委安置我父亲任宁溪镇武装部长。

1953年9月，我父亲与我母亲正式结婚。

在社会主义建设的大潮里，我老家半山村，有两人被命名于岩头鹞子弟。

第一位被命名为美术岩头鹞的是章德琅儿子章奕新。人有遗传，文化也出遗传。我家出的全是武人，他们章家出的全是文化人。北洋镇出有全国名气很大的木刻画家即是章奕新。章奕新是北洋章氏第十八代子孙。因黄岩西部山区十个村落九个古。从表面上看，一家家如毛竹样的独立成章，而地底下却是盘根错节，全是你中有我，我中有你的亲戚里道。从亲戚关系上论，我与他当是姨表兄，我得管她母亲叫娘姨。他的爷爷与我爷爷是结拜兄弟，我父亲与章奕新父亲章德琅又是好兄弟。不说是打断骨头连着筋，也差不哪儿去。章奕新长得魁梧高大，他与我另一位表兄弟陈思雅成反比的人物。他身上无处不硬。一是他的头发硬，那短寸头发一根根的竖在那儿，活似竹梢头；二是他手硬，你与他一握手，那手异常有力；三是他性格硬，只要他认准的事情就如岩头鹃一样，紧跟着猎物不放。十五岁那年，灵石中学毕业；十六岁那年，他考上黄岩中学。他至黄岩中学后，开始喜欢上鲁迅先生的作品。因鲁迅先生对黑白木刻的倡导，引起章奕新对黑白木刻的大兴趣。章奕新之所以决定从事木刻，是在他读高中一年级时。那天，章奕新偶尔看到黄永玉的一幅黑白木刻，刹那间给章奕新灵魂深处带来极大的震撼。章奕新怎么也没有想到一块木头，一把刀，即会将人物刻得如此出神入化。大凡有成就之人，无不是从爱好始，爱好一旦与他的生命融为一体，你不想叫他成功也难。章奕新一旦将自己的目标锁定做一名版画家后，章奕新活似金刚尖的岩头鹃一样，紧盯着捕捉的目标不放。从此，章奕新开始拜当地画家学素描。高中一毕业。章奕新即报考浙江美术学院版画系；考取后，即拜时浙江美院名家学版画。毕业后，章奕新分配至黄岩农校为美术教师，就此一职，成就了章奕新。学校有寒暑假，每每这两个假期一到，章奕新即带着画板走天台，走仙居，走乐清，走温岭，走黄岩。台州是名胜古迹众多之地。就那与临海相接的翠屏山，即有灵岩山灵岩洞、少谷峰，少谷峰中又有摩崖石刻。六潭山有大瀑布与擘翠亭，紫霄山上有朱岩石刻。黄岩学者赵康龄曾称之"有峭壁，有洞穴，有溪流，有瀑布，蔚为大观"，并录有杜范一诗："莫讶青山小，山因洞得名，仙人骑鹤去，留迹在空明"。章奕新背着个素描板，四处游走。某年暑假，他下决心去猫狸岭。至猫狸岭后，面对着奇山异景，章奕新忘乎所以，不知夜幕降临。章奕新一看回不去了，只可夜宿于猫狸岭的早已变成废墟了的廊坊中。哪知那天夜里，那蚊子铺天盖地而来，咬得章奕新全身是包，伸手一摸，后背上全是黏稠的血。

那时，章奕新的家，即住在农校分给他的小房子里。他的书房兼画室堆满资料与成块的木板。版画不同于其他画种，板画对板料要求十分严苛，他家屋前屋后堆满木板。用的工具呢，光刻刀即有一百多把。章奕新为人最大特点，即是用心如一。他不轻易动手刻，一旦动手刻了，他必先将画好的草稿覆于板上，再拿起那把三角形的雕刀。一旦雕刀咬入木板发出吱吱声响，他就雷打不动，妻子儿女叫他吃饭的声音也听不见了。有时遇至他兴奋点燃烧时，他会一动不动地坐在那儿，一直刻至东方萌白。

功夫不负苦心人，机遇从来为有准备者而准备。1965 年，章奕新的版画作品迎来他的井喷期。他的版画作品，因来自生活，有着浓烈的生活气息与时代感，不仅被《中国画报》采用，《人民日报》采用，还在全国美展上展出。

尽管章奕新出了大名，但章奕新还是章奕新，那版画早与他的生命联成一体。他有一句名言："人活着是没有意义的，但必须在没有意义中活出意义来。"他约有数十位版画家成立一个"岩头鹘"版画创作室，以走向社会与时代同步，将版画与中国革命结合起来，以为人民服务为宗旨，深入社会，深入基层。

2000 年，台州文联召开章奕新作品研讨会。有一位版画家做模做样地批评章奕新画作与现实贴得太强，政治意味太浓，缺少空灵。章奕新将他戴着的眼镜的眼往上一翻，毫不客气地顶对方一句："你给我说说，哪幅画没有政治？扬州八怪没有，还是齐白石的没有？《清明上河图》是纯粹的界画，可他的政治味浓着呢。是爱，是恨，哪个细微处不是表现国家政治？"一言驳得对方说不出话来。

2002 年，章奕新版画集正式出版。

2007 年，章奕新见自己年已五十有九，离退休不远，开始带学生。章奕新带学生最大特点，即是看人不看钱。只要他看中的人，我收你做学生就是了，决不收什么辅导费。他看一个学生好不好用，只有一个观点：就看你这个学生，有没有理想与梦想。中国梦不是国家的梦，而是全国人民的梦，你我心里全有梦，才能成就中国梦。如果一个学生不愿为版画而献身，我收他的钱，我臊不臊？如果他是一块好料子，我收他做学生，我心中快活，做人还有什么比快活更重要？章奕新带学生时，从来不训学生，但学生最怕章奕新眼镜往下一掉，眼睛一翻，透过镜框上方看你。每每章奕新这种眼光出现，那学生知道自己不是出错，即是某一处没有做对，他就得老老实实地反省自己，将自己出错的地方与老师说。

2014年，他下决心刻一幅黑白木刻叫《远航》，整个画面是一艘名叫中国号的巨轮，顶着巨浪与漫天的乌云前行，正对面是初升的太阳，光芒万丈。颠簸前行的船与排空的海浪，全用密匝的细线构成，不光是气势磅礴，细微处且极为逼真。章奕新一按下确认键后，即全力以赴刻这幅巨作。也许他太用心用力了，某天他正下刀，突然一头栽倒在他的画室里，待学生与妻子发现后，即将章奕新送往医院。一检查，脑出血。病重后的章奕新还渴望着将他人生最后一幅版画刻完。病略一好转，即试着拿起他爱得入骨的刻刀，结果一刀也刻不下去。章奕新长叹说："我命休矣。"尽管如是，章奕新并不就此甘心，他咬着牙也要将那幅木刻刻完。那幅木刻画的线条极细，差一点都不行。章奕新哆嗦着他的手，整整悬有大半天，才能刻下一刀。

妻子流着眼泪说："你别再刻了。"

章奕新答："不行。我不能这样就死掉。"

学生流着眼泪说："老师你别再刻了。"

章奕新还是坚定回答："不行，我不能就这样一幅传世作品也没有，就撒手走人。"

章奕新拒绝任何学生、同事、上级领导前来探望。眼花了，休息一下；手拿不稳了，再休息一下；直至喘过气了，再一刀接一刀地往下刻。章奕新为他人生最后的那幅画刻有一整年。

2017年，章奕新挣扎着将他人生最后一幅版画刻完。章奕新终于丢下那把陪他整整四十年的木刻刀，从此他再也不能提刀；随之，章奕新即进入他生命终结前的半昏迷状态。

2018年1月，章奕新离开人世。章奕新留给人世的最后一幅巨型木刻，即是《远航》。

第二位被命名为工艺界岩头鹞的，是陈树人孙子陈思雅。陈思雅长大成人后，娶的是我的堂妹。就我与他的个人关系论，我是他堂妻舅。陈思雅，1949年生，与中华人民共和国同龄。陈思雅是宁溪山区名列第一的民间艺术家，也是个"三怪"人物。第一怪是陈思雅长相十分搞怪，人瘦弱异常不说，且是一只眼睛大，一人眼睛小。怪相必怪人，于是他成为我老家半山村一大奇人。陈思雅的第二怪是服装怪，他从来不穿与时代同步的时髦服装，他一直穿他爷爷陈树人去往黄埔军校读书时的那套布衣扣的本装。冷不丁一看，陈思雅的样子，活似陈树人从坟墓里复活，重新出现在半山村人面前。第三怪是他给自己刻的那款印章怪，那印章上面刻有三个字，叫"岩头鹛"。

有人问陈思雅："你怎么给自己起这么一个怪绰号？"

陈思雅答："我是岩头鹛的后代，我不叫岩头鹛叫什么？"

人们一想，也对。

陈思雅小时候露出超人的本事，就是爱画画。他画画时的样子，非常令人侧目，眯起一只眼看他想画的东西，一只手拿着一支木炭在地上画着，他看牛就画牛，看树就画树，一眨眼，那牛那树即栩栩如生。陈思雅一心想考浙江美术学院。宁溪中学初中毕业后，即考高中。那时全黄岩县只有三所中学有高中部，一所在路桥，叫路桥中学；一所在黄岩，叫黄岩中学；一所在灵石，叫灵石中学，陈思雅一举考入灵石中学。就在他打算考高时，"文化大革命"爆发，所有中学全部停课，他不得归半山村家中。陈思雅父母兄弟全是山区农民，山区农民，吃山靠山，唯一维系生活的就是种山。陈思雅体弱如茅草，哪上得了山种得了番薯？就在这时，全宁溪山区掀起红海洋大高潮。刚刚成立的宁溪区革命委员会，一下子想到了那个陈思雅，他们请陈思雅画宣传画。

陈思雅睁大他的一只怪眼问："你们给不给钱？"

对方答："给。但不多。"

陈思雅说："不多，也得有个说法，究竟多少？"

对方答："一块钱一幅。"

陈思雅说："画笔和颜料谁出？"

对方答："公家出。"

陈思雅说："你们可是说话算话？"

对方答："当然。"

陈思雅说："那好，我干。"

陈思雅足足画有一个多月，凡宁溪所有的宣传画均出自他的手，尤其是那幅《江山如此多娇》，是他模仿的傅抱石画作，简直与傅抱石的画一个样，不知令多少人注目观看，叹为观止。就在陈思雅画完一百多幅宣传画之后，一个饭辙送至他口中。对方是何人，现在无法查考，只知他与陈思雅是亲戚，什么亲戚也无法说清。对方是个油漆匠，油漆的功夫那是没得说，如何熬桐油，如何调漆，都堪称一流，就是不会画画。中国的一些文化传承，已呈现为集体无意识状态，山区乡村人家结婚，必须要有衣橱，要有眠床，要有对开箱，要有大衣橱，要有桶盘，但这几样精致可目的家具全得有画有唐诗。他那个亲戚一直与某一名画匠合伙，那位名画匠病死后，他正在犯愁，找不着个高质量的画手。某天，他偶尔过宁溪镇，看一位长得瘦猴样的小伙子在那墙屏上画《江山如此多娇》。尽管他不是个画师，他一下子被陈思雅画的画吸引住了。就在他聚精会神看时，陈思雅从梯子上下来拿颜料，一转身，陈思雅一只眼睛大，一只眼睛小的怪样，立刻让他目光定格了。天哪，这不是他的亲戚陈思雅吗？过去他见他时，还是个穿开裆裤的小毛孩，曾几何时，出息成一个大画家了？当天夜，陈思雅那个亲戚即至陈思雅家："你能不能与我合伙？"陈思雅正愁着找不着饭辙呢，一听即问："工资怎么给？"对方说："一家一半如何？"那有什么不可以的？陈思雅一口答应。

这一下，可是将陈思雅成就起来了。陈思雅几乎走遍全宁溪山区。宁溪山区的大山与天台山、括苍山同步，奇谲如盆景，险峻如积木。陈思雅一做完本分活，即拿起铅笔画素描，他足足画有三四千幅素描，一个地方有一个地方的性格，一个村子也有一个村子的性格。尽管台州各县民风有所不同，地域性格有所不同，但有一点地域性格永远相同，即是一脉相承的山水性格，有着山一样的坚毅与硬头颈；有着水一样，朝着一个目标，永不停步，直将自己的生命流入大海，与大海融成一体。

陈思雅当了七年的油漆匠，画了七年的山山水水，家中藏画作过上千幅。

1975 年，陈思雅与我堂妹结婚。

1976 年，陈思雅有了自己的第一个女儿。

1977 年，陈思雅想考中央美院。但家庭生活问题，重重地摆在陈思雅面前。陈思雅根本没法子考大学。那时，他们全家都是种田人，吃的全是队上的工分。他那个亲戚因上了年岁，下不得乡了，不得不停做。如果陈思雅不去做油漆匠，他一家子的生活从何处解决？想象从来是美丽且柔软，现实永远丑陋且刚性。天下没有一个人能揪着自己的头发离开地球。陈思雅为家计，不得不放弃他考大学的那个梦想，彻头彻尾地做游走于高山峻岭的油漆匠。

什么时候让陈思雅成为火烙画大师的？那可是在改革开放之后。那天，陈思雅偶尔至黄岩翻璜厂看一个朋友，恰逢一个工艺师拿着一个电烙铁画画。陈思雅一只大一只小的眼睛睁得又圆又大。天哪，火烙铁能画画？我为什么不好好试他一试？陈思雅是个行动大于思想、说干就干的"岩头鹐"。陈思雅一归家中，即跑至五金店，购了一只电烙铁；再去竹木市场购下一块大大的三甲板。到家后，二话不说，即在他家的那张八仙桌上一铺，打开电门，将电烙铁烧红，即胳膊眼齐动的画将起来。画好后，再挥笔涂上色彩。画山是山，画水是水，样子与国画无异，但效果比国画还好。尤其是用不着装裱，一旦画成，自己做个画框覆上一块塑料玻璃，高高悬在墙上一看，美不胜收。那天夜，陈思雅忽想，我何不出售火烙画以养家糊口？时陈思雅家是在宁溪半山村，改革开放的排头兵全在黄岩城关，挖得了第一桶金的民营企业家扎了堆似的往城关结集。陈思雅想，我何不将画店开往城关？

三天一过，陈思雅即将自己的火烙画店开往城关。

黄岩人至死都记得，那天，在黄岩天长街，第一次出现一个名叫"岩头鹐"火烙画店。一只眼大一只眼小，样子活似一只岩头鹐的陈思雅，即在自家的店门口，拉开他招徕生意的广告。那广告并不是语言，也不是请打扮漂亮的女性四处发送广告，且是现场作画。别看火烙画，技术难度远比在宣纸上画还难。

国画画不行了，无非毁的只是一张宣纸；火烙画却不行，一笔出现失误，毁掉的却是一块大三甲板。好在陈思雅数十年勤学苦练，胸中成山又成水，根本用不着先用铅笔打草稿。他将板一架好，一看人围过来看西洋景的挺多，他知道自己该出手了。他立刻将烧红了的电烙铁拿起，叉开他的两条腿，对准那白白的三甲板画了起来。人们只看到那电烙铁所过之处，一缕缕白烟透出来，片时一过，即出栩栩如生的画面。看他作画，纯粹是一种美的享受。看似信马由缰，行云流水，初头乱服，拖泥带水，实则他的火烙铁总能恰到好处，点到为止，画龙点睛，再抹上色彩，一幅山水图浑然天成地呈现在人们面前。黄岩人无不为之惊叹。

黄岩处在改革开放的前沿，人们开始富裕起来，起新屋盖新房必不可少，有了新房子，就开始琢磨如何装修；有了现代气息相的装修后，客厅必须要有文化感；要图文化感，字画必不可少。于是，一些人的目光自然而然地锁定陈思雅，陈思雅的火烙画即成畅销货。一些个体户、企业家、机关团体，也纷纷来向陈思雅订画。

1985 年，广州广交会开始，黄岩县人民政府为了推销黄岩的产品，特在会场租了一个大宣传场，凡是黄岩城的名优产品，全在广交会上登台亮相。时任黄岩县长的，不是别人，且是王德虎。王德虎是个大学毕业生，说的一口温州腔，但思维极为超前。王德虎细细看了现场摆设后，发现椒江展台上有吴子熊现场做玻雕，他突发奇想，用他一口浓烈的温州话问："能不能找个人来现场做工艺品？"

那时传统的黄岩工艺美术，只有黄岩翻簧与火烙画。于是黄岩县人民政府立刻请了陈思雅与一位翻簧高手出场。好家伙，一出场，赢得满堂喝彩。现场出售陈思雅画作近十幅，刹那间让陈思雅名扬千里。

1994 年，台州地区改市。市文联召开第一届代表大会，陈思雅是代表。那天，陈思雅以过去他爷爷去黄埔军校读书时的那套打扮，一身搞怪、别出心裁地出现在市文联代表大会上。他的怪相，怪服装，怪才，即圈粉无数。当各地代表得知他爷爷就是号称"岩头鹞"的陈树人时，无不是显得十分惊讶：他就是陈树人的孙子、火烙画画家陈思雅？

2014年，忽有一条消息，让台州文化界为之惊骇，说岩头鹞陈思雅患有癌病，文化界的朋友就想去看他。一通电话，陈思雅断然拒绝。陈思雅回答让所有的朋友为之惊诧。陈思雅说："天下没有不死之人。天下人不死，地球早挤得全是人了。我之所以不让你们来看我，就是想让我过去的那种样子保留在你们头脑里，让大家知道半山村还出有我陈思雅这么个怪人。"

不久，陈思雅走了。据坊间传，他让人将自己的骨灰送至半山村老家的一棵大松树下，墓碑早在他活着时，就让人刻好了的，上面只是一句话：这里埋着一个怪相怪服的岩头鹞陈思雅。是不是真的如此？真的。每年清明节，我必去他的墓地祭奠他一下。

改革开放后，我老家半山村被命名为岩头鹞子弟的，即是表妹许山英。

许山英，原是郑休白儿子郑企功的女儿。因郑企功与许楠生女儿许筼是同班同学，二人相恋相爱，走在了一起。郑休白家多兄弟，而许楠生家却只一子一女。许楠生的唯一活在世的儿子去世，只留下一个女儿许筼。郑企功与许筼结婚后，因许母无人照顾，夫妻二人即从五部村迁至半山村。经半山村许氏族人的共同要求，由是继许楠生血脉，后代子孙更姓为许。

许山英长得黑壮，结实，完全不像个姑娘。尤其是她出生时，大哭不止。从落地那天起，即哭有整整八个小时。有奇人才有奇事，人有人相，字有字相，哭有哭相。一个女婴哭得如此震天动地，是不是这个女婴，今后是个大人物啊。于是，半山村许家人决定将他的名字定为许山英。小时候，许山英是我的跟屁虫。我走到哪，她即跟到哪；我上山，她跟着上山；我读书，她跟着我读书。我与她一起下溪捕鱼，一起打千斤草，一起捉纺织娘。我们一起捕萤火虫，再将萤火虫放在一只小玻璃瓶子里，让它一夜闪闪发亮。我与她一起直挺挺地躺在村口的长条石头上，承受夏夜的点点冷露。

在我头脑中记忆犹新的有三件事。

　　第一件事，是猜谜语。她为人天生聪明，不少村里传下来的谜语，是非常难猜的，只要对方说出来，她一猜就透。如，"稀奇稀奇真稀奇，两层骨头夹层皮，自古只有皮包骨，眼前却有骨包皮"。我想半天想不出来，她只眨一下那对毛毛眼，立刻说出谜底："笠帽"。再如，"独木起高楼，无瓦无砖头，人地水中走，水在头上流"。同样我想半天没想出来，她只是一眨她那毛毛眼，就猜出来了。那不是别的东西，且是下雨时撑的雨伞。

　　第二件事，我想起我小时候第一次吃糯米糖圆。那糯米糖圆，内嵌有红豆泥与红糖。糖圆，那可是我老家待客人的最高规格。我老家有一句儿歌十分好玩："一头尖尖，一头圆圆，吮我一口血流来。"讲的就是那种糯米糖圆。我九岁那年，我母亲对我父亲说，儿子从没有去过五部郑企功家，让他跟着我们去五部村看一看我兄弟郑企功与许筠吧。按着我奶奶那边论，我家与五部村郑企功家是娘姨亲；按着我爷爷与郑休白关系论，我父亲与郑企功是兄弟。那时，许楠生的儿子徐时庸还活着，郑企功与许筠的女儿许山英还在五部村住。我母亲一口答应，于是我即跟着我父母一起去了五部村。

　　五部村原名不叫五部村，叫五步村。五步村并不是说此村只有五步，且指此村相隔五步即有一座宝剑样剑指云天的山峰。事实正是如此。小小的五步村，身后有着五座高山，那五座高山活似五把越王剑。相传刘伯温曾与他的好友车若水游玩至此，他们二人一见那五步村的山山水水，即大言：如此难得风水宝地，何可起名五步村呢？当更名五部村才对（指的是朝廷兵部、工部、吏部、刑部、户部等五部）。郑氏老祖宗一听有道理，遂将村子定五部。五部村海拔很高。那条小山路如天梯样的一直往上，坦头村是一片小山岙。村子的位置正好在岙里，原本很高的大山，刹那间全变成了小山包。那山包上长的全是稠密的毛竹，风吹竹动，若绿色的海浪一样波光鳞动。

　　也许是我第一次来五部村。山头人从来朴实，我娘姨许筠即决定做糯米糖圆给我吃。表妹只小我一岁，她在家中这么多年，从没有吃过糯米糖圆，一听说要给我做糯米糖圆吃，来鬼主意了，咬着我的耳朵说："表哥，那糯米糖圆不能吃。"我一头雾水，问："为什么？"表妹一脸鬼蜮地回答我，那尖嘴的地方嵌着竹签，会扎死你。我信以为真。当我娘姨许筠将糯米糖圆端上来时，我不吃。我娘姨问："为什么？"我照实说。我娘姨当时什么都明白了，即将碗里的糯米糖圆分出两只来给她。许山英乐得合不拢嘴，一边吃一边唱："有客望客边，无客冷粥番薯干——"

第三件事发生在她十三岁那年，她全家刚搬至半山村。那时不是现在。现在，山里人烧的事全是煤气、沼气，根本不用上山砍柴。那时可不行，我们必须自己上山砍柴。我与她一起上山砍柴，砍着砍着，她要去方便。一方便不要紧，她突然发现地上一摊血，吓得大哭起来，对我叫着说："表哥我生重病了，我要死了。"我虽比她大一年零三个月，但对女人月经上的事情一无所知。好在我姐姐在场，我姐姐只一看，什么都明白了，将她叫过一边，将女人的事说与她听。

表妹歪着嘴问："姐，你也有？"

姐姐答："有。"

表妹问："我不会死了？"

姐姐说："死什么死，你长大成人了。"

我与表妹不说是青梅竹马，也是两小无猜。从小学读到中学，从没有分过班不说，且与我同桌。我与她一起上小学，一起上中学。我好走，好玩，宁溪的山山水水，她跟着我没有不走遍。我淘，许山英同样淘，无论是上树掏鸟蛋，下溪水沌子捕鱼，我与她全是一把好手。

1975 年. 我年十九，表妹年十八，那时的她一心想当个浩然式的大作家。她渴望自己写出一本与《艳阳天》一样的长篇小说来，凭着稿费好好地养她的家。白天，她手拿工具下生产队参加劳动；夜里，她就拼命读书。我每次归家，总看到表妹一边扇着一眼缸灶烟熏火燎的做饭，一边坐在缸灶面前的小凳子上看书。那时，表妹如发了狂的一头野牛，拼命地读《二十五史》《资治通鉴》《复活》《安娜·卡列尼娜》《红与黑》，读契诃夫与杰克·伦敦的作品集，读普希金诗歌与普希金写的长篇小说《上尉的女儿》。她家的灯一直点到差不多天亮。四邻五舍，全被许山英爆发出来的那种劲头吓一跳。

他们一见我就问："你表妹夜夜灯点天亮？她想做什么？"

我答："她想当作家。"

村民们问："作家是干什么的？"

我答："写书。"

村民们说："就她一个山头疯丫头，能写书。"

我回答："人不可貌相，海水不可斗量，你们怎么知道她就不能？"

村民们说："她要是能写出书来，叫她用脚底打我绕颈。"

"绕颈"是我老家山区土语，即是耳光。那话说得挺恶毒，我听了浑身难受，我曾为此与我家的一位亲戚大吵一场。

吵管吵，帮管帮。人分上中下三种，人才分七十二行。一个人天分不一样，他从事的行业必然不一样，人类社会由此才变得五彩缤纷。说实话，许山英天生就是办实业的料子，她最大的才能并不是写作，且是与她亲外公一样善于经营。就拿我半山村年终分配一事来说吧，会计三天三夜没有整出来，大堂哥让许山英去，她一夜即给搞定。

表妹投了一百多篇稿子，没有一篇能登报，她气得脸都青了。那时，黄岩最大的作家不是别人，且是池幼章。池幼章写的小说，不光登上《浙江日报》，且让中央人民广播电台全文播送过。是什么人出的主意？我不知道。我父亲带着表妹和她写的小说去让池幼章看一看。他们去时，我不在家，就没有去。池幼章对我表妹写的作品是如何评价的？我不知道。我只知道表妹从池幼章家里归来后，即对我说："表哥，我不想当作家了。"

我问："为什么？"

表妹答："我不是写作的料子。"

我又问："池大作家给你毙了？"

表妹答："是。"

我再问："他说你什么了？"

表妹答："他说我写的小说，不是小说。语言，人物，全不过关。"

我问："那你怎么办？"

表妹答："我不能贴上一堆胸毛，充当大力士。"

我又问："那你想干什么？"

表妹答："池先生说我与我外公一样，是块做生意的料子。"

我说："那现在你也做不了生意啊。"

表妹说："池先生说，共产党正在摸索发展中国的路子，今后会改变的。"

我问："你不写了？"

表妹答："不写了。"

我说："你这么多年的书不是白读了？"

表妹说："池先生要我抬头看天，低头看地，天下没有白落的事儿。"

表妹就这样，放弃了她那个作家梦。

1976 年，我与表妹还发生过一件意外事。那年暑假，我父亲怕我在黄岩与那些干部子弟们胡来，让我回半山村。我与表妹的关系非常好，她不仅人长得好看，天性泼辣、敢作敢当，绝对没有一些人的那种虚伪。她心里想什么，就做什么。打从我归半山村后，公社让我主办一个毛泽东思想宣传队，她一因台风好，二因在音乐上有天赋，即被我选中，成了富山公社毛泽东思想宣传队队员。那时，宣传毛泽东思想是政治任务，每个宣传队成员演出期间，公社与大队有工分补贴，再加上每至一村，该村即做好吃的招待。那时，我十八，她十七。在黄岩城关，我这个年龄找对象，也许是早了点，而在我的老家宁溪山区，素来有早婚习惯，早就到谈婚论嫁的时候了。你说我有没有爱她？我不敢说有，也不敢说没有，但这种情愫一直如半山村升起的山岚，轻纱一样朦胧。但有一点是必须公认的事实，她喜欢与我在一起，我上山，他跟着上山，我下溪滩游泳，她也会跳下水中游泳。那年，表妹的母亲病危，我父亲又成了走资派，停发工资，家中穷得旋踵决履。表妹的外婆为给女儿治病，不得不向富山村郑姓人借有五百元钱。别看现在，没有人拿五百块钱当回事，但在那时的宁溪山区，那五百块钱可是一笔巨款。对方来了三次催讨，表妹外婆还不出钱来。对方有个儿子，年长表妹八岁，一直不曾娶亲，对方一看表妹长得如春天里盛开的一朵杜鹃花，动了心思，即对我表妹的外婆说："这样吧，我知道你们家现在一无所有，让现在还钱，也不现实，我那个儿子啊，年长山英八岁，一直不曾娶亲，你们家将山英许配给我儿子，那五百块钱当彩礼不说，今后许筠的治病费用全部由我郑家负责。"那时我娘姨许筠病得死去活来，根本不知此事，一切全由表妹外婆操持。表妹外婆一听，如此雪中送炭，有何不可？本着过去的那种思维定式，居然一口答应。老太太昏头昏脑的一答应，麻烦大了去了。那位郑姓债主来半山村，即通知表妹外婆，他家决定在某年某月，娶许山英去富山。表妹一听，急了，也许是急中生智，即使出一个谁也没有想到的鬼花招。

表妹当着她外婆的面，对富山郑姓人说："我不能嫁给你那个儿子了。"

对方问："为什么？"

表妹答："我有人了。"

对方问："谁？"

表妹答："我表哥徐若水。"

对方问："你喜欢他了？"

表妹答："是。"

对方问："喜欢到什么程度了？"

表妹答："反正我不是你的人了。"

事情发生后，我想表妹之所以说嫁给了我，有着两个根本性原因，一是我爸爸毕竟是富山乡第一任乡长，又是县武装部长，后又是副县长。尽管我爸爸被打成走资派，但瘦死的骆驼比马大，富山人哪个不忌讳我爸？表妹只有将我抬出来才可让对方不敢得寸进尺。二是她说"我不是你的人"这句话的本意，是我不爱你的意思，但在我老家，这句话有着更深一层的含义。就此言一出，对方急了眼了，当时就要求表妹外婆将借的五百块钱全部归还。对方提出的理由十分充足，别人吃过的东西，他们决不吃，我们人虽穷，但决不贱。表妹外婆一听急了，真是屋漏偏遇连夜雨，她上哪淘换这五百块钱，只有向我堂哥徐若山求援。而我表妹恰在那时，野小子似的从她家窗口，顺着屋沿爬至我家（我家的房子与她家的房子只隔有两间房子），"倏"地从窗户跳进我的房间。表妹跳进我房间时，我正在读长篇小说《钢铁是怎样炼成的》。见有人跳进来，吓了一跳。借着那昏黄的灯光一看，是表妹，我一脸愕然。

我说："大门开着，你怎么从我窗口跳进来？"

表妹即将她为什么从窗口爬进来的事情说有一遍。说完之后，她笑得捧着她的肚子，几乎弯了腰。我呢，那时因心中无鬼，因我们之间的感情只是表兄妹之间的关系，再因脑袋瓜子也真纯，根本没有用世俗的那种眼光看世事，只觉得这位山里的野姑娘不光是有战斗性，且有临时救场的大智慧。

我问："你不想嫁他？"

表妹说："你瞧他那个样子，长得像个癞蛤蟆似的，让人恶心。"

我问："问题是你们许家借他家钱给你妈治病，你妈妈又没钱还，怎么办呢？"

表妹答："我们家又不是不还，只是当下没钱，富山郑家这么做，是不是属趁火打劫？"

我说："如果，你外婆非要你嫁那个男人怎么办？"

表妹说："活人不能让尿憋死，我往你家跑，这条路走不通，我上公社告他们，我看他们能将我怎么样？"

说实话，那时的我，对表妹这种敢于反抗的精神，充满着一种敬意。我不知为什么对她油然产生了一种强烈的好感。当时我立刻表了一个态，我帮她这个忙。为把那只可憎的"癞蛤蟆"从她的身边赶走，我答应帮她还钱。我百分之百同意，在婚姻问题上当由自己做主。

我大堂哥徐若山一听，当时大吃一惊，立刻跑至县里与我父亲商量如何处理。对于他们之间的事情，我一直不知道，直至若干年后，我带着我妻子归半山村，大堂哥才对我说，许山英往我房间里跳时，又让另一个半山村郑姓人看见了。半山村那郑姓人与富山郑姓人是亲属，他立刻四处张扬，说许山英如何从我家的窗口跳进，如何与我发生肉体关系，有如他亲眼见到一样。

大堂哥闪电似的跑到我父亲那儿，将许山英与我有肉体关系一事告诉我父亲。我父亲根本不相信。

我父亲说："我儿子是个什么样子我知道。我一直观察他，他所有举动没有异常。男女交往一旦有实质事情发生，他们的两只眼，想藏都藏不住。"

大堂哥说："那许山英为什么现放着个大门不进，要从你家那窗口跳进？"

我父亲说："是不是许山英不想嫁人，才做出这个举动？"

大堂哥反驳说："若是没有实质性事情，哪个大姑娘发傻呀，敢当着前来与她搞对象的人说她有了人了？"

我父亲说："什么事情让我问清楚了再下结论。"

徐若山说："如果山英与若水之间真的有这种事了，你怎么办？"

我父亲极其坚决的回答他们："一人做事一人当，他十八岁了，成人了，得担当责任，我让他娶她。"

徐若山说："她可是与若水不出五服的姨表兄妹。族规中明确规定，不出五服，同姓不准通婚。"

我父亲说："你们想怎么办？现在解放这么多年了，你们让我将他们二人绑上磨盘沉潭？"

徐若山说："问题是，他们二人结婚后，生的后代不是个傻子，就是个废品。"

我父亲答："那没有办法，咸虾过酒，自作自受，他必须承担。"

徐若山说。"她家借的钱怎么办？"

我父亲很干脆地回答："我来还。"

我父亲从来一言九鼎。徐若山沉默了。

大堂哥最后的一句话是："不过，他们二人日日形影不离，哪有猫儿不贪荤，怕长了，不是一件好事。"

我父亲说："你们不就怕他们二人假戏成真吗？你们放心，我处理完许筠欠钱那事，我即让他归城关与我住在一起。"

谈话就这样结束。

当天夜里，我刚从山林下工归来，我父亲走进我的房间，第一句话就问我："你与山英之间是怎么一回事？"

我立刻将表妹如何从窗口爬进来求我帮忙一事与我父亲说了个遍。

我父亲问我："你与她有没有越格？"

我一时没有听懂我父亲的话："我与她是姨表兄妹有什么越格？我倒是佩服她这种精神。你看那许天玲，硬着绑上富山与一个她不相爱的男人结婚，这不叫新中国吗？这个忙我不帮，我如何对得起表妹？"

我父亲瞬时全明白这是怎么一回事，一切全是假的。当天，我父亲即四处奔走，借了五百块钱，让表妹外婆还了富山郑姓人家的钱。我父亲为了兑现他的诺言，第三天，即让我归城关与他住在一起。

那天，大起早，太阳刚上山，我吃过饭后，独自一人、心情杂乱地背着个大书包子——包子里装着全是我的衣服与书——我来至半山村村口，我实在是忍不住地往我的老家半山村那石头房子看了一眼，在明媚的晨光下，半山村那树，那栉比鳞次的黑色屋顶，那绿如云团的大树冠，那缕缕白色的炊烟，那条哗哗流淌着如同银子般的山溪水，那座座如龙，如虎，如鹤，如狮子，如大乌龟的群山，那一片片如海浪一样起伏的竹林。所有的山景水色，令我一下子想起了《富春江山水图》，一下子明白了中国为什么会诞生出世界独一无二的山水画。那天，涌上我心头的，则是一位姓王的大学者写的一首诗：

层峦深锁一溪通，隔树遥闻饭后钟。

白昼到门飞蝙蝠，苍松横岭卧虬龙。

1977 年，党中央决定恢复高考。我找到表妹，让她与我一起参加高考。她说她不想考，原因只有一点，外婆越来越老，母亲病一直不见好，家中没人，她离不开。

我说："凭你读那么多书，这次高考没问题。"

表妹说："我若是考上，一读就得三年五年，我家中娘与外婆交谁管？"

我说："让我妈管。"

表妹说："那不行，各人门头自料理，我做儿女的，不能为自己的前途将责任推给别人。况且你妈一直有病，你爸爸又有病，所有家务全在你姐姐身上，我再往你家送两个生活失去自理的老人，我太无良心了。"

表妹坚决不去。还对我说："你必须去。"

于是我报名考大学。

我考上大学。那年，我年二十一。

我读大学期间，表妹一直在半山村种田。

1978 年 12 月 18 日，中共十一届三中全会在北京召开。十一届三中全会，是具有划时代意义的，不仅对中国遗留下来的历史问题作出一个历史性正确结论，还作出一系列大快人心的英明决策。

1978 年，表妹外婆去世。

1979 年，我娘姨许筠因病去世。表妹挑在她肩上的担子全部卸下，她一下子变得轻松起来。我出生于 1956 年，表妹出生于 1957 年。1978 年，表妹年二十一，至谈婚论嫁的年龄。我母亲想给她找个男朋友，表妹一直没有点头。我母亲误以为表妹爱着我。我母亲最怕的是我爷爷与梅子婴，我父亲与郑企霞那事在半山村重演。

我母亲对表妹说："你与你表哥是不出三代的近亲，结不了婚。"

表妹一笑答："姨妈，你放心，我是爱我表哥，但我与表哥的爱不是男女婚姻的爱，却是知己的爱，就与爷爷与梅子婴的爱一样。我之所以一直不处理我的婚姻，就因男女婚姻是一次性消费，我不想浪掷我的青春年华。"

表妹此言一出，让我母亲与姐姐愕得说不出话来。

那年，深圳特区成立。《人民日报》对外发布成立特区的消息，久闭了国门，终于在轰隆隆的巨响中打开。就是这扇门的打开，动了表妹那颗追梦的心。

她一想，山不走过来，我自己走过去。表妹决心好好去闯荡一下市场经济大潮交汇后的大江湖。那时，我们家是表妹唯一的避难所与生息的港湾。表妹将我母亲与我父亲当她的亲生父母看，什么话好与我父亲母亲说，什么事也好与我父亲母亲商量。当表妹将她的想法与我母亲说时，母亲说什么也不同意。

母亲说："你不是男人，你是个姑娘，你一个人去闯深圳，惹出什么事来，叫我怎么对得起你父亲母亲？"

我父亲却坚决主张她出去自己闯天下。父亲说："什么男人女人，解放那么多年了，思想还那么老旧。我听将军山村的女学者徐世英跟我说，中国将要出现女人胜过男人的新时代。猫斑从小斑，到老花斑斑，是马是骡子，拉出去遛遛。"

母亲说："出了事，你负责。"

父亲答："生死有命，富贵在天。命中有的你不想要，你也得的到；命中无，你想求也求不来。你这也怕，那也怕，中国人还想国富民强？"

父亲是个说到做到的"岩头鹘"。他不仅将补发的六千六百多块钱，全部给了表妹，还借了一千四百块钱，让她去独闯"青龙关"。

表妹临去广州前，我父亲即交代了三句话："骏马再炫目，也没有骆驼走得远；帮了别人即帮了自己；千万守住自己的良心底线与道德底线。"在对象问题上，我父亲嘱咐说："你自己看着办。如果没有相当的，你告诉我，我让我儿子娶你，大不了不生孩子。"我父亲的如此表态，差点让表妹泪水滂沱，一一点头表示服从。

表妹带着我父亲为她准备的那些钱，背着一个小包袱，沿着大裂谷那条崎岖的小山路，一路辗转，到了广州。

面对着广州那块水起风生的土地，根本听不懂的那口绉成糊糟羹般的广东话，与那一眼望去的陌生面孔，表妹一时间手脚无措，竟不知从何处着手。那时候的许山英，为节省每一分钱，她不得不与过去的讨饭人一样，在立交桥的下面露宿；她不得不花最少的钱，购最为便宜的食品填饱她的肚子。

表妹情绪一天天的开始低落，她几乎想放弃一切，掉头回家。她对我说，她怎么也没有想到，成就个事业如此难。她说，那天，实在忍不住，放开声音哭了起来，就在这时，有人敲她的房门，表妹拭着泪水，打开房门。在房门口，站着一位老者。那老者不是别人，即是我小表妹临时租房的房东。那房东姓甄，叫甄子建，是广东附近一所中学的老师，妻子生病走了，女儿与女婿原本也是教师，他们离开教职，下海办私立中学去了。这位名叫甄子建的老教师，人瘦得如一把柴，心眼儿极好。表妹欠他三个月的房租，从不来催讨。当时，表妹误以为他是来要房租的，刚想开口告诉他，自己做的生意又赔了，暂时没有钱。不等我表妹开口，那好心眼儿的老教师说："姑娘，我不是来向你要房租的。我听你在哭，出什么事了？"

表妹即将她的挫折诉与他听。

那位老教师说："我带你看一样东西，也许对你有启发。"

他将表妹带至他家小院子的靠墙的一座盆景面前。

表妹对我说，那是一盆种有榕树的小盆景，盆子并不大，但那棵榕树长得却很大很高，榕树的树梢直至二楼，那根如一条青色的蟒蛇，将垫着它的水泥板缠紧，你想将它掰倒都不行。那天，房东老教师，指着他家的那棵榕树盆景对我表妹说：

"六年前，我生日，我女儿与我女婿给我送来两盆盆景，一盆是铁树，一盆是榕树。铁树的盆子是长方形的，榕树的盆子也是长方形的，两个盆子差不多一样大，树的造型略有不同。铁树是主树干下面围着四个小球，每个球体上长有几片铁树叶子，看起来很顺眼；而那棵榕树呢，直直的那么一棵，边上立着几块花岗岩。他们二人来后，只说有一句：'爸，这是我们送您的生日礼物。'我天性喜植物不喜动物。原因有四。一是动物要喂要养，我是老师，根本没这个时间。二是动物身上带有跳蚤之类的东西，咬着人，起疙瘩，痒，况且我是过敏体质的人，很容易生皮肤病。三是动物要叫要跑，尤其是发情的时候，它就如疯子一样。四是动物会骚扰邻居。尤其是它们的大小便，特令人费神。猫还好说，自己跑出去，将大小便排在外面，而狗就不行了，你得带它出去，拉的时候又随地那么一堆，你不将他整掉，让人误踩上一脚，与社会公德不符，也易招人骂。而植物呢，却不是如此了。一是，它一切全听人的，你要它在哪，它就在哪，决不会与你争吵与你叫。二是生存能力极顽强，你给它种哪，它就在哪，决不会挑剔。三是你培养植物容易，给它一点水，它就绽绿，给它一点阳光，它就灿烂。尤其是我一直在学校当教师，妻子在供销总社工作，每天忙里忙外的，家门常关，不给它浇水，它也能活。四是植物开起花来确实令人赏心悦目，我家的那株三角梅，每一开花，一片艳红；那株种在院子门口的蜡梅，迎着寒风绽放，幽幽的清香，伴着我批改学生的作业入眠。

"六年前，我对他们送来的那盆榕树有意见。尽管我当面什么也没说，心里却嘀咕，原因有二，榕树是南方的胡杨，树大根深，如此一个小盆子，它怎么能活？既然他们出于孝心，送来了，我也就接受吧。于是我将那盆榕树放在我院子里的一个水泥条板上，没有去管它，对它有浇水也没有对别的花草那样精心。一年过去，两年过去，三年过去，由于我与我妻子全是忙人，管理家中的那点小院子，很不得法，除蜡梅、无花果、牛爱花、绣球花、桂花之外，所有其他盆花，全死了。尤其是君子兰，娇贵无比，没有一棵能活下。但独有那棵种在盆子里的榕树却越活越精神，那树长起来与我种在地上的桂花树一样高不说，大有超越桂花树的意思。那天我腾出来点时间，给死去的花草换盆子，榕树的长势引起了我的注意，我用工具戳了一下盆土，盆土坚硬无比。就这么一点盆土，它怎么会长成这么大？况且我根本没给它施过肥，浇过水。出于一种好奇，我对那棵栽在盆子里的榕树开始观察。一观察，吓了我一跳，我发现盆中有一条根足有我的中指精细，紧缠着水泥板，我顺着那根一找，那根居然贴着我家的墙角，从一道水泥地面的裂缝中，钻入水泥地板下。我打开排污井盖，往内中一看，骇了一大跳，那排污井的井壁四周全是老人胡子样的榕树须根，它正漾在污水井中汲取它必需的营养。令我吃惊的不光是这些，且是我家墙角与水泥墙面上，蛛网似的布满它的须根，平常时日，它的色调与墙壁混在一起，你根本看不出来，一旦天下雨，它们立刻复活，枯黄的须根立刻绽出白生生的嫩芽。

"这是何等强盛的生命力与意志力。我刹那间恍然大悟，榕树为什么长成大树的原因了。别看这盆榕树，它给了我四点启示：一是，上天对什么人都公平，给了树无奈与无法选择，但给了树无与伦比的生命力。树如此，人是不是也如此。二是，天下何人无难？做人当学榕树的精神，坚韧不拔，在没有条件的前提下，用尽全力为自己创造条件。三是，意志决定成败，越是困难的时候越是不能放弃。四是，当你改变不了环境的时候，你必须改变自己，将能量保存下来，一旦机会来临，立刻让自己的能量释放。女儿女婿将这盆榕树买来送我，是不是告诉我他们的本意：老爸，人活着，就得与栽在盆子里的榕树一样？尽管它没有条件长成胡杨，可它正用全力改变它的一生。

"你要知道，要想真正成为对国家，对人类有贡献的人，就得与盆里的榕树一样，坚韧不拔，没有条件要为自己创造条件，尽管你成不了参天大树，但要让自己短暂的生命，绽出你的光辉。"

表妹亲眼看过那棵榕树盆景，果然与那位房东老师说的一模一样。房东老师说的那番话与摆在表妹面前的榕树盆景，让她再次鼓起勇气。

是的，是的，一个人活着就得有梦想，你不去努力何以知道他能不能实现，万一实现了呢？是的，是的，一个人的心有多大，摆在他面前的平台就有多大；是的，是的，困难再大没有人的方法多；是的，是的，做人就得有"山不过来，我走过去"的那种榕树精神。

也就在那天，表妹偶然路过一家服装市场，她发现出售服装可赚钱，表妹孤注一掷，将所有的钱，购一点便宜服装，摆起地摊来。对于别人来说，也许羞于摆地摊。对于一个在山区农村长大的孩子来说，没有吃不了的苦。人是不是有命运？也许有，也许没有，但命运女神终对肯吃苦之人以垂青。她一边摆地摊，一边用赚来的钱做资本。三年一过，她居然有了一个固定的商铺。

在我老家一直流传有两句名言，一句是"千年善恶在瞬间"，一句是"千年成败在瞬间"。我初时一直没有理解这两句话的真正含义，直至一件意外之事在我表妹的身上发生，让她的命运出现九十度直角大转弯，这才令我深深体会到那两句话的深远意义。

就在表妹有了自己固定商铺的那年，她在去新塘的路上，发现一个白发苍苍的老太太让车撞倒在路上，那车主怕麻烦引身，居然驾着车跑了。当时，路上没有一个人，表妹与其非亲非故，完全可以不管。但表妹毕竟是半山村岩头鹃的后人，毫不犹豫地扑上去一看，那位老人让车子撞断一条腿不说，人已昏迷不醒。眼看要出人命了，那还了得？她立刻叫住一辆的士，将那位老人送至新塘人民医院。到医院后，替她交了住院费，并像亲人一样守在她床前，直至她苏醒，这才悄悄地离开了……

那时，表妹忙得可谓一塌糊涂，早将此事忘至九霄云外了。

那年，春节快到了，我大学放假归家。表妹也跟着返家大军，坐着火车从广州归半山。就在表妹归来的第二天早上，太阳刚出山，东边一片云蒸霞蔚。一家人刚起，我母亲忙着做早饭，我抱着我姐那蹒跚学步的女儿往平台上一放，即对着那一轮搁在山顶的红太阳做早操（这是我在大学里养成的习惯）。我一边做，一边"一二三四"地喊着，还眯着两眼看着周边山景。

看半山小水库水面，一片波光潋滟；看黄岩溪，如一条银蛇正从中穿行，其声如雷；看宁溪群山，如巨牛阵正伏身饮海。黄岩的山水，实在是太美了，美得如一轴刚打开来的山水画。

我正逗我姐的孩子，与她说着、笑着、闹着，她突然奶声奶气锐声喊了起来："舅舅，看！"我乜眼往山下一看，诚然如是，山下有一行三人朝着他们家走来，为首一位是富山乡派出所民警，在这位民警的身后紧跟着两人，一位是身着西装的小伙子，一位是上了年岁的老太太。我根本不知这三个人是来找我表妹的，误以为是找我父亲的，便朝屋里喊："爸，你快出来吧，乡里有人找你来了。"我父亲正在山溪边洗菜，一听，甩着水珠从后门的竹林中走出来。我们看着这三人吃力地攀至家门口上前一迎。令我们全家人大为骇然的，并不是那民警（因为村里人全认识），而是跟在民警身后的一老一小。那老者，似乎老得不能再老，"上头"与"下头"可以对话；只是那位身着西装的小伙子让我们全家人的眼睛为之一亮。因那一老一小的打扮与我们山里人完全不一样，尤其他们是坐着一辆轿车至半山村的。整个半山村人，无不惊诧莫名。

这一老一小，到底是谁？他们上我家来做什么？是我家的什么亲戚？那老太太与那小伙子怎么打扮得如此洋派。半山村人与人之间，家与家之间，哪家不是知根知底。哪家有什么亲戚，还不是了如指掌？尤其是天性热情、爱管闲事的半山村人，随着他们三人的上山，不少好事之人居然也尾随着上了山。

那天，村里人罢，我家里人罢，都悄然地等着这个伴有大谜底的大花会正式开筒。这三人一来至我家的院子里，我母亲呆呆看着他们，我大姐呆呆看着他们，我也呆呆看着他们。就在这时，民警上前一步，问我："你表妹呢？"

我问："你们找许山英？"

民警答："是。"

我根本不知背后的故事，立刻喊表妹过来。

她正在我家的后院泡豆子，准备磨豆子过年。一听我喊，即撸着个白白的手臂走了出来。正当表妹与那位老太太的目光一"焊接"，她什么都明白了。

表妹说："您老人家怎么找到这里来了？"

民警问那白发的老者："是不是她？"

老太太说："是。"

直到这时，我才知道，这老太太就是表妹在打工时救下的那个老太太，那老太太为了找我表妹，费有九牛二虎之力，才通过公安部门找到半山村。直到这时候，我才知道，那老太太不是别人，即香港有名的世界精品服装商。那个跟着她来的就是老太太的儿子。他们母子二人，就是为了答谢表妹的相救之恩，从香港跑至半山村。我父亲让他们母子二人在我家住下，好吃好喝地供着，当天夜里，我们一家人全与那母子围坐在一起，敞开心中的屏障，各人介绍各人的家庭。我这才知道，那位老太太即是林蔚的第二任妻子，名叫张雅婷，原是林蔚办公室秘书，上校军衔。1949 年林蔚与临海周至柔及国民党高层人物，全部退往台湾，她跟着林蔚去往台湾，嫁给了林蔚，生有一子一女。林蔚第一任妻子在大陆，一直没去，与女儿、女婿柯元乔住在一起。

她说，林蔚临死前，给自己一个任务，即务必将林的骨灰送归黄岩老家。他说他的灵魂必须回归故里。后来，张雅婷带着她与林蔚生的一子一女及林蔚的骨灰定居香港，在香港开了一家国际精品商店。她说自己身上有着两大任务。一是林蔚临死前的遗愿：林蔚是黄岩人，林蔚的根在黄岩，那么多黄岩人跟着他从军，尤其抗日战争时，黄岩、天台两地殉国者最多，林蔚渴望他的子女办个大企业，发展经济回报黄岩、天台。第二个大任务，即是将林蔚的骨灰送回他的老家与爱他入骨的老父亲林丙修安葬在一起。

她说，她一直在寻找一个合作伙伴，但一直没寻着。表妹的出现，一下子让她找到了合作人。她说，如果没有表妹的相救，也许她就死在那条公路上了。

她说，表妹救了她之后，不仅替她付了医药费，而且不留姓名就走了，让她整整找了大半年，若不是医生告诉，她根本不知道救人者的名字。她父亲从小就对她说过，通则观其所礼，贵则观其所进，上则观其所好，习则观其所言，穷则观其所不取，贱者观其所不为。通过救她这件事，她看出了表妹是块好"宝石"，她想与表妹合作，在黄岩办一家服装鞋帽精品公司，将制造与销售合成一体。

她说，为了公平合理起见，她愿意投资百分之六十，但希望我表妹能投资百分之四十。她本人任董事长，表妹任总经理，她儿子任技术副经理，她女儿任销售副经理。本人除薪金外，所有利润部分按投资额分成。

她说，她渴望将这个企业办成国际大企业。来时与你们县委领导见有一面，也了解了你们家的历史与岩头鹍的为人与品质。徐秉德先生还是一位副县长。我们母子二人深觉你们一家人靠谱。你们的县长王德虎与我说，他们正在搞招商引资，愿意打开大门欢迎我们，共同努力，利益共享。并以县人民政府名义表示大力支持。我希望你们一家人好好考虑一下，给我一个答复。

张雅婷即将早就准备好了的文件拿出来，交给我父亲与表妹。

他们母子二人，在我家的客房里睡下了，而我们一家人没有一个睡。我们整整讨论了一夜，我父亲最后拍板干。我父亲说："千年成败在瞬间，那瞬间就是机遇，我们不能丢掉那个机遇。"

我说："问题是那三十一万元投资款，在哪？"

我父亲答："你读你的书，一切由我来。"

1980年，县长王德虎与我父亲一起亲至香港举行招商引资大会，并考察张雅婷与她儿子领导的蔚文服饰鞋帽精品公司。同日签订在黄岩成立总厂、总部协议，并将厂名定为蔚文实业"岩头鹊"服饰鞋帽精品总公司。表妹任副总经理。

1981年，由于这个企业是来黄岩第一家港商企业，县委一声令下，一路绿灯。一万多平方米的厂区与商贸大楼落成。别看表妹没有读过大书，但她精明至极。她断然采取几大措施：一是以技术参股；二是以计件计质发工资；三是以成立工会调解厂内矛盾；四是设立创新奖；五是逐步提高员工福利；六是每车间实行单独核算；七是每星期一举行升国旗仪式，实施集体讲评。请退休干部入车间任党支部书记，解决员工思想问题，逢年节走访生活困难员工，借此以提高凝聚力。那年暑假，我第一次来至蔚文实业"岩头鹊"服饰鞋帽精品总公司，我惊呆了，上班时间一到，位于九峰山脚厂区，人们紧张有序地往厂区进。我至"岩头鹊"服饰大楼一看，所有员工清一色着工作服，整齐划一，将人的感觉瞬时拉至纯现代新世界。

爱上我表妹的不是别人，即是董事长张雅婷的儿子林东方。我与林东方只见过一面。我只知道他是中华人民共和国的同龄人，1949年10月生于台湾，毕业于美国福什么大学，企业管理学博士。我只知道他历尽灾难，具体灾难，他们母子二人一直不曾与我说起。也许灾难让人成熟，他比同年龄的人，彰显出他的沉稳与平和。他一生奉行的做人法则，只准栽花不准种刺。他与我见面后，给我最大的感受是，他有着其母的文化修养，又有着其父的军人气质，平常时言语并不多，一旦看准了，就与"岩头鹘"一样，不逮着猎物，决不收手。也许我是许山英的表哥，我不知为什么总有一种直觉，他们二人是天生的一对。是上天让他们走在一起，成为天合之作。

表妹对我说："他向我求婚。"

我说："答应他吧，我看他挺好的。"

表妹说："可我爱你。"

我说："你爱我，不假，我知道。问题是，我与你走不到一起。"

表妹说："你爸说行。"

我说："我爸与我说过了，他当时之所以这么说，她怕你失去人生信心。我们做人不能太自私，生下孩子是个白痴，你让他痛苦一辈子。你我狠不狠？"

表妹说："大不了不生孩子。"

我说："那也不行。中国人人不生孩子，一个国家成了老人国家，那国家还有个好？"

表妹说："那我与你——"

尽管表妹没有将面后的一段话说出口，但我心中明白。我说："我们每个人的心里都坐着个大法官，你一旦做了缺德事，良心大法官就会审判你一辈子。我爷爷与梅子婴就是个例子，我爷爷没有越界，现在你我越界了，你我怎么面对自己的良知？"

表妹一听，嘴唇哆嗦了一下，即掉转话头问我："哥，林东方的母亲非常喜欢你，她一直想将她的女儿嫁你，你同意吗？"

我淡淡一笑答："男人与女人能不能成夫妻，要看缘分。千里有缘来相会，无缘见面不相识。不是属于你的东西，万不可强求。还是我爸爸与我说的那句老话，一切顺从自然。"

1982 年，我大学毕业。表妹与林东方举行婚礼。就在我参加婚礼那天，表妹将一个姑娘带到我面前说："哥，她就是林东华。东方的妹妹，小你三岁。你们俩认识一下吧，成与不成你们自己说了算。"

我第一次面对面地与林东华坐在一起，尽管我与她说的话并不多，但彼此都觉得对方是自己人生的那一半。她冲着我淡淡一笑，我也冲着她淡淡一笑。就在这平淡的一笑中，成就我与她。从此我中有她，她中有我。

1983年，我加入了中国共产党，也与林东华确定了恋爱关系。

1984年，我出任县委宣传部理论科科长。表妹生下一个儿子，让我给起名字。恰在那年，邓小平视察深圳、珠海、厦门。受此启发，我将她的儿子定名林许兴中。

1985年，我任宣传部副部长，兼县政协常委负责文史组，我父亲离休归半山村。我与林东华举行婚礼。蔚文实业"岩头鹊"服饰鞋帽精品总公司成立董事局，张雅婷退出董事局，由林东方接任，表妹任总经理，我妻子为副总经理。

1986年清明节，经黄岩统战部牵头，将林蔚的骨灰从香港家中取出，按林蔚生前的遗愿，将他的骨灰与他的父亲林丙修葬在一起。黄岩林氏宗亲约八百多人参加安葬仪式。此事一告毕，我的岳母张雅婷即决定定居于九峰养老院。她说她不愿在香港养老。她之所以如此打拼，就想回大陆定居。我让她上我家来，她没有同意。她说，你们忙着打拼，我要是入住，会给你家里造成负担。她独自一人上了九峰养老院。她安居后，我曾去看她。她的决定是对的。尽管九峰养老院不是公益组织，要付钱，但设置相当完善，吃住行全方便不说，还有护理人员时刻在身边。枕头边有两个电钮，一个红，一个绿。要服务员来一下，只要按一下绿灯钮，身着绿衣的服务员即会来至她面前，问她需要什么。如果身上不舒服，只要她按一下红灯钮，白衣天使即会翩翩来临，细言细语地问，老人家，您什么地方不舒服？吃的更是不用提了，全是自助餐，想吃什么由着你自己选。她去得了养老院，但我爸我妈可去不了。我半山村那个家，已翻身成了个大大的托儿所。大人们实在太忙了，根本没时间管孩子，只有让我妈我爸他们发挥余热。我爸一边摇头，一边一脸无奈地说："什么职务都退得了，就这个职务，你想退也退不了。"

1986年，我生下第一个女儿，为纪念我爷爷与我爷爷的战友及我爷爷一生最爱的女人梅子婴，我给女儿起名徐梅鹰。原因"鹊"即是"鹰"。

1987 年，一曲《春天的故事》唱响大江南北：

> 一九七九年那是一个春天，
>
> 有一位老人在中国的南海边画了一个圈。
>
> 神话般崛起座座城，
>
> 奇迹般举起座座金山，
>
> 春雷啊唤醒长城内外，
>
> 春晖啊暖透了大江两岸。
>
> 一九九二年又是一个春天，
>
> 有一位老人在中国的南海边写下了诗篇。
>
> 天地间荡起滚滚春潮，
>
> 征途上扬起浩浩风帆。
>
> 春风啊吹绿了东风神州，
>
> 春雨啊滋润了华夏故园。

这首歌非常好听。在我的眼里，只不过是一道表达老百姓心情的歌曲罢了，而在表妹眼里却不是如此。她立刻从那首歌里发现新的商机。那天夜里，她来我家小坐，问我："你有没有从这首歌中品出什么来？"

我说："只不过一首写得蛮好听的歌罢了。"

表妹说："哥，别看你在宣传部上班，管的是理论。中国改革开放大门，还得往大里开。"

我并没有在意，而她却开始部署新蓝图。她一声不响地腾出一千多万元资金，以惊人的决心与快刀斩乱麻的手段，在城关中心区黄金地段购下联合大厦的临街商铺，专门出售世界名牌服装与鞋帽及金银首饰。从此，"岩头鹧服饰"真正走入台州市三区，每天人来人往川流不息。

1988 年 9 月 25 日，中国共产党第十三次全国代表大会在北京举行。会议要求，把改革和建设的重点放到治理环境、整顿经济秩序上来，为进一步深化改革扫清道路。表妹忽然悟到中国步入知识经济时代，她必须补课。她对我说，眼界决定高度，高度决定事业发展的厚度。做人如鱼，只有逆水行，你才可跳过龙门，演化成龙。

表妹对我说："哥，我必须重新读书。将'文化大革命'丢掉的知识全部补上。你帮我挑所学校。"

我问："你想学什么？"

表妹答："当然是学如何与世界接轨，如何管理好现代企业。"

我向我的大学老师请教，老师即建议我表妹进入浙江大学学工商管理。老师说，浙江大学的工商管理，在全国名列前茅。我立刻让表妹报名。表妹接到入学通知，即将企业往我妻子林东华手中一交，前往浙江大学读工商管理。一年过去，表妹学完浙江大学工商管理MBA全部课程。她一边读书，一边做调查。她惊异地发现，改革开放之后，人们口袋里有了钱，急需解决的是两件事，一是房子，二是服饰。表妹想，不能在同一棵树上吊死。于是，她决定实行多元化经营，将产业延伸至房地产、金融、珠宝、贸易为一体的第三产业。

1991年，表妹出资购下委羽山一块土地，开辟出有着一百多套房子的"高山流水"小区，一下子让她赚了一大笔钱。表妹去作社会调查，发现黄岩县小微企业遍地，小微企业发展的最大瓶颈即是融资难问题。表妹想，何不成立一家专门投资小微企业的投资银行？那天，她到我的办公室与我商量。我一听，觉得是个好主意，即表态支持。她一看我支持，便出手如风地四面出击。

1994年，表妹为董事长兼总经理的岩头鹊发展投资有限公司正式成立。

1996年，经浙江省人民政府批准，表妹创办了岩头鹊小额贷款有限公司，从此圆了她的金融梦，并由此成为走出宁溪山区的第一位企业家。自此她在她自己读过书的灵石中学，设立五十万元的奖学金，与六十多位困难学生结对；自此她累计还报山区贫穷家庭金额达两百三十万元。自此，她发放近一亿元的小额贷款，用于大学生创业与精准扶贫。她本人由是被评为台州市十大杰出青年，浙江省优秀企业家。

我表妹有钱了。可她的麻烦也随之而来了。哪个人没有个三房穷亲戚？许山英一崛起，村里三大姑八大姨全往她家跑，折腾得她左也不是右也不是。天天面对尴尬。

那天夜里，表妹又来到我家，对我说："哥，你知道当初你太外公为什么自己花钱开垦地让半山村人白种吗？你知道中国历史上为什么会有那么起农民起义吗？就是因为贫富不均，老百姓受不了地主的盘剥，所以起义闹革命。国家领导人的话说得对，中国最大的问题，就是农民问题。农民问题不解决，发了财的精英分子绝袂离去，农村不得安宁，国家就不得安宁。"

表妹说："表哥，我必须杀回马枪，归半山村，将半山村搞成富裕村，让大家跟着我一起，走共同富裕之路。"

我说："好，我盼着你这么做。"

许山英性格上最大的特点，与我半山村的岩头鹛、铁子松有着惊人相似。一旦定下的决定，哪怕是撞得头破血流，她决不轻更。她决定一作，即邀请我与她一起归半山村考察。那天，我们看到了一出从来没有看到过的情景，我家山顶的那座塔上有一对岩头鹛夫妻刚出有两鹛雏。一条大蛇盘着塔而上，那岩头鹛冲天一叫，便有六七只岩头鹛从树林子中飞出，他们集体努力将大蛇抓起，活活摔死然后分而食之。

我说："对付贫穷是不是也当如此？"

表妹点了点头。

也就在那天，我表妹决定将企业全部交给我妻子林东华与丈夫林东方，自己归半山村办企业。

1999年，表妹遇到农村干部最大阻力即是小富即安，不愿投大钱创办现代化农业问题。表妹问我："哥，你给我说说，当下世界上哪个国家农业现代化最先进？"我立刻帮她查了一下资料，最后给出结论是荷兰。她即决定出资二十万元，带村两大班子去荷兰参观外国现代化农业。她在决定作出后的那天夜里，召开半山村两班子会议，她邀请我参加，我去了。现在的她再也不是过去那个在我身后跟屁虫样的小表妹了。她对着全体村民们说："你们不是不同意我搞这搞那吗？我带你们去荷兰看看，什么叫现代化农业。改革开放，改革开放，不带你们走出国门看看，你们是什么？井底之蛙，夜郎自大。根本不知外国的农业走到哪一步。没有比较，哪知我们落后在什么地方。没有开眼界，你何以知道我们半山村的短板。"

2000 年，新千年到来，她率着两大班子成员与村民代表十八人，组成一个农业参观团，去了荷兰。她领着大家参观奶牛场，参观现代化农场。面对着一切全机械化全自动化的农场，耳听为虚，眼见为实。半山村村民和干部个个脑洞大开。自此，我表妹所有振兴农村的主张，不再受阻，一路绿灯放行。我表妹许山英，果然不愧为半山村的一只岩头鹃。她之精准，她之敢作敢为，令半山村人为之咋舌。

2002 年，我表妹发现办旅游公司能赚钱，她即出资与区旅游局合办旅游公司。

2003 年，我表妹发现半山村的杨梅、橘子、香菇品种不行，她立刻联系农业院校，将半山村所有果品更新换代。

2005 年，我表妹发现山区的食品，有着很大的潜力，她雷厉风行的办起食品销售公司。她让半山村人人成为职业农民。

2007 年，我表妹发现半山的香糯是米中上品，她闪电似的成立半山香稻公司，让半山村古老的糯米走进上海、杭州超市。

2008 年，我表妹发现，打造美丽乡村必须要有人才。她主动去省农校招聘三十多名大学生，组成团队，开发市场需要的精美农产品。

2009 年，我表妹加入中国共产党。

2010 年，我表妹发现当下的父母对孩子娇宠得厉害，她即深入调查，在调查中，发现学生家长十分渴望有个夏令营能让新生代孩子得以锻炼。她灵机一动，即做了两件实事。一是腾出一个大院子，将章奕新与陈思雅的画作全部收集起来，办了个美术展览馆，供学生们参观不说，还成立一个少年夏令营，让退伍军人任教官，对下一代娇娇儿，行劳动、军事、文化、美术大培训。既让新生代强身健体，又让他们真正地接触大自然，学做"岩头鹘"，远离"间里鸡"。初时，她带着一点实验性，哪知一开场，深受家长欢迎。学生可不是闹着玩的，出一点事，就会惹大麻烦。我表妹频频请我出山，帮她管理夏令营，折腾得我日夜坐立不安。

工作中，我表妹发现农民素质与时代不同步，她立刻开办农村夜校，让每位半山村农民知道自己应当如何做一个与时代合拍，有公德，有爱心，遵纪守法的国家公民。她在村民夜校中说，我们需要钱，但不能为钱而不择手段。因而，半山村不仅脱贫成为富裕村，半山村，也成为台州榜上有名的文明村。由是半山村将我爷爷的绰号送给她，称她为女"岩头鹘"。大堂哥徐若山因年事过高，退出两大班子，我表妹选为村党支部书记。

2014年，党中央提出"一带一路"倡议，我表妹立刻开发毛竹产品，将生产的竹席、竹帘、竹制品顺着"一带一路"推向非洲。

2015年，我表妹因过度劳累得脑血栓，差一点送命，这件事一下子惊动了半山村村民，有不少七八十岁的老村民坐车至黄岩人民医院看望她。我表妹说，"生死有命，富贵在天，你们全上了年纪了，何必如此来看我？"村民们说，"你许山英跟许楠生一样行善积德，我们不来看你，我们于良心何安？"我表妹说，"我并没有为你们做过什么，何必如此用心？"村民们说，"你们岩头鹘一门三代积德，我们不是不知道。过去，半山村有一家算一家，夜饭米不着缸。现在，半山村农民比城市里的干部还惬意。全村七百多口人，每人'四险一金'有保障不说，村民工资年年上张，一年一次体检，家家住上新房子，年年让我们旅游一次不说，你每年从自己口袋里拿出五六十万元搞慈善事业。做人一是不能做瞎眼狗，二是做人不能昧着良心讲话。"不久，我表妹第二次体检，身上所有血栓全部消失，半山村村民一片欢呼。那天，表妹深有感触地对我说有几句话："一是，政之所兴，在顺民心，政之所废，在逆民心。无论是一个政党，一个组织，一个人，你施于他人阳光，他人必回报你一个明媚的春天。二是，天下自有一杆秤，百姓就是压秤的砣。做人切不可因善小而不为。"

我去看表妹时，她说："哥，村民们的做法出自内心的举动，深深地感动了我。由是我许山英必须利用我人生最后的岁月，掘地三尺，也得为半山、为黄岩、为中国，为中华民族复兴，尽自己最后的努力，我务必达到'海到尽头天作岸，山登绝顶我为峰'的最高境界。"

2016 年，许山英当选为省劳动模范。2018 年，省召开改革开放四十周年大会，省委领导让她上台发言，她只讲了一段话："新时代，新思想，新航程，关键是一个新字，即是思维方式新，思维方式不新，你的行动，永远跟不上时代要求。我只愿自己成为一只真正的岩头鹃，目光高远且精准，认真学习和领会习近平新时代中国特色社会主义思想，让农村变得更和谐，更美丽，让我的人生显得更有意义。"

（完）

结语

　　2018 年 12 月 8 日，星期六，中央电视台正放着纪念改革开放四十年电视纪录片《我们一起走过》。改革开放以来，在中国共产党的领导下，中国的变化日新月异、目不暇接。今天刚刚学会使用的新鲜电子产品，明天也许就被更先进的产品所替代。如今的年轻人，身边几乎不带现金，上街买东西时，拿着手机对着那二维码一扫，只是动动手指头，那钱也就付出去了。我女儿呢，更是不用提，开着一辆"四个环"的车子，到处跑。我的同学们呢，也从不同的工作岗位上退下来了，他们不是组团去欧美看看，就是坐着游轮去日韩逛逛，还有什么三国游、多国联动游，满世界跑。我有个朋友还以一张世界地图作背景，将他游过的世界各地的照片，贴在那张世界地图上。他们每次归来，都会到我家对我说，我们遇着好时代了，过去认为《封神榜》上才会有的幻想事儿全变成满目生辉的现实了。在我老家半山，与我同辈分的人，一个跟着一个走了，我成了半山村徐氏子孙辈分最高的几个人中的一个了。尽管很多人已离开家乡，离开属于他的家族树，可我不知为什么，总感觉到他们的心仍在半山村那群山与溪流中跳动。于是，我倾尽全力，于 2020 年 12 月将他们的故事写下来，以免过往的事情统统被时间所湮灭。我作为徐氏子孙，能让它变成文字，也就心满意足了。

2020 年 12 月 24 日上午 10 时完成第一稿